狡くて甘い偽装婚約

本郷アキ

Aki Hongo

Eternity

EB

エタニティ文庫

目次

狡《ずる》くて甘い偽装婚約

プロローグ

大好きな人がいる――

けれど、彼が私を好きになることはない。

絶対に。


湿気を含んだ風が肌を撫でる。

昔ながらの喫茶店や、居酒屋が多い駅近くの商店街から一本裏道に入ると、立派な洋風の家が多く建ち並んでいる。

もう二十時を過ぎたこの時間では、ほとんど人通りはない。時折、犬の散歩をしている人や車が通るくらいだった。

「やめてほしいならやめるよ」

民家の前で立ち止まった彼が、私の耳元で囁《ささや》いた。私はここが外であることも忘れて、彼の言葉に聞き入ってしまう。

いつでも逃げられる力で私を抱きしめてくる彼は、私の答えをわかっているはずだ。

本当に狡《ずる》い。そう思うのに。

「やめてほしいわけない」

好きで好きでどうしようもなくて、抱きしめてくる腕を振り解《ほど》けない。

彼の広い胸板にぐりぐりと額《ひたい》を擦りつけると、頭上から宥《なだ》めるような甘い声が降ってきた。

「泣いてる？」

「言ったでしょ……抱きしめられたら泣いちゃうぐらい好きって」

私の涙に絆《ほだ》されてくれればいいのに。

仕方ないな——そう言って、私を好きになってくれればいいのに。

けれど、わかってしまった。

彼が、決して叶わない恋をしていること。

それが簡単に諦《あきら》められるものではないことも。

私の恋は上手くいかない。だから、涙を彼のシャツで拭くくらいは許してほしい。

彼はそれきり言葉なく私を抱きしめ続けてくれた。

けれど、もしかしたら彼は今、私をどうやって振ろうかと考えているのかもしれない。

そう思ったら、堪らなく怖くなった。

そんなにすぐ答えを出さないで。

私に恋を諦《あきら》めろと言わないで。

「今、なに考えてるの？」

焦《じ》れて問いかけたのは私のほうだ。

「やっぱり、俺って最低だなって思ってさ」

「どうして？」

「あいつを忘れられないのに、今……キスしたいって思ってる」

私の心は歓喜に沸いた。欲しがってくれるのなら、身体だけだって構わない。

彼女を忘れてなんて言わない。

隙あらば奪いたいとか、そんなんじゃない。

今は、私の顔が好きじゃなくても、性格が好きじゃなくてもいい。ただ、彼の心の中のほんの片隅にでも、私の存在がぽつりと染みになって残ればいいと思った。

顔を上げて見た彼の目は、驚くほど劣情《れつじょう》を孕《はら》んでいた。

普段見せる柔和《にゅうわ》な笑みはかけらほどもなく、茶色がかった瞳は熱っぽく潤んでいる。

見たことのない男の顔をしていた。

「私のこと、少しは可愛いと思ってくれてる？」

「可愛いって思ってる。だから、困ってるんだ」

「キス、していいよ？」

「傷つけたくない」

「嘘。もうその気になってるくせに」

爪先《つまさき》で立ち彼の首に腕を回すと、瞬《また》く間に唇が重なった。

ちゅっと水音が立つたびにキスは深さを増していく。

「んっ……はぁ……っ」

頬裏を硬い舌先になぞられる。

溢れる唾液を吸われて、唇の周りが濡れるのも構わずに角度を変えながら甘い口づけは続いた。

彼の背中に手を回すと、より強く抱きしめ返された。こんな風に男性に抱きしめられるのは初めてじゃないのに。

彼とのキスは頭が朦朧《もうろう》とするほど心地よく、人には言えないあらぬ場所までもが切なく疼《うず》いてしまう。

「ん、ん……」

自分のものとは思えない艶《なま》めかしい声ばかりが、唇の隙間から漏れた。

この人が欲しくて堪らない。

どうして彼は私のものではないのだろう――

唇を離されそうになって、私は誘うように彼の唇を舌で舐めた。

「煽《あお》り方が上手過ぎるんだよ」

ぐっと腰が近づき、昂《たかぶ》った彼の欲望を押しあてられた。

彼が私の身体に興奮してくれているのなら、こんなにも嬉しいことはない。

太腿《ふともも》を擦りあわせると、下肢にあたる彼の膨らみが揺れ動かされる。

「あっ、やっ……あぁん」

恥ずかしくて堪らないのに、無意識に腰をくねらせて、より気持ちいい場所を探《さぐ》ってしまう。

「ごめんね。最低な男で……嫌いになってもいいから」

「ひどい。嫌いになんてなれないって……知ってるくせに」

「うん。最低だってわかってるけど、俺をもう少し好きでいて」

あなたが好きでいていいと言うなら。

私は都合のいい女になる。

だからお願い。いつかは、私を一番にしてほしい。

「……なにされてもいい。それぐらい好きだから」

彼の背中に回した手に力を込める。抱きしめ返されたことに安堵《あんど》し、彼と過ごす夜が始まった。

一　なにも知ろうとしないのは不幸である

太陽は高く昇り、時折吹く風が、色とりどりに咲いた椿の五弁花《ごべんか》を揺らしていた。

風はまだ冷たさを残すものの、走っていると額《ひたい》はじっとりと汗ばんでくる。

私――山下《やました》みのりは息を切らし、美しく剪定《せんてい》された病院の庭に目を向けることもなく、空調の効いた院内へと入った。

肩まで伸びた黒髪は走ったせいで乱れていたが、汗に濡れて紅潮《こうちょう》した頬は、一定の温度に保たれた空調のおかげで白さを取り戻している。

白を基調とした清潔感のある建物は、一階受付に人が溢れかえっていた。

私が暮らす街で大きい病院といえば、ここ長谷川《はせがわ》総合病院だけだ。小さい頃は小児科でお世話になり、高校からは年に一度あるかないかの頻度で内科にお世話になっている。

社会人になっても、風邪も引かない私がここに来ることは滅多《めった》になく、今日も特別具合が悪いわけではない。大事な家族が入院したと聞かされたためだ。

さすがに院内を走るわけにはいかず、早歩きで目的地をめざすが、エレベーターを待つ時間すら惜しかった。それほどに気が急《せ》いていた。

エレベーターを降り、あらかじめ聞いていた病室のドアをノックもなしに開けると、しわくちゃで骨張った手を弱々しく振る、大好きな祖父の姿があった。

(おじい……ちゃん……?)

ベッドに横たわるおじいちゃんの姿は、私の記憶の中の姿とはまったく違っていた。

本人であるのは間違いないのに、触れたら壊れてしまいそうで私は足を進めるのを一瞬躊躇《ちゅうちょ》してしまう。

上げた手が今にも重力に負けて落ちてしまいそうなほど、身体は細く衰弱しているように見えた。

酸素マスクから聞こえる呼吸音はひどく弱々しい。

「おじいちゃんっ!」

私はベッドに駆け寄ると、おじいちゃんの身体に縋《すが》りついた。骨と皮だけになった手を両手で握ると涙が溢れでる。

「おぉ……みのり、来たか」

今まで風邪ひとつ引いたことのない健康なおじいちゃんは、いつでも矍鑠《かくしゃく》としていた。

八十を過ぎても年齢を感じさせず、階段の上《のぼ》り下りすら楽にこなしていたのに。

もっと頻繁《ひんぱん》に会っていればよかったと、こんな時になって後悔してしまう。

「具合はっ？　倒れたって大丈夫なのっ？」

私が駆け寄ると、おじいちゃんは力なく笑いながらも、細くなった指をギュッと握って拳を作った。

付き添っていたお母さんが、私のために椅子を用意してくれた。

「みのり、ちょっと落ち着きなさい。おじいちゃん、苦しくなっちゃうから」

「大丈夫だ。みのりの顔を見たら……元気がでたよ。今死んだら、お前の花嫁姿が見られないからなぁ。たしか……付きあってる人が、いたんじゃなかったかい？」

酸素マスク越しの会話は聞き取りにくい。

耳を近づけて、一言一言、言葉の意味を理解する。おじいちゃんの苦しそうな呼吸を聞いていると、家族なのにその場から逃げだしたくなってしまう。

大好きな人が苦しんでいる様は、あまりにも辛かった。

もしかしたらあまり長く生きられないのではないだろうか。そんな最悪の想像が脳裏《のうり》を過《よぎ》る。

「う、うん」

「最近、話を聞かないけど……彼氏とは仲良くしてるか？　一度顔を見たいって……前から、言ってるじゃないか」

「いや、今は私の話してる場合じゃないでしょ。倒れたって聞いたからどれだけ重い病気なのかって、私はそっちを心配してるのっ！」

こんな風に誤魔化したくなんてなかった。

（でも……彼氏なんて、本当はいないし……）

おじいちゃんが、仕事以外では引きこもってばかりの私を心配してくれているのは知っている。「最近どうだ」と聞かれるたびに、変化のない自分が情けなかった。

だからつい苦し紛《まぎ》れの嘘をついてしまった。

結婚を前提に付きあっている人がいると。

けれど、今度は嘘をついた心苦しさから会いに行けなくなってしまった。彼のことを聞かれたらどうしようとうしろめたく、私は自分のことでいっぱいいっぱいだった。

前に会ったのはもう一年前だ。いったい、いつから具合が悪かったのだろう。

私が以前のようにおじいちゃんに会いに行っていたら、倒れたりする前に気づけたのではないだろうか。

「じいちゃんの心配は、いらないよ。いつ死んでも……おかしくない年齢だ。でも……みのりは苦しいことがあっても、我慢ばかりだから、心配なんだ。頼む……」

「う……あ、あの……忙しい人で、なかなか」

「結婚しろ……とは、言わない。じいちゃん……結婚式に、間にあうかどうかもわからんからな。じゃから……彼氏と、お前のドレス姿だけでも……見せてはもらえんか？

みのりが幸せそうにしていたら、じいちゃんも安心して死ねる」

おじいちゃんの願いは叶えてあげたい――でも、どうしたって無理だ。

私はもう他人を信じることができない。友人も恋人もいらない。

「そんなこと言わないで……長生きしてよ……私が、彼と結婚するまで」

私はまた嘘をついた。

結婚なんて絶対にしない。

でも、病気で心身ともに弱くなっているおじいちゃんに本心を告げる気にはなれなかった。

（おじいちゃん……ごめんなさい、ごめんなさい）

私はおじいちゃんの手を握りながら、心の中で謝罪を繰り返した。こんなに細かっただろうかと手が震えそうになる。

記憶の中にあるおじいちゃんは恰幅《かっぷく》がよくて、ぱっと見でも健康そうだった。ほんの一年会っていなかっただけなのに、どうして。

（風邪をこじらせたってお母さんは言ってたけど、本当にそれだけなの？）

「もっと、たくさん……話をしたかったなぁ。お前は、とても、泣き虫で強がりだから。今……幸せなら、いいんだが………ゲホッ、ゲホッ……」

「お父さんっ！　みのり、話すのはまたにしましょう。おじいちゃん苦しそうだから……

少し寝かせてあげて」

苦しそうに身体を丸めるおじいちゃんの背中を摩《さす》るお母さんに、もう話は終わりだと告げられた。

「そんなに……そんなに具合悪いの？　風邪こじらせただけだから、すぐ退院できるって言ってたじゃない！」

なにもできない歯がゆさから、ついお母さんを責めるように言ってしまった。

ほかに怒りを抑える方法がなかった。最低だ。

おじいちゃんが病気になったのはお母さんのせいじゃない。お母さんからしてみれば自分の父親だ。心配に決まっているのに。

私の肩をポンと慰《なぐさ》めるように叩いて、お母さんは廊下に出た。視線で私に外へ出なさいと言ってくる。

苦しげに呼吸を繰り返すおじいちゃんは、薬が効いているのかうつらうつらし始めた。やがて寝息のような呼吸音に変わったことに安堵《あんど》の息が漏れる。

私はお母さんの後を追って病室の外へ出た。

家族団らん室と書かれたオープンスペースに腰を下ろして、お母さんの言葉を待つ。

唾を呑み込む音が、やたらと大きく響いた。

「みのり、あなたを傷つけたくなかったの。おじいちゃんが黙っておけって言ったからもないわけじゃないけど、おじいちゃんが望まなかったの」

知らせなかったんだけどね。もう、そう長くは生きられないって。手術で延命する方法

「嘘……」

舌がこわばり上手く口が回らなかった。

乾いて掠《かす》れた声が空気を震わせる。

息を吸い込むとひゅっと音がして、半身を失ったような痛みに打ちのめされた。

人間いつかは死ぬのだとわかっていても、私は今まで身近な人の死に触れたことがない。おじいちゃんがもうすぐいなくなってしまう。その事実が受け止められない。

「嘘じゃない。あなたは、仕事以外ではゲームしてるか、おじいちゃんと話すぐらいしか楽しみがないって知ってたから。おじいちゃんはそのことをずいぶんと気に病んでるの。ねえ、さっきの彼氏の話、嘘でしょう？　変に期待させても可哀想だから、嘘なら早めにおじいちゃんに謝りなさい」

お母さんは胡乱《うろん》な目を私に向けながら言った。

家から数キロ離れた場所で一人暮らしをしているおじいちゃんならまだしも、一緒に暮らしている家族に嘘が通用しないのは当然だ。

土曜日も日曜日も朝から晩まで部屋でゴロゴロしている独身女に恋人ができたなど、家族が信じるはずがなかった。

でも、お母さんに頭ごなしに否定されるのは悔しい。

私は会社でも浮いている。同僚はなにも言ってはこないが、きっとコミュ障だのボッチだのと噂されているに違いない。

他人の評価など気にしないように努めてきたが、家族にだけは言われたくなかった。

かといって恋人を作る気などさらさらない。

意地になっている部分もあったが、もう嘘を本当だと偽《いつわ》るしかなかった。

「嘘じゃないっ！　じゃあ彼に聞いてみる。おじいちゃんが喜ぶなら、ドレスぐらいいくらでも着るから……」

後悔先に立たず。

自分で自分の首を絞めているのはわかっていた。お母さんは私の話をまだ信じていない。謝るなら今しかない。

けれど、私のおかしなプライドが邪魔をした。どうにか嘘を本当にする方法はないか。

ドレスを着ると言っても一人ではだめだ。「ほら、やっぱり嘘だったのね」と言われるのがオチで、おじいちゃんを余計に心配させてしまうことになりかねない。

彼氏のふりをしておじいちゃんに会ってくれる知りあい――いるはずもない。

しかし、最近は結婚式に友人として参列してくれる、友人代行サービスなどもある。

結婚相手そのものだって、頼める先があるかも。

いざとなったらプロに頼むしかない。嘘を突き通すなら方法はそれぐらいだ。

おじいちゃんがそれで安心してくれるなら。

騙《だま》すなんて胸が痛むけど、もう後には引けない。

――あの話を知っているのは、家族の中でおじいちゃんだけだ。

けれど、病に臥《ふ》せるおじいちゃんに、いまだ私が過去のトラウマから抜けだせていないとは、とても言えなかった。

二　偽《いつわ》りの婚約者と私に訪れる変化の前触れ

「彼にずっと一緒にいようねって言われたんですよぉ～」

会社の狭いロッカールーム内で、きゃっきゃと楽しそうな甲高い声が癪《しゃく》に障《さわ》る。

若いわね～なんて達観できるほど私と彼女の歳は離れていない。

早くこの場から逃げだしたい一心で、私は制服のタイトスカートを脱ぐと、シワになるのも構わずにロッカーへと投げ入れた。

「なになにっ？　えもっちゃん、ついに結婚？」

「そういうんじゃないんですけど、お揃いの指輪……もらっちゃいました～っ！」

囃《はや》し立てる周りも周りだが、キラキラと目を輝かせながら指輪を周囲へ見せびらかす後輩に、芸能人かよと突っ込みたい気分をなんとか抑え込んだ。

彼女に恨《うら》みはないが、私は耳を塞《ふさ》ぎたい思いでロッカーのドアをそっと閉め、その場を後にした。

履《は》き慣れた地味な黒のパンプスに、量販店で買ったお洒落《しゃれ》さゼロのスーツ。ついでに言えば、百円均一で買ったゴムで肩までの黒髪を一つに結ぶヘアスタイルは、やる気も色気もない。

足取りが重いのは、仕事に疲れたからではない。

他人の恋愛話にうんざりする。そんな風にしか考えられない自分にもだ。

短大を卒業したあと銀行に就職し八年が経った。気づけば二十八歳。

真面目でお堅い仕事だと思われがちだが、仕事を離れてしまえば行員とて普通のOLと変わらない。

指輪を見せびらかしていた後輩の江本《えもと》さんは恋愛話が好きで、毎日ロッカールームで彼氏とどうしたこうしたという話を延々と語り続けているし、一年先輩の相田《あいだ》さんと飯《いい》田《だ》さんは、毎週のように飲み会の報告会をしている。

女性だけではなく、渉外係《しょうがいがかり》の男性も週末の夜はよく合コンをしているようで、実は社内結婚も少なくはない。

しかし、私はといえば――ロッカールームで同僚の話を盗み聞きしているだけで、金曜日の夜だというのに、仕事終わりに「飲みに行こう」と誘われることもなければ、私の「お先に失礼します」を聞いてくれる人もいない。

会社帰りに寄る場所といえば、本屋かアニメ、ゲーム関係の店ばかり。あとはたまに行きつけの居酒屋へ一人で飲みにいくくらい。

寂しいとか、人恋しいという感情は趣味が紛らわしてくれる。

もう八年近く、ボッチの生活をしていた。

仕事が早く終わり、繁華街へと流れていく人々の群れを、私は冷めた気持ちで眺めていた。みんな一様になにかから解放された顔をしていて楽しそうだ。

私には縁のない世界。

いや、違う。

後輩の言葉も、昔の私ならば素直に頷けていただろう。

恋愛話だっておしゃれだって大好きだった。可愛く見えるように化粧も爪の手入れも欠かさなかったし、彼の好みに合わせた洋服選びも私にとっては重要だった。

好きでいてくれていると思っていた。

あの頃の私には彼がすべてだった。

けれど。

ずっと一緒にいようね——そんな約束、なんの意味もなかった。

羨《うらや》ましくなんてない、そう言い聞かせていても、胸を焼き尽くすような羨望《せんぼう》の思いは消えてくれない。

「とりあえず、着替えて飲みに行こう」

ため息を無理やり呑み込む。

鬱々《うつうつ》とした気分で家に帰り、ベッドの上に乱雑に放置されたままのティーシャツとジャージを手に取った。

中に着るティーシャツは、ダサいことこの上ない。シッシッシと、ニヒルに笑う犬が描いてあるお気に入りの一枚だ。

部屋で過ごす時も、近所にある居酒屋へ飲みに行く時も、私はだいたい同じ格好だ。

紺色に白い線の入ったジャージは、一応はメジャーなスポーツ用品店で買ったけれど、もう八年も着続けているせいで生地はヨレヨレで毛玉だらけだ。

上下で一万円のジャージが、まぁよく八年も持ったものだと思う。着心地も最高だし。

しかし、完全に女は捨てている。

そんなの誰に言われなくとも、私が一番わかっている。

むしろ誰にも、私を女として見てほしくはなかった。

家から歩いて数分の場所にある、駅前の小さな和風居酒屋の暖簾《のれん》をくぐると、いつもと同じスタッフが毎度お馴染みの声を上げた。

「いらっしゃ〜い！　お一人様、カウンター席ごあんな〜い！」

「生一つと、焼き鳥の盛り合わせ、タレでください」

「はい〜喜んで〜！」

そんな大きな声で〝お一人様〟だなんてと、恥ずかしく思う気持ちはすでにない。まぁ八年も常連だと阿吽《あうん》の呼吸とでも言おうか。あり得ないが、私が誰かと二人でこの店の暖簾《のれん》をくぐれば、いつものスタッフはぽかんと口を開けて固まるんじゃなかろうか。

そんな妄想に苦笑しつつ、いつもの定位置であるカウンター席に腰かけた。

会社帰りに来ることもあるが、スーツ姿がどうにも落ち着かず、一度家に着替えに戻ってからまた飲みに来ることが多い。

「……どうしようかなぁ」

私は運ばれてきたビールをグイッとジョッキの半分まで飲み干すと、深くため息をついた。

店員とは顔馴染みだが、特別親しげに話しかけてくることもない。一人でも通いやすい雰囲気のこの店は、なくてはならない私の憩《いこ》いの場だ。

病院から電話があったのは一昨日《おととい》。偶然仕事が休みの水曜日だった。

それから木曜、金曜と問題を先延ばしにしていたが、おじいちゃんの状態は日に日に悪くなっているらしく、もう自分でもどうしていいかわからなくなってしまった。

（正直に言う……？　でも……）

酒を飲んでいる場合じゃない。考えないといけないとわかっていても、つい現実逃避をしてしまう。

趣味のゲームに没頭し、こうして飲みに来て、おじいちゃんが死ぬはずはないと思い込むことで、現実から逃げている。

ストレス発散の方法が家でゲームか、一人飲みなのだから、お母さんが呆れるのも、おじいちゃんが心配するのも当然だ。

「あーあ、どっかに結婚相手落ちてないかなぁ」

ジョッキに残ったビールをすべて飲み干して、カウンター越しにお代わりと声をかけると、隣に座っていた男性客の声が聞こえてきた。

「結婚相手探してるの？　奇遇だな。俺もなんだ」

別の客と話しているのだろうと思っていたが、会話の内容からしてそうではなさそうだ。

関わりたくはなかったが、相手をせずに変に絡まれても困る。

どうするべきかと、チラリと横目で相手を盗み見た。

ちょっと――いや、かなり、驚いた。

日本語を話していなければ外国人だと思っただろう。彼は色素の薄い茶色い髪に、髪と同じ色の瞳が強烈な印象を残す、目鼻立ちの整った顔をしていた。肌理《きめ》の整った白い肌はシミやホクロ一つない。

少し顔を伏せるだけで、切れ長の目元が長いまつ毛に覆い隠されてしまう。男の人に対して失礼かもしれないが——綺麗な顔としか言いようがなかった。顔は芸能人のように小さく、長い脚がカウンターからはみ出していて、彼の背の高さも窺《うかが》える。体格を見た限り、身長は私と頭一つ分は違うはずだ。それなのに座高が私とそう変わらないなんて解《げ》せない、どういうことだ。

（へぇ、現実にいるんだ……こういう人）

大衆居酒屋がまったく似合わないなんて。

黒塗り高級車に、高級料亭、磨き上げられたシャンパングラスを傾けたりなんかして……ふふふ。漫画だと背景に薔薇《ばら》が描かれるはず。私は思わず妄想の世界にトリップしかけて首を振った。

ゲームや、漫画でしか知らない世界、私とは縁遠い世界にいる住人がそのまま現実に出てきてしまった、そんな感じ。

「聞いてる？」

「え、あ、聞いてるけど」

口を半開きにしたまま美しい男の顔を凝視《ぎょうし》していると、彼はカウンターに肘《ひじ》をつき私のほうを向いた。

（なんなんだ、これは――）

正面から見ると、破壊力があり過ぎて困ってしまう。

聞いていると言ったものの、いったいなんの話をされたのかは思い出せなかった。

まだそれほど飲んでいないのに、もう酔いが回ってしまったのだろうか。

結婚がどうのと言っていたように思えて、隣に座る彼の言葉を頭の中で反芻《はんすう》する。

「あ、そうだ！　結婚！」

「そうそう。君、結婚相手探してるんでしょ？」

彼の口調は穏やかで押しつけがましくない。耳心地のいい低音で人懐こくこられると、つい気を許してしまいそうになる。

優しげに細められた目元と弧《こ》を描いた唇は、相手の警戒心を解かせるに十分な効果を発揮している。

「うん……あの、どうして知ってるの？」

「そりゃ、この狭い店内に響く大声で〝結婚相手落ちてないかな〟って言ってたから」

「え、声に出てた？」

「ああ、どうしようかなぁのところからね」

家に一人でいるとつい独り言が多くなる。ここでも癖が出ていたとは。気をつけないと。彼とは、きっとこの先二度と会うことはないだろうが、隣で聞かれていたと思うと決まりが悪い。

「それは……失礼しました。で、まさかナンパ、とかじゃないよね？」

これだけの美形が大衆居酒屋でナンパをするとも思えなかったが、それなりに動揺していたせいだろう。考えずに口から出てきた言葉がそれだった。

（まさか、結婚相談所の職員とか……？）

それが一番あり得そうだ。「お客様にお勧めのプランがありますが、一度見学にいらっしゃいませんか」という話が始まりそうな胡散臭《うさんくさ》さが彼の笑顔の中にはあった。

つい気を許しそうになる雰囲気も、もしかしたら作られたものではないかと勘繰《かんぐ》ってしまう。

「俺は、長谷川晃史《こうし》って言います。そっちは？　ナンパじゃないよ。ただ、話をしてるだけ」

「私は山下みのり……ってそうじゃなくて、私が結婚相手を探してること、あなたには関係ないでしょ？」

いくら結婚相談所の職員でも、ジャージ姿で飲みに来るような女に話しかけるもの好きはいないだろう。

私は典型的な非リア充だ。結婚したいならせめてその格好をどうにかしてください——私がプランナーならばそう言うだろう。

私の勝手な妄想をよそに、彼は一呼吸置いたあと真面目な表情で淡々と告げてきた。

「君が結婚相手落ちてないかと言ったから、気になって声をかけただけだ。実は俺も結婚相手を探してるんで」

予想外の話に、どう反応していいやらわからない。

彼の話を信じるなら、とりあえず結婚相談所の営業という線は消えた。

「あなたも？」

「ああ」

失礼かもしれないが、彼はとても結婚したいようには見えなかった。

おそらく、銀行内で相田さんや飯田さんの話を聞いているからだろう。彼女たちはいつも恋に浮かれていて楽しそうだ。けれど、この人は。

あなた、誰かを本気で好きになったことある——？

そう思ってしまうほど〝結婚〟という言葉を紡ぐ彼からは、恋愛に対しての必死さを感じられなかった。

（ま、私も人のこと言えないけどさ……）

一見穏やかそうに見えるから簡単に懐《ふところ》に入り込めそうな雰囲気が彼にはあるが、それは上辺だけだろう。

自分のことなのに他人事で、まるで取引を持ちかけられているような、そんな気さえした。

「どうして？」

「家の事情。結婚した兄に、そろそろお前も身を固めろと言われてね。まあ、よくある話だよ」

「え、よくあるもんなの？」

彼は、見た目三十代前半といったところだ。

結婚適齢期だろうが、男兄弟で結婚の話がでるのは珍しいような気がする。

「うちは古い家でね。本家が家と会社を継ぐって決まりがあるんだ。両親はそう堅苦しい人たちではないし、相手をとやかく言われるわけじゃないんだけど、三十過ぎてからは兄嫁も一緒になって口うるさいのなんの……」

〝兄嫁〟と言った時だけは、彼から家族への愛情のようなものを感じた。

おそらく嘘ではないのだろう。けれど、どういう理由で私にそんな話をするのかはわからない。

彼の結婚したい理由と私の理由はまるで違う。「わかる、わかる」と同調できるはずもなかった。

それに本家が家を継ぐとは、大企業の御曹司なのだろうか。たしかに大衆居酒屋にいても、彼の風貌《ふうぼう》からは隠しきれない育ちのよさが滲《にじ》みでている。

あながち私の妄想は間違っていなかったのかもしれない。お金持ちも色々と大変だ。

結婚について興味なさそうに淡々と話しながらも、彼からは時折、両親への尊敬の念が窺《うかが》えた。きっと大事に愛されて育ってきたのだろう。

「実家暮らし？　お兄さん夫婦も一緒に暮らしてるの？」

両親と兄夫婦からたびたび結婚を急《せ》かされているのなら、うんざりしてしまうのも頷ける。

「そう。まぁ、彼らなりに心配してるのはわかるんだ。けど、兄が『相手がいないなら見合いするか、うちのに紹介してもらえ』って言ってきてね。兄嫁まで結託《けったく》して俺の結婚相手を探す気になってるものだから、つい結婚を前提に付きあっている女性がいると嘘をついた」

どこかで聞いたような話だ。

いや、しかし彼と私では状況がまるで違う。

私には兄妹がいないし、絶対に結婚をしなければならないなんて制約もない。ただ結婚を約束した恋人のふりをして、おじいちゃんに会ってほしいだけだ。

家が絡む話は、正直未知の世界で理解できなかったが、稀《まれ》に見るほどのイケメンに声をかけられた理由は、徐々に呑み込めてきた。

「だから結婚相手を探してるのね」

しかし、彼ほどの美形なら結婚相手として名乗りを挙げる女性はたくさんいるだろう。むしろ家柄まで保証されているとなると、こぞって手を上げる美女たちが多そうだ。

私は結婚自体絶対に御免《ごめん》だが、家を抜きにして彼は結婚についてどう思っているのか。自分の義務だとでも思っているのだろうか。

とりあえず先のことは考えず、現状を乗り切るために相手を探しているように感じた。

「しかも会わせろって話が進んでてね。仕事を理由にしようにも、家族経営しているから俺の勤務スケジュールなんてバレバレだし、そんな時間はないと嘘をつくこともできない」

「そういう事情なら、とりあえず誰でもいいから連れて行かなきゃってなるね」

「ああ、それに今更嘘だったと言えば兄の思う壺だし。おそらく俺が嘘で言ったことはバレてるっていうか、疑ってるからさ」

そこは私と同じだと、思わず笑いがこぼれる。

お母さんも、本当に付きあっている人がいるなら連れて来てみなさいよ、と言わんばかりだ。これで本当のことを言えば「ほら見なさい。くだらない嘘つくんじゃないの」となる。

「でも、大きい家で跡継ぎが必要だってのはわかるんだけど、お兄さんが結婚してるんだったら、そこまで急ぐ必要はなくない？　どうしてそこまであなたを結婚させたいんだろう」

男性がここまで結婚を急げと迫られるのは不思議な話だ。

女性ならば三十代間近になると一度や二度や三度、聞く話であるが。

私が聞くと、ほんの少し彼の横顔が翳《かげ》ったような気がした。淡々と感情を声に出さず話していた彼に、初めて動揺の色が見える。

会ったばかりでよく知りもしないのに、どうしてか私は彼のことが気になって仕方がなかった。誰とも関わりたくないのに、彼のことを知ろうとしている。

自分よりも大変な状況の彼に同情しているのかもしれない。これも一種の現実逃避か。

「さぁ……俺にも兄の気持ちはよくわからない。けど、有言実行な男であるのは確かだから、嘘だとバレた途端見合い攻撃が始まるんだろうな」

（誤魔化した……？）

ビールを呷《あお》った彼は、ため息をつきながらやれやれと肩を竦《すく》めた。

「それで、ついさっき名前を知ったばかりの私にそんな話をしてきたのはどうして？まさか私と結婚したいわけじゃないでしょ？」

「そのまさかだよ。君、本心で結婚したいわけじゃないだろう？　困っているのなら共犯にならないかなって」

私が断らないと自信があるのか。

それとも、たとえ断られたとしても別にいいと思っているのか、彼はまるで「この後もう一杯どう？」とでもいうような軽い口調で言った。

彼の言う共犯の意味を正確に理解したわけではない。が、共犯というからには彼が提案しているこの結婚に関してなんらかの約束事があるのは明らかだ。

「どうしてわかるの？　私が本当に結婚したくて、どこかにいい男落ちてないかなぁって探してる女だったらどうすんの？　あなたみたいなかっこいい男の人はすぐ狙われちゃうよ？」

「今すぐに結婚したい女は、こんなおっさんばかりの大衆居酒屋にこんな時間一人で来ないよ。しかも常連みたいだし。週末の夜だよ？　そういう女は合コンやら飲み会に精を出すでしょ」

「納得……それに私、恋人探してる女の格好じゃないしね」

我ながら自虐的だ。

けれど彼は、そんなことはないけどねと思ってもいないことを言った。いくらなんでも、本心じゃないだろう。八年もののジャージだし。

「で、君の事情は聞かせてもらえるの？」

私は会って間もない彼に、事情を話した。

おじいちゃんの病気のこと、嘘をついてしまったこと。彼は口を挟むことなく、私の話に耳を傾けていた。

「……それで、仕事以外では引きこもって、オタクまっしぐらな生活してるってバレたら、おじいちゃん、ますます具合悪くなっちゃう」

「俺たちは、お互いに婚約者を家族に紹介する必要があるってわけだ」

「うん、そうなるかな」

「じゃあ、俺と契約しよう。君に悪いようにはしないから」

「契約？」

「うん〝結婚を前提とした恋人〟契約だ。もちろんふりでね」

「つまり婚約者ってことよね？　それっていつまで？　あなたに好きな人ができたらどうするの？」

好きな人、ではなくとも恋人の一人や二人はいそうだ。

婚約者となる以上、互いに清廉潔白《せいれんけっぱく》であるべきだろう。名家なら特に。

もし何年にもわたって彼の婚約者のふりをしなければならないのなら、面倒なことこの上ない。

華々しい人生を送ってきたであろう彼と、非リアな私ではどう考えても釣りあわない。

いくら本当の婚約者でないとはいえ、たびたび顔を合わせて家族にガッカリされるのは御免《ごめん》だった。

「俺は、一度家族に会ってほしいだけだから、そう時間は取らせないよ。好きな人ができるなんてこともあり得ないから心配しなくていい。そっちこそ、その時はどうする?」

(好きな人ができるなんてあり得ない……?)

大衆居酒屋にいるだけでこれだけ周囲の女性の視線を集める男が、いったいなにを言っているのだろう。

やたらと自信ありげに言われて首を傾げる。

「私も……それは絶対にないから」

二人の間に奇妙な沈黙が訪れた。

触れるな、という空気があり、それは互いに感じ取った。

彼のことはひとまず置いておいて、私に関しては断言できる。

あの日、私はもう二度と誰かを好きにはならないと決めたから。

「これからよろしく、みのり」

「こちらこそ。晃史さん」

人生において二度目、そして最後となるであろう婚約者は、誰もが羨《うらや》む美形でした。

三　自惚《うぬぼ》れは変化の始まりかもしれない

翌日。ふわぁと大きなあくびをしながら、私はテーブルの上に用意された朝食を摂った。朝食と言ってもすでに時刻は十一時、完全に昼食だ。

金曜から土日にかけて完全に夜型になる私は、だいたいいつもこんなものだ。食事を作ってくれたお母さんは、とっくにお父さんと病院へと出かけてしまった。

おじいちゃんのところへ寄ったら、その後は二人で食事でもして帰ってくるだろう。うちの両親はいつまでもラブラブで娘とは大違いだ。

私は残ったパンを一口に頬張りながら、ご馳走様と手を合わせて皿を洗った。お母さんがいたら「行儀が悪い」という声が聞こえてきそうだ。

仕事はきちんとしている。休みの日ぐらい自由に過ごさせてほしいと、別に誰に責められているわけでもないのに、心の中で言い訳をした。

お母さんは私の嘘に気づいている。

ゲームばかりしているのも知っているから、妄想ではなくそろそろ本当の彼氏でも作りなさいと言いたいのもわかる。

「ボッチだっていいじゃん」

二十八歳で恋人がいない女性だってそれなりにいる。一生独身でいたいって人だって世の中にはきっといるはずだ。自分の娘の話になると、親はそう達観できないものなのか。

おそらく、外見はそう悪くない――はずだ。

高校生の頃、告白された記憶がある。それに、思いだすのも嫌だが、昔付きあっていた恋人には可愛いとも言われた。

インドア体質だから肌は白いほうだし、食事も忘れてゲームばかりしているせいか太ってはおらず、一五五センチで体重は四〇キロ台だ。

小学生の時から髪型は変わらずボブだけど、その頃からオタクだったわけではない。最後に恋人がいたのは二十歳の頃。それまで、漫画やゲームの世界は自分に近いものではなかった。

「あ、そういえば恋人できたんだっけ……なんてね」

昨夜行きつけの飲み屋で声をかけられたことを思い出した。

恋人ができたと久しぶりに言ってみたかっただけだが、冗談であってもだいぶ虚《むな》しい。

「契約なんて冗談だよね。あの人も酔ってたんだろうし」

滅多《めった》に見られないイケメンを間近で見られて目の保養にはなった。あれほどの美青年と話をする機会なんて、一生に一度あるかないかだ。

浮かれていたわけではないが、家族以外の誰かとあんな風に過ごしたのは久しぶりで、つい色々と話してしまった。

お喋りが大好きだった昔を思いだしてしまう。他愛もない話をして毎日が楽しかったあの頃。

家族のこと、趣味の本やゲームのこと。昨夜、あの人とはたくさんの話をした。

もう二度と会わない人だからこそ、話せたのかもしれない。

だいぶ酔いが回って、自分がどうやって自宅に辿《たど》り着いたのかも実はあやふやだ。

洗い物を終えて部屋に戻ると、着替えもせずにテレビの前に置いた大きいクッションに腰を下ろす。

私もおじいちゃんのお見舞いに行きたかったが、お母さんたちと鉢合わせするのは御《ご》免《めん》だった。

「夕方くらいにお見舞い行こ。今日から新しいイベント追加されてるし～」

心を躍《おど》らせながら、一年中出しっ放しになっているゲーム機のスイッチを入れた。テレビ画面の中から、目をキラキラさせた二次元のイケメンたちが私を見つめている。

いつも優しい言葉をかけてくれて、疲れた時は心配してくれる。忙しくて会えない時は寂しかったと言ってくれるし、まさしく理想の王子様。

「だって、ゲームの中の男の子は裏切らないしね……」

冗談めかして言ったはずなのに、埋めようのない虚《むな》しさに襲われる。一人でいるのは慣れている。寂しいだなんて、今更なのに。

ぼんやりとコントローラーを持ったまま画面を見つめていると、テーブルの上に置いたスマートフォンが震えた。

ぶぶぶっという振動に驚いてコントローラーが手から滑り落ちる。

「なにっ、電話？」

メールも電話も滅多《めった》に鳴らない。友達は一人も登録されていないし、用があって掛けてくるのはおじいちゃんと両親だけだ。

だから必要以上に驚いてしまった。

外にいるお母さんだろうかとスマートフォンを手に取る。見覚えのない番号となぜか画面上に表示される名前。こんな人を登録した覚えはない。

「長谷川……晃史って誰？」

昨夜のイケメンと思い当たるまでに数秒を要し、慌てて電話に出る。

どうして、まさかという思いで私の頭の中は大パニックだ。

「も、もしもしっ？」

『俺。覚えてる？　昨日のこと』

挨拶《あいさつ》もなしに単刀直入に訊ねられて、私の胸には動揺が広がった。まさか、契約云々《うんぬん》の話は冗談ではなかったのか。

それよりもどうして連絡先を知っているのだろう。私から教えるなんてあり得ないし、そもそも自分のスマートフォンの連絡先の登録の仕方すらよくわからない。

(美形は声も綺麗なんだ……って、そうじゃなくて!)

緊張で高鳴る心臓が、どくんどくんと音を立てた。

落ち着け、私。これは仕事だと自分に言い聞かせる。

深呼吸をし、襟《えり》を正して電話に向き直った。

「あの……長谷川さん」

事務的な声で呼びかける。

『なに? っていうか、どうして今日は長谷川さん?』

「連絡先交換してたんですね、私たち」

『ああ、忘れてるわけじゃなさそうで安心したよ。君あのあと寝ちゃってさ、その間にスマホ拝借してちょっとね。今日電話したのは、君の意思を再度確認したいと思って』

「意思って、契約……ですか?」

夢だと思っていたわけではないし、酒には強いほうだ。昨夜話した内容はさすがに覚えている。

けれど、まさか本気だとは思いもしなかった。

酒の場における言葉遊びの範疇《はんちゅう》だろうと思っていたのだ。

いい男に話しかけられて浮かれていたのだろうか。

ドラマや小説などにはありがちだが、現実的ではない。

問題があり過ぎだ。

『そうだよ』

「いや、どう考えても無理でしょう」

婚約者のふりなんて。

家族に婚約者として紹介されるなんて冗談じゃない。

私はおじいちゃんにウェディングドレス姿を見せてあげたいだけだ。いざとなったらプロに頼めばいい。

彼の提案は、あまりに私のリスクが高すぎる。

『そうかな？　どうして？』

「昨夜の話が本当だとして……あなたの家族を騙《だま》すんでしょう？　誰かを傷つけるようなやり方は好きじゃありませんから」

嘘だとバレたら、きっと彼の家族は傷つくだろう。

誰かを騙《だま》して傷つけるなんて、私はしたくない。

『嘘をついて君も同じことをするんだろ？　それに、傷つけようとしているわけじゃない。俺は、心配させないための優しい嘘だと思うけどね』

嘘をついて同じことをする、とは――なんとも痛いところを突いてくる。私は彼の嘘を非難できない。

重い病気に苦しんでいる相手に、さらに嘘を重ねるのだから。

派遣されてくるどこの誰かも知らない相手を、結婚を前提に付きあっている相手だと紹介するつもりでいるのだ。

「優しい、ですかね？」

『ずっと心配かけてきたから安心してほしいだけだろ？　君の気持ちは俺にもわかる。俺も同じだと思ってくれていい』

「同じ……」

彼の言葉に気持ちが揺れた。

家族を安心させてあげたいのだと言われると、無下《むげ》に断ることも憚《はばか》られる。彼に頼むのも、ほかの誰かに頼むのも同じだと、つい自分に都合のいいほうへと考えてしまう。

『そうだよ。で、どうする？　酔いが醒《さ》めてやっぱり嫌だって言うなら、俺は電話を切って君の番号を消すよ。会ったばかりであまりしつこいのはウザいだろ？』

「あの……考えると、私より長谷川さんのほうが大変だと思うんですけど……いいんですか？　契約が終わった後、面倒なことになりませんか？」

私はなにを言っているのだろう。

これでは、もう契約に応じると言っているようなものだ。けれど、彼の言う「優しい嘘」の話に乗ってもいいかと思ってしまった。

彼の家族にバレたとしても責任は取れない。

それでもいいと約束してくれるのなら。

『大丈夫。君に迷惑はかけない。でも、家に来てもらうんだ。やっぱり負担は君のほうが大きいと思うから、ドレスのレンタルや段取りは俺がするよ。なんなら本当に式を挙げたっていい』

彼がそこまでする理由はなんだろう。

結婚に乗り気じゃないのは本当だろうが、いくら名家だからといって嫌だと言っている彼を無理やり結婚させるだろうか。

話を聞いただけだが、家族仲はよさそうなのに。

私は疑問を抱きながらも、これ以上聞いてしまったらどうしたって後戻りができないような気がして、口を開くのをためらった。

『おじいさんにドレス姿見せてあげたいんでしょ？』

二の足を踏む私の気持ちを悟ったのか、答えを急《せ》かされているように感じた。

今決めないと、次はないと。

骨が浮きでた、おじいちゃんの指を思いだした。力なく握られた手のひらは、思っていたよりもずっと小さかった。

（時間は……もうあまりないのかもしれない……）

もしこのチャンスを逃《のが》したら、おじいちゃんにドレス姿を見せてあげられる機会は二度とないかもしれないんだ。

「わかりました」

冷たい汗が額《ひたい》を流れ落ちた。おじいちゃんに嘘をつくことへの罪悪感と、他人を騙《だま》すことのうしろめたさに襲われる。

けれど、淡々と話す彼の声は昨夜と同じで、夕飯のメニューを決めているかのように深刻さはまるでない。

『じゃあ、時間がある時にもう一度会わない？　俺は今日でも大丈夫だけど、みのりの都合に合わせるからさ。これからについて話しあっておきたい。それに婚約中なんだ……名前しか知らないじゃおかしいし』

「わかりました。私も、これからで大丈夫です」

電話を切って、あまりに非現実的な出来事に深いため息が漏れた。

何度も逡巡《しゅんじゅん》してしまう。本当にいいのだろうかと。

彼に指定された待ちあわせ場所は、おじいちゃんが入院する病院の近くにあるオープンカフェだった。

すぐ近くにはトラックが頻繁に通る国道があるが、一本脇道に入っただけでずいぶんと静かなものだ。

趣《おもむき》ある古民家をリノベーションして造られたカフェは、開放的な一面のはめ殺し窓が目を引き、ウッドデッキにはパラソルの下で食事を楽しめるようにとテーブルが置かれていた。

和の雰囲気があり女性は好きそうだ。けれど、思いっきりカップル向きな店舗であるのは間違いなく、どうしたって尻込みしてしまう。

昔はお洒落《しゃれ》なカフェや雑貨屋が好きだった。けれど、ここ八年立派な引きこもりをしていた私には相当入りにくい。

私は目立たないように下を向いて店内へと足を踏み入れた。きゃっきゃと楽しそうな女性たちの笑い声が響いていて、それだけで萎縮《いしゅく》してしまう。

彼の姿を探して店内を見回すと、やたらと客の視線が同じ方向へと向いている。不思議に思って視線の先を見ると、そこにいたのは彼だ。

糊《のり》の利いたワイシャツにスラックス、茶色の革靴というどこにでもいる会社員の装いなのに、着る人によってこうまで変わるのかと見惚れてしまう。

あれだけの容貌をしていればモテるはずだ。

もしこの店内で「俺の婚約者になってくれる人いるかな？」という方法で、別の女性を探したなら、きっと数秒もかからずに何人もの女性が手を挙げるだろう。

「長谷川さん、お待たせしてすみません」

私は目の前の椅子を引き、彼に声をかけた。

持っていた鞄を椅子の下の籠《かご》に入れて座ると、彼はほんの少しだけ驚いた顔をした。

もしかして私が来ないと思っていたのだろうか。

約束した以上そんな非常識な真似《まね》はしないのに。

「いや、急に連絡したのはこっちだから気にしないで。それよりいいかげん『長谷川さん』って呼ぶのやめない？　昨日みたいに下の名前で呼んでよ」

「まぁ……そうですね」

「なに飲む？」

「あ、じゃあ……カフェオレで」

満席に近い混み具合なのにもかかわらず、晃史さんが軽く手を上げただけで、女性店員がこぞって足を進めた。

正直、客を取りあって店員が火花を散らす光景など初めて見た。どの女性も可愛らしくて、彼の隣にいたとしても見劣《みおと》りしない。

私は——と自分の姿を見つめる。膝丈のデニム生地のスカートに無地のティーシャツ。髪は一応梳《と》かしたが、うしろ髪が撥《は》ねている。

無性に恥ずかしくなって、晃史さんの顔が見られない。

「すみません、カフェオレとアイスコーヒーお願いします」

「かしこまりました」

周囲の視線に気づいているのかいないのか、彼は店内の騒《ざわ》めきなど気にする様子もなく注文を済ませた。

女性の扱いに慣れていると感じる。この程度は日常茶飯事《にちじょうさはんじ》なのだろう。

隣との席が離れているとはいえ、周りの女性たちからの視線が痛い。「彼女普通じゃない?」「あんなのが?」そう言われているような気がする。

あながちそれは被害妄想でもないから余計に居《い》た堪《たま》れない。「え、あれが彼女?」って、聞こえてるから!

注文をしたばかりなのに、私はもう逃げたくなってしまった。

これだけ美形であれば当然かもしれないが、やはり早まったとしか言いようがない。

ぱっと見でもじっくり見ても、晃史さんはやはり人目をひく。

精悍《せいかん》な顔つきと優雅な所作が組みあわさると、嫌味のない自尊心の高さが窺《うかが》える。むしろこれほどの美形で謙虚であったなら、それこそ嫌味だろう。

まつ毛は長く、髪の毛には赤ちゃんのようなキューティクルがありサラサラだ。目の色が日本人の黒ではなくて、太陽の光にあたると薄茶色っぽく変わる。

一つ一つのパーツが整っていて怖いぐらいなのに、ふわっと優しく笑うから、晃史さんを好きな女性は勘違いしてしまうのではないだろうか。

もしかして私を好きかも、と。

誰にでも壁がないというか、隙だらけというか。でも、深いところは見せてくれない。簡単に一歩踏み込めたと思っても、彼の内側にはもう一枚分厚い壁がありそうだ。

「どうかしたの?」

「いえ。晃史さん、めちゃくちゃ目立ってますね」

「そう? みのりが可愛いからじゃない?」

(可愛い……って)

ドキッと高鳴りそうな胸をなんとか抑えて平静を保つ。

彼は自分が女性からどう見られてるかをわかった上で、わざとやってるに違いない。試されてるような気さえしてくる。

俺を本気で好きにならないよね、君。好きになったら契約はナシだよ――そんな風に。

「わかっててそういうこと言います? この状況で私が見られてるなんて誰も思いませ

ん。過ぎる謙遜《けんそん》は嫌味ですよ」

「ははっ、おもしろいよね、みのりって。じゃあなに、俺ってかっこいいからさ、とでも言えばいい？」

悪戯《いたずら》っぽく首を傾げる仕草すら様になる。かっこいいからさ、と言ったところで嫌味にもなりはしない。

「あ、それもちょっとムカつきますね」

「だろ？　それにみのりが可愛いっていうのも嘘じゃないよ」

「はいはい、ありがとうございます。晃史さんも十分おもしろいですよ」

「嘘じゃないんだけどなぁ。ちょっとデートっぽい格好で来てくれてるし。驚いたよ、すごく可愛い」

彼の指摘に、今度は頬が熱くなるのをとても抑えられなかった。

（意識、したわけじゃないけど……）

もちろんデートだと思ったわけでもない。

名前からしてお洒落《しゃれ》なカフェを指定されて、部屋着のジャージで店に入る勇気がなかっただけだ。

「さすがに家の近くの居酒屋に行くような格好で、こんな場所来られませんよ」

「別にいいのに。昨夜みたいなラフな格好も似合ってたよ」

「もうやめてくださいい。自分で自分の見た目はよくわかってますから。で、前置きはいいですから、どうしますか？」

ちょうど頼んだ飲み物が運ばれてきて、晃史さんは抜け目なく「ありがとう」なんて愛想《あいそ》を振りまいている。

女性店員は頬を染めて恍惚《こうこつ》とした顔をした。やはりモテる男は違う。

「そうだね、じゃあまずはちゃんと自己紹介といこうか？　っていうか、みのりは敬語やめてくれないの？」

「あ、そうですね。婚約者なんだからずっと敬語じゃおかしいし」

「飲んでる時は普通に喋ってくれてたのに」

「酔っぱらってたんで、ちょっと調子に乗ってたかも」

あなたのかっこよさに見惚れて頭が回らなかったんです、と正直には言いたくない。

「じゃあ、これからは普通に話してよ。で、名前は言ったと思うし……あ、年齢は三十二ね。職業は実家の病院の事務長をしてる。趣味は……うーん、昔はキャンプとか好きだったんだけど、今は仕事が趣味のつまらない男。好きな食べ物は丼もの。嫌いな食べ物はバナナ。ほかに聞きたいことある？」

大きい家だとは聞いていたけど、病院を経営してると聞き納得だ。ただ継ぐと言ってもそう簡単ではないだろう。家族経営ならば、跡継ぎの問題も理解はできた。

それにしても昨日居酒屋で会った時も思ったが、これほど庶民的な料理が似合わない人もそういない。失礼だが、その顔でカツ丼を食べるのかと想像するとなんだか可笑しい。

「毎日コース料理食べてそうって思ってた」

「まぁ、堅苦しい料理は仕事で食べる機会が多いから。牛丼のチェーン店とか行くとなんかほっとするんだよね。昨日入った店も初めて行ったんだけど当たりだったな」

「あそこ美味しいよね。焼き鳥はタレ派？　塩派？」

「俺は塩かな。そこ重要？」

晃史さんはおもしろそうに笑いながら聞いてくる。

「あの店のタレは絶品だから、嫌いじゃなかったら今度ぜひ食べてみて。で、次は私よね。えーと、歳は二十八。短大卒業した後、銀行で事務仕事をしてます。結構見たまんまで申し訳ないんだけど、趣味は漫画にネットゲームと一人飲み。好きな食べ物は焼き鳥で、嫌いな食べ物は私もバナナ。あのネチョネチョした感じがどうも受け入れられなくて」

昨日今日で、この八年分以上の会話をしているように思う。

会社の同僚とはプライベートな会話は一切しない。それどころか、同僚は私の下の名前すら知らないだろう。

晃史さんに話せるのは、たぶん、私を何一つ知らない相手だからだ。

大抵オタクだと言えば引かれるし、会社帰りに同僚と飲みに行くのも、私には縁遠い。

私の周りには最初から分厚い壁ができていて、誰かと関わるのを恐れている。

「ははっ、わかる」

「引いた？」

引かないわけがない。それでも一応聞いてしまったのは、まだ私にも異性によく思われたいという感情が残っていたからだろうか。

「どうして？」

「いや、だって普通ゲームと一人飲みが趣味の女なんて、たとえ契約でも関わるのは御《ご》免《めん》でしょ」

「そう？　趣味を隠してカフェ巡りが好きです、とか言ってる女性よりよっぽどいいと思うけど？　焼き鳥好きなのもポイント高いしね。それにさ、俺、こうやって座ってるだけで勝手に写真撮られるんだよね。昨日飲んだ時、俺にスマホ向けてる女の人を睨んでたでしょ？　嬉しかったよ」

まさか気づかれているとは思わなかった。

大衆居酒屋に彼のような人がいたら注目の的だし、女性のミーハーな思いが理解できないわけではない。

けれど、黙ってカメラを向けるのはマナー違反だと思っただけだ。声に出して言えないのは性格ゆえだが。

「そんな褒めてもなにもでないよ？　睨んだって効果なかったし」

「過ぎる謙遜《けんそん》は嫌味なんだろ？　そこはありがとう、でいいんだよ」

「ありがとう」

なんだか面映《おもは》ゆくて、頬が熱い。

自分の行動を褒められる機会など久しくないからだろう。

「みのりのおじいさん、入院中って言ってたけど容体はどう？」

晃史さんは居住まいを正して言った。

おじいちゃんを思うと不安で堪らない。ツンと鼻の奥が熱くなって涙が溢れそうになる。

「延命治療……っていうの？　手術すればもう少し生きられるかもしれないけど、おじいちゃんが望んでないんだって。苦しそうなおじいちゃんを見てるのは辛いよ」

「そうか。なら、なるべく早いうちに会いに行きたいな。病院はどこ？」

「長谷川総合病院だけど……」

「うちの病院か」

（うち……？）

そういえば晃史さんの名字は長谷川だ。しかし、病院内で会ったことはない。これほどの美形を一度見たら、さすがに私だって忘れないはずだ。

「もしかして、みのりのおじいさんって山下源蔵《げんぞう》さん？」

「知ってるのっ？」

「ああ、でも話したことはないよ。向こうは俺を知らないと思うから安心して」

患者の情報を頭に入れてあるだけで、普段は院内にはおらず別棟で仕事をしているのだと晃史さんは言った。

「そっか……おじいちゃんを知ってるんだ。それって、大丈夫かな？　職場近くで私と一緒にいたら、周りに色々と言われない？」

まさか、晃史さんが働いている病院だとは思わなかった。きっと、これだけかっこよければ周りからアプローチもあるはずだ。病院で働く人たちにバレるのはまずいだろう。

「言われていいんだよ。むしろ好都合だから気にしないで。みのりは、付きあってる人について家族になにか言った？　俺とあまりにイメージが違うと困るだろ？」

「いずれ結婚する、とかは話の流れで言ったかもしれないけど。相手の職業とかは話してないはず。晃史さんは？　年齢とか大丈夫？」

「俺は付きあってる人がいるって言っただけだから平気。ジャージ姿で来てもいいよ？」

「そんなわけないでしょ！　っていうか病院経営してるんなら、晃史さんって御曹司でしょ？　なんか今更不安になってきたんだけど」

両親は口うるさくないと言っていたような気がするが、結婚相手に求める条件は色々とありそうだ。

楽器はなにをしてらしたの？　――なんて聞かれたら完全にアウト。リコーダーとでも答えればいいか。

「為《な》せば成《な》る」

「もうっ……晃史さんは緊張とかしないわけっ？」

「ん～緊張っていうか楽しみかな」

「え、なにが？　おじいちゃんに会うのが？」

「いや、みのりのウェディングドレス姿」

悪趣味過ぎる。

（もしかして、本気で楽しんでる……？）

図太いというかなんというか。万が一失敗したら、誰かも知らない人と結婚することになるかもしれないという危機感はないのだろうか。

「やっぱ、モテる男は言うことが違いますね……」

「うわ、そんな蔑《さげす》んだ目で見ないでよ。本当だって。ね、信じて？　みのりは可愛いと思うよ？」

晃史さんの顔が近づいてきて顔を覗き込まれると、私の心臓はどくどくと激しく音を奏《かな》でる。

(そんなに人の顔じっと見ないでよ……美人でもないのに。もう、恥ずかしすぎる……っ)

私の顔色は先程から赤くなったり青くなったりと、忙しい。

こっちは八年も干物でいて耐性がないのだから、ちょっとは手加減してほしいものだ。男の人とこういう場所で会うのだって、前の恋人以来なのに。

「そろそろ行こうか」

「どこに？　あ、もう帰る？」

デートでもあるまいし、カフェでずっと喋り続けるわけにはいかない。ある程度の情報交換はできた。あとは約束の日を待つだけか。

なんとなく残念な気持ちが芽生えて、私は自分の気持ちを誤魔化すように氷がすっかり溶けきった水を飲み干した。

「時間あるなら、もう少し付きあってよ。デートしよう」

「デ……っ」

ふわりと柔らかく微笑まれて、さらに私の胸はおかしな音を立てる。

本当に付きあっているわけじゃないのに、勘違いしそうになる。

(晃史さん、距離感が近過ぎるんだよ……)

彼の行動や言葉は、まるで本物の婚約者だ。本当に愛されているような気になってくる。知り合ってまだ二日しか経っていないのに、彼の優しさや外見だけではないかっこよさが、十分過ぎるほどにわかってしまった。

昨夜、私のジャージ姿を一度もからかったりしなかった。かと思えば、私を可愛いだなんて。お世辞だとわかっていても嬉しい言葉だ。女性を喜ばせる手管《てくだ》に長《た》けている。

「ほら、見合いみたいに趣味を伝えあったって覚えられないだろ？　一緒に過ごすのが一番手っ取り早い」

「どこ行くの？」

「じゃあ、みのりが行きたいところを紙に書いて。俺も書くから、はいペン。車で来てるから多少遠くても構わないよ」

晃史さんは、紙ナプキンを二枚取り一枚を差しだしてきた。

これに書くらしい。面倒な気もするが、不思議と私は心が浮き立つような感覚がした。

「あ、うん」

しかし、悩む。どうしよう。行きたいところと急に言われても思いつかない。

いくら晃史さんが車で来ているといっても、遠出は無理だ。帰りも考えるとそんなに遅くまではいられないだろう。だったら、近場で……

外に目を向けて見ると、病院近くにはたくさんの店が並んでいる。

私は思いつくままにペンを走らせた。晃史さんも私に見えないようになにかを書いている。

ゲームのようでドキドキする。

行きたいところがまったく別だったらと考えると不安になった。お互いを知るといっても、気が合わないと知ることになるのではないかと。それならそれで困るわけでもないのに。

「書いたよ。みのりもいい？　はい、じゃあここに出して」

「はい」

緊張のあまり目を瞑《つむ》ったまま、晃史さんに紙ナプキンを手渡した。受け取った晃史さんの口からくすっと笑いがこぼれる。

あまりに見当違いの場所を書いてしまったのかと心配になり、恐る恐る顔を上げると、晃史さんは二枚の紙ナプキンを私に見えるようにテーブルの上に並べた。

「俺たち結構気が合うみたいだね」

（嘘……っ！）

こんな偶然本当にあるのだろうか。

私たちは、まったく同じことを考えていたらしい。

「嘘でしょ……」

「ね。嘘みたいだ。じゃあ、行き先も決まったし、お手をどうぞ？」

「手……？」

「そ、どこで誰に見られてるかわからないからね。契約だとしても、俺たちは婚約者だろ？」

「うん。じゃあ、お願いします」

どれだけの期間かはわからないが、おそらくそう長くはない。きっと必要がなくなったら、ぱったりと会わなくなるのだろう。

けれど利害関係が一致しているから、少なくともその間、私は彼を信じられる。

彼が私を必要だと思ってくれるなら、しばらくは仮初《かりそ》めの婚約者でいよう。

「じゃあ行こう」

差しだされた手を握り返して、私は覚悟を決めた。


「可愛い～！　もふもふしてる～！」

予想以上に楽しい。

私は小さくて丸い、毛艶のいい生き物に頬を擦り寄せた。

あごの下をこちょこちょとかくと、腕の中の猫は気持ちよさそうに目を細めて、くわっとあくびをした。

可愛くてずっと撫で回していたくなる。

晃史さんも満足そうに足に擦り寄ってくる猫たちを次から次へと抱っこしている。もしかして私に合わせてくれたのかもと思っていたから、その姿を見て安堵《あんど》した。

それにしても、晃史さんとペルシャ猫の組みあわせって、どこぞの王族のようだ。王冠かぶって周りの美女たちに扇子《せんす》であおがれてそう——なんて、漫画の世界のような想像をしてしまい思わず笑みが溢れた。

「なんか、晃史さんとこだけ、猫多くない？」

私のところには二匹。晃史さんの周りには、膝の上で満足そうに撫でられている猫を含めると五匹もいる。

きっと全員雌《メス》に違いない。

人間だけではなく、猫をも引き寄せるフェロモンでも出ているのだろうか。

「ああ、なぜか俺、子どもとか動物に好かれるんだよね」

「えぇ～いいなぁ」

人間はどうでもいいけど、動物には好かれたい。

つい羨《うらや》ましくなってそう告げると、晃史さんが私の肩を抱き寄せるように引っ張った。

「ほら、みのりもこっちおいで」

とんと肩と肩がぶつかって、どうしたらいいのかわからなくなる。

慌てて離れても失礼かもしれないし、ずっとくっついたままだと私のうるさく鳴る心臓に非常によろしくない。

私はさも気にしていない風を装って、猫にだけ目を向ける。

「あ、晃史さんに抱っこされてるこの子……寝ちゃってるね」

「本当だ」

猫を起こさないように小声で話しながらも、柔らかい毛を撫でる手は止まらなかった。

（ここに来てよかった。晃史さんも楽しんでくれてるみたいだし……）

「気を遣ってくれてるのかと思った」

私は猫を撫でながら、ぽつりとこぼした。

「どういうこと？」

「私がインドアだから、合わせてくれたのかなって」

「行きたいところを書くって言ったでしょ？　俺も来たかったんだよ」

そうは言うけれど、昔はアウトドアが好きだったと聞いた。

本当はさっき、紙ナプキンに書いてる私の手元を見ていたのは知っている。

（私に合わせてくれたんだよね……）

好きになった人に嫌われたくなくて、必死に彼の趣味に合わせていた頃を思い出す。

そういえば、あの人からどこに行きたいかを聞かれたことはなかった。

思い浮かべた過去に、ちくりと胸が痛む。もう慣れたその痛みをやり過ごして、私は楽しそうに猫を抱き上げる晃史さんを見つめた。

(私……本当は誰かとこんな風に過ごしたかったのかな)

次どこかに出かける時は、彼の趣味に合わせても楽しいかもしれない。

「うん、ありがとう。楽しい」

私がそう告げると、晃史さんは目を細めて微笑んだ。

「私、次はバーベキューって書くね」

「言ったら意味ないでしょ」

「そんなことないよ。ずいぶんと優しい婚約者みたいだから」

「お褒めに預かり光栄です。ああ、そうだ。ドレスとタキシード選ばないとね」

「ドレス選ぶの、付きあってくれるの?」

まさかと思って聞き返すと、晃史さんは当たり前だとでも言わんばかりに頷いた。

正直、一人でウェディングドレスのレンタルなんて行きたくはなかった。おじいちゃんのためとはいえ、虚《むな》しくなりそうで。

「一緒に行かないと俺のサイズもわからないでしょ? それに花嫁に一人でドレス選ばせたりしないよ。当日のお楽しみにしたいんなら別だけど」

「ううん、一緒に選んでほしい」

「じゃあ来週にでも行こう。写真も撮りたいし」

「写真？」

「そう、記念にね。おじいさんも喜ぶでしょ？　もちろんみのりが誰かと結婚する時には、捨ててくれて構わないから」

「ん……わかった」

私はその場で手帳に予定を書き込んだ。

真っ白なスケジュール帳に、晃史さんとの予定が埋まる。こうして誰かと約束をするのもずいぶんと久しぶりだ。

きっと私は、晃史さんと撮った写真を一生捨てられないだろう。「記念受験」なんて言葉があるが、これは「記念婚約」だ。記念にしてはこの婚約はかなり贅沢《ぜいたく》である。

（晃史さんでよかった……）

たとえ契約だとしても、ほかの人ではなく彼が相手でよかった。

晃史さんもそう思ってくれたら、少しは胸が軽くなる。

四　バージンロードに立つ瞬間こそが幸せの絶頂である

翌週土曜日――

私は晃史さんと待ち合わせをして、ホテル内にある結婚式場の貸衣裳店に来ていた。

花嫁さんって大変。

ウェディングドレスを着て初めに思ったのはそれだった。動きにくいし、新郎と身長を合わせるために、多くの人は高さのあるヒールの靴を結婚式と披露宴《ひろうえん》で履《は》き続けるらしい。

仕事の時もなるべくヒールのない靴を選んで履《は》いている私からしたら、数時間もこんな靴を履《は》いているのなんて信じられなかった。

こうして着替えて靴を履《は》くだけで、ふくらはぎが震えて足が攣《つ》りそうになるのに。

「これもいいね」

晃史さんが真剣な眼差しで、鏡の前に立つ私を見つめて言った。

そしてスタッフに指示を出したかと思えば、デザインと色合いの違うドレスが手渡される。

「え、まだ着るの？」

「当たり前。主役は女の人なんだから。疲れたら休みながらでいいから着替えておいで」

私はドレスを手に思わずため息を漏らす。ふりにしては真剣に選び過ぎだろうと。

（もう十着は着てるんですけど……）

結婚式は花嫁が主役だとよく言うが、きっとタキシードを着た晃史さんのほうがよほど絵になる。

定番の白は絶対似合うだろうし、グレー系もいい。

自分が着飾るよりもイケメンをコスプレさせるほうが百倍楽しいに決まっている。これだけ見目のいい男の人を着せ替え人形にする機会など、もう二度とない。

私は肩が開いたドレスに着替えながら、晃史さんのタキシード姿を想像してニンマリと口元を緩めてしまう。

女性スタッフの手を借りながら、晃史さんの待つ場所まで歩いていった。

「あ、これ大人っぽくていいな。ちょっと背伸びし過ぎな気もするけど」

私は自分の姿を鏡で見ながら言った。

似合っているなどとは思わないけれど、フリルが全体にあしらわれた可愛いドレスより、シンプルで大人っぽいドレスのほうが自分のイメージにも合うような気がした。

「よくお似合いですよ」

その台詞《せりふ》も、かれこれもう十回以上聞いている。

晃史さんの反応はどうだろうと、鏡越しに背後の彼に視線を向けた。私は九センチのヒールの靴を履《は》いているが、晃史さんの隣に立つとそれでも小さく見える。

「どう？」

「それいいね。うん、可愛い。みのりはどう？　これがいい？」

「うん。私はこのドレスが一番気に入ってるかな」

「よし、じゃあそれにしよう」

初めから私が気に入るドレスを選ばせてくれる気だったのか、これがいいと言うと呆《あっ》気《け》なくドレスは決まった。

「晃史さんのは？」

「さっき適当に決めておいたから、着替えてくるよ」

せっかく晃史さんのタキシード選びを楽しみにしていたのに。

試着室に入った晃史さんは、私が撮影用の小物を身につけている間に着替えを終えて出てきた。

（うわ……モデルみたい……かっこいい）

黙って鏡の前に立っているだけなのに、どうしてこれだけ様になるのだろう。

「この色なら合うかな？」

私が着るドレスに合わせた、光沢のあるキャメルのモーニングとシャンパンゴールドのベストは、晃史さんの精悍《せいかん》な顔つきをさらに際立たせていた。細身だと思っていたが、意外に逞《たくま》しい身体つきにも惚れ惚れするばかりだ。

「すごい」

「ははっ。なに、すごいって」

晃史さんの隣に立つ本物の花嫁はきっと幸せだろう。

偽物の婚約者である私ですら、この人のそばにいてこんなにも浮かれてしまうのだから。

私も昔は、いつかこんな日が来ると夢見ていた。

好きな人に愛されて、プロポーズされて――そんな未来が当たり前にあるのだと思っていた。

過去を思いだすと、焼けつくように胸の奥のほうがじりじりと痛む。

「ああ、新郎様の用意も終わったようですね。行きましょう」

「は、はい」

新郎様という言葉がどこか面映《おもは》ゆく感じられて、私は俯《うつむ》きがちに目を逸らした。

空いているチャペルを、写真撮影のために使わせてもらえるらしい。

結婚式は挙げないから写真だけと言うと、式場スタッフも貸衣裳のスタッフも理由を深く聞いてはこなかった。色々な事情で写真だけ撮るというカップルも多いらしい。

「じゃあ行こうか。歩きにくいだろ？　腕に掴まりなよ」

「や、大丈夫」

そう言ったものの、スタジオからの移動は思いの外大変だった。ドレスの裾《すそ》をスタッフが持ってくれているが、私は見えない段差に躓《つまず》いてしまう。

前のめりに倒れかかると、正面から晃史さんの腕が伸びてきて私を抱きとめてくれた。

「あっ……ご、ごめんなさいっ！　大丈夫？」

咄嗟《とっさ》に晃史さんが支えてくれなければ、下は柔らかい絨毯《じゅうたん》とはいえ身体ごと床に倒れてしまっていただろう。

驚いたのももちろんあるが、それ以上に、腰に回された手にドキドキして、私の心臓は壊れそうなほどうるさく鳴り響いた。

「慣れないヒールで歩きにくいんでしょ？　やっぱり、俺の腕にちゃんと掴まって」

腕を差しだされて、王子様然とした振る舞いに、いちいち私はときめいてしまう。だって、こんな少女漫画的展開、自分に訪れるとは露《つゆ》ほども思っていなかった。

「う、うん。ありがとう」

後をついてきていたカメラマンやスタッフが、一様に口元を緩めている。

新婚カップルにありがちな状況を微笑ましく見つめられていると思うと、穴があったら入りたい心境だ。

確実に真っ赤に染まっているだろう頬を隠すように下を向いて、段差に気をつけながら歩いた。

本格的な大聖堂を意識したチャペルは、天井が高く窓にはステンドグラスがはめ込まれている。

太陽の日差しで幻想的に輝いたステンドグラスや、アンティークな雰囲気の装飾が、さらに日常を忘れさせてくれる演出になっていた。

これから夫婦になる二人だけが通れるバージンロード。

私たちはスタッフの後に続いて参列者側から中へと入った。

バージンロードを歩く機会などないだろうから、一度は歩いてみたい思いはあったのだが「結婚式当日に」と言われて止められてしまった。

「じゃあ、何枚か撮っていきますから、にこやかにいきましょう」

ステンドグラスをバックにして祭壇の中央に立つと、カメラが向けられる。写真なんて撮られ慣れていない私は、笑おうとしても引き攣《つ》った笑みになってしまう。

私たちを本当に祝福してくれているような笑顔がスタッフから向けられて、どうにも気恥ずかしくてならない。

「新郎様、手を新婦様の腰に回しましょうか。はい、そうですね～」

カシャッとシャッターが切られた。

肘《ひじ》にそっと掴まりながら赤らんだ顔を晃史さんに向けると、柔らかい微笑みが返された。契約だとわかっていてもそれを感じさせない彼はすごい。

本物の花嫁は私以上に、きっと幸せな気持ちに包まれるのだろう。

もう誰かを好きにはならないと決めたけれど、私にあんな出来事が起こらなければ、もしかしたら結婚という未来もあったのではないか。

ついそんな風に考えてしまうのは、彼が与えてくれる優しさがあまりに温かく居心地がいいからだ。

「みのり、緊張した顔してるね」

「そりゃ……当たり前じゃない？　晃史さんは余裕だね」

「うーん、俺もそれなりに緊張してるかな」

「そうは見えないけど」

シャッターの音が響く中、疑いの眼差しで晃史さんを見つめる。

目が合った瞬間、彼は照れたようにふっと笑った。

私も釣られてへらっと頬を緩める。その瞬間に何回ものシャッターが切られた。

そろそろ表情筋がピクピクと引き攣《つ》りそうになっていると、やっと終了の声がかかった。

「じゃあこれで終わりますね。いいのが撮れましたよ。お二人とも幸せそうです」

カメラを下ろしたスタッフに告げられて、私たちはチャペルを出た。

ようやく緊張していた肩から力が抜ける。

着替えるために晃史さんと別々の試着室に入ると、着替えを手伝ってくれる女性スタッフが鏡越しに口を開いた。

「優しい旦那様ですね」

頬を染めた様子が、以前にカフェで会った女性店員を思い起こさせる。

式場のスタッフすら魅了してしまうとは、恐るべし。

「そう、ですかね……」

謙遜《けんそん》でも嫌味でもなく聞き返した。世間一般の結婚前のカップルは同じようなものではないのだろうか。

「奥様のドレス選びにここまで時間をかけてくれるご主人はなかなかいませんよ。たまにお一人でいらっしゃる女性もおられますから」

「ええっ？」

「ここだけの話……ウェディングドレスは白ばかりで、全部同じに見えるって言った方もいらっしゃいましたから……」

この仕事にプライドを持っているのか、心底残念そうに女性スタッフは言った。

たしかに一生に一度とはいえ、ドレスやタキシードのデザインなど男性はあまり興味を持てないのかもしれない。

「夢がないですね」

「ふふっ、お二人は本当に素敵ですよ。ぜひ、結婚披露宴《ひろうえん》はうちの式場をご贔屓《ひいき》くださいませ。最高の演出をさせていただきますので」

私たちがここで結婚式を挙げる日は来ない。

しかし、スタッフに事情を説明するわけにもいかず、私は肯定も否定もせずに口元を緩めるに留めた。

撮影スタッフや貸衣裳店の女性スタッフに礼を言って、私たちは式場を後にした。

「お疲れ様」

あまりに私がぐったりした様子でいるからか、晃史さんが案じるように腕を差しだしてくる。

全身がクタクタで、もう足が棒のように重かった。遠慮なく腕に掴まらせてもらう。

体力的な問題なのか、疲れた顔も見せずに平然としている晃史さんが少し恨めしい。

「ウェディングドレス試着するだけであんなに疲れるとは思わなかった」

「あれだけ何度も着替えればね」

「あれもこれもって言ったの晃史さんでしょ？」

着替えるの結構大変だったんだからと恨《うら》み言を言っても、ごめん、ごめんと悪びれることなくかわされてしまう。

「でも、あのドレス似合ってたよ。あ、ちょっとじっとしてて」

「え……」

風で乱れた髪を耳にかけられて、彼の行動にもうため息しか出ない。

なんとも思っていない相手に触れ過ぎだ。今は婚約者だからという彼の言い分は理解できるが、それだけではない。

「晃史さんって……」

「なに？」

「天然なの？」

天然じゃなかったとしたら人たらしだ。それ」

よく今まで刺されなかったなと心配になってしまう。

ただの偽物の婚約者にすら、勘違いさせるほどの愛嬌を振りまいているのだから、私と同じ気持ちの女性は一人や二人ではないだろう。

「それってどれ？」

「わかった……天然ってことにしとく」

「だからなに」

彼は訳がわからないといった顔をする。

もう呆れるしかない。

「うん？　晃史さんを好きになる女性は大変だなって思っただけ」

もしかしたら私を好きかも、とみんな思うだろう。

特別扱いされていると感じるはずだ。けれど、彼は誰にでも同じだけの温度で接するタイプだ。

たった一人にだけ向けられる愛情を期待してはいけない。

きっと女性なら自分だけが優しくされたいものだと思う。ほかの人とは区別をしてほしい。

ただ、晃史さんが相手ではかなり苦労しそうだ。

「そう？　俺、女の人には優しくするよ？」

「だから大変なんじゃない。彼氏が誰にでも優しい人なのは嫌じゃないけど、嬉しくはないよ。私とどっちが大事なの、とか言われてそうだし」

「みのり、エスパー？」

どうしてわかるの、と聞かれて私はうなだれた。もう、まんまだ。

「言われたんだ」

「別れる原因がだいたいそれ。ま、自分でもわかってるんだけどね。それほど相手に興味を持てていないって」

　ということは、私にもそれほど興味を持っていないのだろう。

　そうだろうなとは思っていたけれど、興味のない相手に優しくするのも疲れるだろうに、どうしてわざわざ。

「興味持てない人となんで付きあうの？」

「恋人がいるとほかの女の人を断る時便利だから」

「うわぁ、下衆《げす》い」

　思ったよりも最低な理由に二の句が継げない。

「下衆《げす》いって……酷いなぁ。同時に複数と付きあってはいないよ。ちゃんと相手が望む通りに動くし、毎日電話してって言われたらするよ。そのうち面倒になって会わなくなるけど」

「どれだけ優しくしてあげても、女の人は気づくよ。晃史さんが自分を好きで付きあってるわけじゃないって」

「そうだろうね。だから長続きしないんだ」

「なんか納得。どうして私みたいなのに声かけたのか」

　晃史さんは自分から女性に声をかけるタイプではない。

　思っていた通り、きっと頼めば望んで婚約者のふりをしてくれる人がたくさんいるのだろう。

それなのに、どうしてあえて私なのかとずっと考えていた。

居酒屋で隣に座っていて、互いに結婚相手を探していたというのは偶然だろうけれど。彼はある種の予感があったはずだ。

「どうしてだと思う?」

「本気であなたを好きにならなそうだから……違う?」

思い浮かんだ答えはそれしかなかった。

私を試すように甘い言葉をかけては、俺を好きにならないでと牽制《けんせい》されているような気がした。

ずっと不思議だったけれど、言葉にしてみると間違いだとは思えない。

「当たらずとも遠からずってところかな。初めて会った夜……みのりは誰も信用しないって顔してたから。きっと俺の話も嘘だったらそれはそれでいいって、そんな風に思ってなかった?」

「そうかもね。どんなに優しそうに見える人だって裏切るって知ってるから。最初から信じないほうが気が楽なんだ。気を悪くさせたらごめんなさい」

晃史さんの言葉は当たっている。

私はあの日から誰も信用しないと決めた。

たとえ誰かに胸を高鳴らせても、この先、家族以外の誰かを本気で大切に思うことも、愛することもないだろう。

「いや、気にしなくていいよ。お互い様だからね」

また誰かを好きになって、また裏切られたら私はもう立ち直れない。

それなら、この人だってきっと私を騙《だま》しているのだと、それぐらいの気持ちでいたほうが気は楽だ。

私は、もう二度と誰も好きにならないし、友達も作らない。

他人を絶対に信用しない。

二十歳のあの日傷つけられた胸の痛みは、八年経った今もちっとも癒えてはいなかった。

五　愛されたいと願うのは、間違っていたのだろうか

一生に一度の恋だと思っていた。

三歳年上の諒《りょう》ちゃん——大沢諒介《おおさわりょうすけ》は、二十歳の私から見ると、大人としての魅力に溢れた存在だった。

身体を動かすのが好きらしく筋肉質で背も高い。耳の下まで伸ばされた髪はパーマがかかっていて、毛先だけが明るい茶色に染められている。

大学を卒業した一年前からお父さんが社長を務める製薬会社で働いている諒ちゃんとは、私が働き始めたばかりの四月に友達の紹介で知りあった。

強引なところはあるが、優しくて大人で、尊敬できる諒ちゃんに、私はほとんど一目惚れだった。

勢いのままに好きだと告げると、会ったばかりなのに彼は『俺たち付きあってみる？』と聞いてきた。諒ちゃんも私を好きでいてくれるのだと知った時、夢ではないかと思ったほどだ。

逞《たくま》しい腕に抱きしめられると、天にも昇る心地がした。

初めての恋に、私は周りが見えなくなるほどに溺れていた。ずっと一緒にいられたらと、どんどん好きな気持ちは大きくなっていった。

それから三ヶ月。

暑い夏の夜。夜と言ってもまだ外は明るく、ようやくポツポツと街に明かりが灯り始める時間。

尻込みしてしまうような格式高いレストランに連れていってもらった帰り道、諒ちゃんと手を繋ぎながら歩いていた。

近くのコインパーキングまでの短い道のりだったが、手のひらの温もりを感じるだけで幸せだった。

「みのり。門限は八時だよな。送ってく」

あっという間にコインパーキングに着いてしまって、繋いだ手が離される。諒ちゃんに車の助手席のドアを開けてもらったのに、なかなか車に乗る気にはなれなかった。

本当はもう少し一緒にいたい。けれど、きちんと門限を守って送ってくれる彼が好きだ。

「ありがとう。やっぱ諒ちゃんは運命の人だ」

「はいはい、ほんと夢見がちだよな〜みのりは」

年上の諒ちゃんから見た私は、どれほど子どもだったのだろう。

どうして諒ちゃんに好かれていると信じられたのだろう。

やれやれと彼が肩を竦《すく》めるのも、仕方ないと言いながら私を甘やかしてくれているのだと疑いもしなかった。

「夢見がちってひどい。じゃあ送ってくれないの？」

上目遣いで諒ちゃんを見つめて、逞《たくま》しい腕に絡みついた。

途端にぱっと腕が離されて、それだけで泣きたくなってしまう。

「ご、ごめんなさい、嫌だった？」

「なに言ってんだよ」

　けれど彼の腕が私の腰に回って抱きしめられると、途端に気分は浮上した。

「ちゃんと送るに決まってるだろ」

　彼がくすっと笑いながら話すのが好きだった。

「ずっと一緒にいてくれる？」

　私はやっぱり離れがたくて、車に乗り込まずに諒ちゃんにくっついた。

「当たり前だろ」

　背中に回された腕に安堵《あんど》し、少し背伸びして彼の肩に顎《あご》を乗せると、首筋から男らしい彼の体臭が香ってきて、つい鼻を擦りつけてしまう。

　世界中のみんなに自慢したいほど優しい彼氏ができたのは、高校の頃からの親友のおかげだ。

　彼女がいてくれたから今がある。

「私、諒ちゃんと付きあえてよかった。ミキが私の背中押してくれたから、好きって言えたし。ほんと感謝しかないよ」

「それいっつも言うよな。みのりが言わなかったら俺から好きだって言ってたよ。ま、でも俺もミキちゃんには感謝だ。俺のこと、いい奴だってずっとみのりに言ってくれてたみたいだし」

私たちはミキも交えて三人で会う機会が多かった。

そもそも、諒ちゃんを紹介してくれたのが親友のミキだ。諒ちゃんは二人きりでいたいと言ってくれるけれど、私にとっては二人とも大事な人で、親友と彼氏に順序はつけられなかった。

「うん。ミキのおかげ。諒ちゃんに会わない人生なんて考えられないもん」

「まぁな……あ、そういえば、今度の土曜親いないって言ってたよな？　みのりの家行ってもいいか？」

諒ちゃんは車の運転席に乗り込むと、助手席に座った私の顔を覗き込みながら聞いてきた。

うちの両親は仲が良くて、休日はだいたい二人で出かけている。

彼氏を呼ぶと話したほうがいいとは思うが、おそらく言わなくてもバレはしない。親に恋人ができたと報告するのは恥ずかしい。

彼の話ができるのはミキとおじいちゃんだけだ。

「うん……いいよ」

その日、両親が早く帰って来ませんようにと祈る思いで、首を縦に振った。

今までは外でのデートが多く、互いの家を行き来してはいなかった。

「あ、でも部屋掃除しなきゃっ」

そこまで汚れているわけではないが、だらしがないと思われたくなかった。出しっ放しの雑誌をしまって、机の上を片付けてと、予定はまだ先なのに途端に気になりだした。

「いいよ、そのままで」

「でも急にどうしたの？ うちに来たいとか」

今まではずっと外だったのにと聞けば、諒ちゃんが声を潜《ひそ》めて言った。

「わかんない？」

「え？」

「みのりがほしいってこと」

「……っ」

瞬時に私の頬は熱くなる。きっと顔も真っ赤に染まっているに違いない。

（ほしいって……そういうことっ？）

一応、年相応の知識はあるが、どう反応していいかわからず、顔を上げられない。

「だめか？」

「う、ううん……っ。だ、大丈夫」

「じゃあ、楽しみにしてる」

車に乗り込んで家まで帰る間、そのことしか頭になかった。

諒ちゃんに求められるのは嬉しい。けれど少し怖い。

シャワーはいつ浴びればいいのかとか、ゴムは自分が用意すべきかとか、次から次へと疑問が頭に浮かんでくる。

失敗したら嫌われてしまうかもと考えると、身体が強張《こわば》った。

私が相談する相手は、ミキ以外にいなかった。


仕事帰りに直行したミキの部屋で、私は昨日のことを早速報告した。

「ミキーっ！　どうしよう！」

会ってからずっと、どうしようどうしようとそればかりの私に、ミキは落ち着いてと肩を叩いてくる。

「どうしようって、ぶち当たるしかないじゃない」

「ぶち当たって砕け散ったら？」

諒ちゃんは大人だ。たぶん私が初めての相手ではない。だからこそ、そんな諒ちゃんをガッカリさせたくなくて必死だった。

「なにがそんなに心配なの？」

「色々あり過ぎて……まとめられない」

涙目になる私に、ミキはやれやれと肩を竦《すく》めた。

「わかった、わかった。一つずつ聞くから……はい、まずは？」

「どんな洋服がいいと思う？　あ、あとお風呂どうすればいいの？」

「服ね～たしか、あいつピンク系好きだった気がする。この間買ったピンクのワンピースあるじゃん。それで行きな。脱がしやすいしね。で、シャワーは来る一時間くらい前までに浴びておけばいいよ」

「ぬ、脱がしやすいって！」

「いいから、初心者は言うこと聞いておきなって。パンツスタイルは絶対なしだよ」

遠慮もなしに恥ずかしい質問ばかりだったのに、ミキは私の話を茶化さずに真剣に聞いてくれた。

帰り道、ミキの言葉を思い浮かべながら歩いていると、想像だけで胸が高鳴る。初めて好きな人と触れあえる喜びと、ほんの少しの緊張でその夜は眠れなかったほど。

そして迎えた約束の土曜日、私は諒ちゃんに触れられながら、初めて男女が身体を重ねる意味を知った。

快感よりも痛みが大きかったが、言葉では伝えきれない想いをこうして伝えられるのだと、胸が幸せに満たされていて涙が溢れた。

彼の手のひらから伝わってくる熱が私の全身に広がって、互いの汗でシーツが濡れていくのも構わずに何度も身体を重ねた。

好きで好きで、どうしようもなくて、痛みを堪《こら》えながらも、もっとねだったのは私のほうだった。

諒ちゃんに抱かれて、痛みと引き換えに彼を手に入れたような気がしていた。

「なぁ、明日は俺のマンション来いよ」

用事があるらしい彼は、玄関で靴を履《は》きながら言った。

「うん、いいの？」

「当たり前だろ」

明日も会えるなら嬉しいと私は嬉々として頷いた。

「あ、ミキも一緒でいい？」

これでもう離れることはないなんて根拠のない自信は、初めての行為に浮かれていたとしか言いようがない。私は早くミキに話したくて仕方がなかった。

痛かったけど幸せで、もっと諒ちゃんが好きになった、と。

諒ちゃんは嫌な顔一つせずに私の提案を受け入れてくれて、翌日はミキと二人、彼の家へと向かった。

一人暮らしをしている諒ちゃんは、二十三歳にして立地のいい高級マンションに住んでいた。

父親が製薬会社の社長をしていると聞いたことはあるが「俺、仕事できちゃうんだよね。ま、将来は社長だから当たり前か」となんでもないように言うのだから、本当に尊敬できる。

やっと働く大変さを理解し始めた私にとっては、かっこいい大人への憧れもあった。

無駄な物のない、まるでモデルルームのような広いリビングで、三人で丸いガラステーブルを囲んだ。

諒ちゃんの隣で、肩が触れあう距離で座っていると、私の真向かいに座ったミキがからかうように口元をニヤつかせた。

「二人、上手くいってるようでよかったわ～」

ミキが前に屈んだ時、ピンクのプルオーバーから胸の谷間が覗いていて、私は思わず諒ちゃんを気にしてしまう。

こんなに好きになれる人に出会わせてくれたミキには感謝してもしきれないが、短いスカートから覗く太腿《ふともも》や、覗き見える胸の膨らみに、彼の視線が動いたら嫌だなと、そんな風に考えてしまった。

「こないだも、ミキのおかげだねって諒ちゃんと話してたんだよ」

「でしょう、でしょう？　感謝しなさい。昨日もラブラブだったみたいだし～？　私お邪魔なら退散しますけど？」

わざとらしく昨日のことに触れられて、あまりに幸せな時間を思いだすと胸がくすぐったくなった。

嫌な女だと思われるかもしれないが、ミキに見せつけたくなった。

二人が友達なのはわかっている。

けれど、諒ちゃんに一番近い場所にいるのはもう私だからと。

ミキは今、恋人がいない。だから幸せを分けてあげる――そんな傲慢《ごうまん》な考えもあった。

「もうっ、ミキ～」

軽くミキの腕を叩けば、大袈裟《おおげさ》に痛いと言ってミキは笑っていた。

照れているのか諒ちゃんはいつもより口数が少ない。けれど浮かれていた私は気にも留めなかった。

「あ、ごめん。電話……おじいちゃんだ」

ポケットの中のスマートフォンが震えて着信を告げた。

私は立ち上がって、二人にごめんと両手でポーズを取る。

リビングのドアを開けて廊下に出ると、部屋の中から諒ちゃんの大きな笑い声が聞こえてきた。昨日の今日だから、私と話すのは恥ずかしかったのかもしれない。それは私も同じだった。

でも、二人きりにして大丈夫だろうか――今日に限って不安がなぜか頭を過《よぎ》る。

どうにも落ち着かない。

もしかしたら、この時予感はあったのかもしれない。リビングのドアを振り返りながら、うしろ髪を引かれる思いで電話に出た。

「もしもし、おじいちゃん？　ちょっと待ってね」

電話の声が少し聞こえづらかった。

私は仕方なく電話を受けながら廊下を抜け、玄関の外に出た。

おじいちゃんとは一緒に暮らしてはいないが、近くに住んでいるため週に一度は会いに行っていた。

しかし、彼氏ができてからは会う頻度が減っていた。

休日のどちらかは諒ちゃんと会っていて、報告会を兼ねてミキと過ごすことも頻繁《ひんぱん》にあった。おじいちゃんは寂しかったのかもしれない。

「今ね、彼氏の家に来てて」

『最近顔を見せてくれなくて寂しいよ。今度、その彼と一緒に遊びにおいで』

「おじいちゃんごめんね、じゃあ今度の連休に諒ちゃんと行く。予定聞いてみるよ！」

『ああ、楽しみにしてるよ』

「ごめん。外出ちゃったから、部屋に戻らないと。また電話するね」

いつもはもっと長話《ながばなし》をするけれど、今日は早々に電話を切った。

諒ちゃんとミキを放っておくわけにはいかないし、万が一にも二人の距離がこれ以上近くなったらと考えると嫌で堪らなかったからだ。

ミキを信頼しているが、諒ちゃんは私の恋人だ。

玄関を開けると、廊下の向こうのリビングからは物音と話し声が聞こえてくる。なぜか胸騒ぎがした。

そっと廊下を歩いてリビングのドアに手をかけたところで、焦ったようなミキの声がドア越しに響いた。

「ちょっとっ！　みのり戻ってきたらどうすんのよ」

「大丈夫だろ。あいつじいちゃん大好きで、いつも超長電話……だからほら、脚広げろよ。脱がなくてもこのままやれるだろ」

なにをしているのだろう。

一瞬、頭が回らなかった。

たしかに、諒ちゃんとミキは仲がいい。

けれど、ただの友達のはずだ。

二人ともそう言っていた。

それなのに――

「はっ、ん……も」

覚えのある途切れがちな声と、興奮したように吐きだされる諒ちゃんの声。

衣擦れの音に、ソファーがかすかに軋《きし》む音。

「いいだろ？」

同じ言葉を昨日聞いたばかりだった。低く熱情のこもった男の声だ。

「あんた昨日みのりとやったって言ってたじゃん。どんだけ性欲あんのよ」

「なに言ってんだよ。男なんてみんなそんなもんだろ？　女と会ってる時なんてそういうことしか考えてねぇよ。つか、お前だって濡れてるくせに。もう入りそう……っ」

「あっ、あ……やん」

リビングのドアを開ける勇気はなかった。

もしかしたら、二人して私を驚かせようとわざと演技をしてるのかもしれない。自分に都合のいいように考えないと、おかしくなりそうだった。

ねぇ、もう十分びっくりしたよ……そろそろいいんじゃないの？

冗談だよ、そう言ってこのドアを開けてくれるのを待っていても、リビングからは変わらずに息を詰めたようなよがり声と、興奮しやや大きくなった彼の声が聞こえてくるばかりだ。

ミキに、諒ちゃんが好きだと打ち明けた時、応援すると言ってくれた。

ピンクが好きだと言ったのも、シャワーは浴びておけと言ったのも、パンツスタイルはだめだと言ったのも、自分の経験談だったの？

「あ〜やっぱみのりより全然いいわ……あいつガッチガチで濡れねえから、こっちも痛えんだよ」

「処女だったんだから仕方ないでしょ。それ言ったら可哀想だよ……っ、こら動くな、あっ」

「バカな女だよな……っ」

艶《なま》めかしい吐息の中に、二人の笑い声がかすかに混じる。脚が震えて身体に力が入らない。つっと涙が頬を伝って流れ落ち、廊下を濡らしていく。

可哀想ってなに――？

ミキはそうやって私をずっと馬鹿にしてたの？

諒ちゃんに本当に愛されてるのは私なのに可哀想な子、そう思っていたの？

「あっ、あっ……諒介っ」

そんな風に呼ばないで――っ。

ソファーの軋《きし》む音が激しさを増す。

切羽詰まったようなミキの艶《なま》めかしい声が廊下にまで響いた。二人は互いの身体に夢中で、私が外に電話をしに行ったのも忘れている気がした。

「動かなかったら達《い》けねえだろ」

「そ、だけどっ……ほんとあんたってクズっ」

「んだよ。そのクズが好きなのはどこの誰でしたっけ？」

「はいはい。私です」

甘い二人だけの時間を邪魔しているのは、もしかしたら私なのかもしれない。

恋人同士なら、諒ちゃんを好きなら、ミキはどうして私に彼を紹介したのだろう。ミキに紹介されなければ、私たちは出会わなかったのに。

「それにお前のほうがよっぽどだろうよ。俺と付きあってて、みのりを俺にあてがうんだから。どういうつもりだよ」

「ま、恋のスパイスってやつ？　なんか最近普通のエッチにも飽きてきたし。みのりにバレないようにって興奮しない？」

「たしかに、俺もお前とみのりと三人でいる時かなりドキドキするわ」

「でしょ？　あんた今日、全然喋んないんだもん」

クスクスと笑い声が響く。

二人の唇が重なったのか、軽い水音のあと諒ちゃんが深く息を吐きだして言った。

「ほら、じゃあみのりが戻って来る前に達《い》かせろよ」

ひどい、ひどい、ひどい――っ。

私はその場に立っていられず、這《は》い蹲《つくば》りながら部屋から逃げだした。

泣き声すら上げられなかった。息をするのも苦しくて、擦った目元はきっとマスカラやアイシャドウで汚れてしまっている。

泣き顔のまま家には帰れない。私はおじいちゃんの家のインターフォンを鳴らすしかなかった。

六　大切な人との別れと、新たな始まり

晃史さんとドレス選びに行ってから、一週間後——

私は軽い頭の痛みとともに目を覚ました。

（もう……朝……？）

眩しさに目を細めながらも、なんとかベッドから気怠《けだる》い身体を起こす。カーテンを開けて朝日を浴びるとようやく頭が冴えてくる。

今日は晃史さんと約束がある。夢見が悪すぎて、正直眠った気がしなかったが、もう起きなければならないだろう。

（今更……どうして夢に見るの……）

せめて寝ている時くらい忘れさせてほしいのに。親友にも恋人にも裏切られたあの日のことなど。

あの頃は若かった――言ってしまえばそれだけの痛い経験だ。

しかし、信じていた二人に裏切られたのは、私を人間不信に陥《おちい》らせるのに十分だった。

誰も信じられなくなった。

もちろん、恋愛の話は一切しなくなったし、告白されてもまた騙《だま》されるのではないかと受け入れられなくなった。

怖くて、他人に踏み込めない。そうしたら、一人でいるほうが楽だと気づいた。

誰にも期待せずに、もう友達も恋人も要らないと思ってしまえば、気持ちが軽くなった。

「もういい加減、しつこく夢に見せるのやめてよ……」

誰がこんな夢見せるのかと恨《うら》みがましく思っても、それは、あの頃に囚《とら》われて動けない自分以外にいないのに。

「忘れよ、忘れよ。おじいちゃんのとこお見舞い行ってからでも間に合うよね……」

ジャージを脱いでクローゼットを開けると、いまだに捨てられないピンクのワンピースがかけてあった。もう着ることはない。

(なのに、私は、どうしてこの服を捨てられないんだろう……)

薄手の白い半袖《はんそで》ニットに、デニムパンツを履《は》いて鏡の前に立った。可もなく不可もなく、そんな感じ。髪に櫛《くし》を通して、寝癖で撥《は》ねた髪をスタイリング剤で整えた。

晃史さんに、お見舞いに行ってから向かう旨を伝えると、病院前に迎えに行くとすぐに返信があった。

今日はおじいちゃんとたくさん話せるだろうか。

恋人の話をたくさん聞かせてあげられる。もちろん契約については隠さないといけないけれど、きっと喜んでくれるはずだ。

私は大急ぎで病院へと向かった。

顔馴染みになった看護師さんに挨拶《あいさつ》を済ませて病室へと向かう。ドアをノックしても、中から声は聞こえてこない。

そっとドアを開けて病室を覗くと、おじいちゃんは眠ったまま、呼吸器の音だけが虚《むな》しく病室に響いていた。

思っていたよりもずっと、病気の進行は早かったのか。

「もう……喋れないの……？」

酸素マスクをつけられたままのおじいちゃんは、呼吸こそしているものの、生きているのか、生かされているのか判断できなかった。

目は閉じたままで指先はぴくりとも動かない。

私がドレスを着てここに立っていても、おじいちゃんは気がつかないかもしれない。

もしかしたら、もう二度と目覚めないのではないかと恐怖に襲われた。

午前中の担当医の回診時間はとうに過ぎていて、誰になにを聞いていいかもわからず、私は病室でただ一人眠ったままのおじいちゃんのそばにいた。

「諒ちゃんとのこと喋ったの……おじいちゃんだけなんだよ」

なにがあっても私の味方でいてくれる。おじいちゃんは、私にとっては唯一の心の拠《よ》り所だ。

私を裏切ったミキや諒ちゃんを怒るだろうと覚悟していたのに、おじいちゃんはただ黙って話を聞いてくれた。どれだけ救われたかわからない。

おそらく、あの時、私がこれ以上二人を恨まないように、なにも言わないでいてくれたのだろう。

人を憎み続けるのは辛いから。

私はもう二人を恨んではいない。ただ、夢にまで見るほどの心に残る悲しみとトラウマが浄化されないだけだ。

「恋人ができたよ……今度連れてくるから。約束通り、ドレス姿を見てよ」

ピッピッと規則正しく奏《かな》でられる機械音を聞きながら、おじいちゃんの手を握った。

骨張った小さな手のひらがまだ温かいことに、安堵《あんど》の涙が溢れる。

自分の嘘が虚《むな》しかった。

懺悔《ざんげ》の思いに駆られて、すべてを吐きだしたくなってしまう。

「八年経っても心配ばっかかけて、ごめんね……っ。嘘ついてごめんなさい」

恋人ができたって言った時のおじいちゃんは、本当に嬉しそうだったから。あとで嘘だったなんて言えなかった。

「もっと会いにくればよかった……まだ人と親しくなるのは怖いって、素直に言えばよかった。そしたら、心配かけちゃうかもしれないけど……話す時間はたくさんあったはずなのに」

私は懺悔《ざんげ》するように、昏々《こんこん》と眠り続けるおじいちゃんに語りかけた。

どれくらいそうしていたのか、窓から射し込む日射しが来た時より強さを増している。鞄の中のスマートフォンが震えて、慌てて時計を見ると、約束の時刻はとうに過ぎていた。

「あ、どうしようっ、こんな時間だったんだ」

スマートフォンを取りだすと、案の定、晃史さんからのメッセージだった。〝ゆっくりしておいで〟の文字に、心がじんと震える。

明日も来よう。もしかしたら、明日は話せるかもしれない。私は流れる涙を拭って立ち上がる。

「おじいちゃん、晃史さんとデートしてくるね」

おじいちゃんの胸にそっと手を当てると、上下に動き鼓動を奏《かな》でている。

眠っているだけ。病気が悪くなったわけじゃない。きっと大丈夫だと自分に言い聞かせた。呼吸の中から〝行ってらっしゃい〟とおじいちゃんの声が聞こえた気がした。

私は病室を出て、病院の外にある駐車場へと向かった。

途中にある、病院関係者用の駐車場から声が聞こえて振り返ると、晃史さんが手を振って立っていた。

「ごめんね、遅くなって」

「そんなに急がなくてもよかったのに。ゆっくりお見舞いできた？」

「うん。でも、明日も来るから」

「そっか。じゃあ、明日ドレスのお披露目《ひろめ》といこう」

「えっ、明日っ？」

そんな急にと口を開きかけて、おじいちゃんの残された時間を考えた。もしかしたら、今日、明日、明後日《あさって》にも、おじいちゃんはいなくなってしまうかもしれない。受け止められない現実に直面する。

彼は遠まわしに、急いだほうがいいと告げているのだろう。

「晃史さんは、本当にいいの？　病院の人たちに見られちゃうんだよ。私の家族だけならまだしも……」

「病院の駐車場で待ち合わせしてるんだから、今更だよ」

「あ、そうだよね」

「婚約者がいるって思ってくれたほうが都合がいい。それに、明日は日曜日だから外来もないし、そのあとはついでに溜まった仕事していくよ」

ああ、そういえば。

（彼女を作るのは、ほかの人を断る時便利だからって言ってたっけ）

かっこいい人はかっこいいなりに苦労があるらしい。

それほどモテるという世界がどういうものかはわからないけれど、晃史さんが納得してくれるのならば、私としても助かるところだ。

「準備はもうできてるから、明日、朝八時頃に別棟にある事務長室を訪ねてくれる？」

「う、うん……わかった」

「じゃあ、今日はどこに行きたい？」

はいと差しだされた手を握り返すのに、ためらいはなくなった。

不思議と彼と手を繋いでいると、心が落ち着く。

いよいよ、明日。

おじいちゃんと少しでも話せますようにと祈りながら、私は彼の手を強く握り返した。

長谷川総合病院は地下に検査室、一階に外来、その上に入院病棟とごく一般的な造りをしている。

翌日、病院を訪れた私は、渡り廊下を通り別棟の二階へ上がり、並んでいるドアから事務長室を探した。すると、院長室のドアが開き、中から背の高い男性が出てきた。

「あれ、君……ここは関係者以外立ち入り禁止だけど……」

一見してすぐにわかった。

晃史さんと声も立ち姿もよく似ている白衣姿の男性、この人が話に聞いていたお兄さんなのだろう。

顔立ちはそっくりなのに、睨みつけるような眼力の鋭さに思わず私はたじろいでしまう。

「あ、すみません。長谷川さんと約束があって……」

慌てて姿勢を正して、挨拶《あいさつ》をと口に出すが、話の途中で彼のほうが気づいたようだ。

「ああっ！　君が弟の婚約者か！」

男性はぽんと両手を打って言った。

やはり晃史さんのお兄さんだったようだ。

お兄さんは、物珍しそうに目を細めて、私の頭の先からつま先までを凝視《ぎょうし》してきた。

挙動不審な私の態度を訝《いぶか》しんでいるのだろうか。

「初めまして、山下みのりと申します」

私は慌てて頭を下げた。

なるべくいい印象を残しておかなければならないのに、緊張しているせいか強張《こわば》った声になってしまう。

これから先、晃史さんの家で紹介されるだろうとは覚悟していたけれど、まさか今日会うとは想定していなかった。

ボロがでないだろうかと動揺を隠せない。

「初めまして、長谷川啓一《けいいち》です。それにしても、晃史にしてはずいぶんと可愛い女性を選んだなぁ。まさか高校生ってわけじゃないよね？」

兄は疑っていると晃史さんは言っていた。

たしかに、口振りからも探《さぐ》られているのを感じる。

一人で対応するなどとは思っておらず、すでに逃げだしたい心境だ。

「これでも社会人なんです。今年二十八になります」

「ふぅん、晃史とはいつどこで出会ったの？」

（はっ？　あ……どうしよう！　飲み屋だなんて言っちゃだめなんだよね？）

そこまで頭が回らなかった。

互いをある程度知っていればとりあえず大丈夫だと思っていたが、疑っているのだから当然聞かれる質問だ。

なかばパニックになりながら考えを巡らせる。

一年前では結婚を考えるには早過ぎるだろうか。なら二年前、三年前……いや、晃史さんが三年間恋人がいなかったとは考えにくい。

あの時付きあってた女はどうしたんだ、浮気か、などと晃史さんが問い詰められたらまずい。

「えっと……」

背中を冷たい汗が流れる。

答えに詰まる私に、お兄さんの目がますます細まった。

「友人の紹介」

よく通る低い声が背後から聞こえて、私は思わず安堵《あんど》の息を漏らした。

焦り過ぎて目には涙が浮かんでくるし、もう散々だと晃史さんを振り返れば、くすっと小さな声で笑われた。

「友人って？」

弟の交友関係を普通そこまで深く聞くだろうか。

誰の紹介で、など言えるはずがない。

どうしよう、どうしようと私の胸中はそればかりだ。

「兄さん、俺の交友関係をすべて把握《はあく》してるわけ？」

「してないね」

「ならその質問に意味はないだろ」

「いいじゃないか。お前の恋人と話してみたかったんだよ。それに家族になるかもしれないんだ。気にして当然だろう」

「今度ちゃんと紹介するから、今日は時間がない」

晃史さんは動揺している様子もなく淡々と言葉を返すと、お兄さんをあしらい私の腰に腕を回した。

「みのりちゃん。ぜひ一度うちに来てね」

「は、はい」

笑顔を向けられるが、いまだその瞳には疑念がこもっている。

すべてを見透《みす》かすようなお兄さんの瞳が怖かった。

「兄さん、仕事が溜まってるんでしょ。患者が待ってる」

晃史さんの言葉に、お兄さんはやれやれと肩を竦《すく》めた。

「ああ、もうこんな時間か。晃史、約束は守れよ」

指を差されてわかったとだけ答えた晃史さんは、今度こそ事務長室に私を案内してくれた。

「あぁ～もうっ、緊張した！」

強張《こわば》っていた肩から力が抜けて、へなへなと座り込む。

私の言葉に、晃史さんはまったく悪びれない様子で「ごめん、ごめん」と言った。

「悪いと思ってないでしょ……」

「ん？　思ってるよ。ただ、慌ててるみのりがおもしろくてね」

「もうっ」

バレて困るのは自分なのに。

晃史さんは焦りもせずいつも通りだった。

「そういえば、お兄さん……院長なのに回診とか行くんだね」

「ん？　ああ、どっしり座って偉そうにしてるイメージある？」

「テレビでしか観たことないからわからないけど、そんな感じ。土日はゴルフ三昧、たまーに院長回診とか？」

なんとかの巨塔みたいに、偉い人が前に立って歩いてるところを想像して言った。私のイメージが伝わったのか、晃史さんが小さく笑う。

「テレビみたいな院長回診もあるけど、実際はあんなに人数いないよ。大きい病院でも五、六人ってとこ。院長って言ったって、専門の科じゃない患者は診られないしね。まぁ、うちは家族経営だからそれともちょっと違うんだけど。理事長と事務長が経営、院長が医療従事者のトップっていうところかな」

「晃史さんは経営のほうなんだね」

「そう。一応どっちでも選べるように医師免許も持ってるけどね」

「そうなの？　でも、医師になろうとは思わなかったんだ？」

晃史さんが経営の道に進んだのは、次男だからだろうか。

私の疑問に答えるかのように彼が続けた。

「当たり前のように医師になるつもりだったよ。でも」

「うん」

「みのりは、これだけ高齢化が進んで医療費が増加しているのに、半数近くの病院が赤字経営だって知ってる？」

「半数……多いね。患者さんの入院が長引くと利益にならない……ってのは聞いたことある」

「そうだね。もちろんそういう事情もあるんだけど、赤字経営の病院が多いのは、トップが経営の専門じゃないって理由もある。院長がさ、医師や看護師を動かしながら、経営戦略を立てたり、病院で起こる様々なトラブルに対応するのは難しいんだよ。だから無理が出る。過酷な労働環境なのに薄給《はっきゅう》なんて話はよく聞くだろ？　兄さんは、患者のことになると周りが見えなくなるタイプだし。結婚してるってのに、ほとんど家に帰ってこない。まぁ俺は、そういう医師の勤務実態を把握《はあく》して管理するってほうが向いてたんだ」

「縁の下の力持ちだ」

「医師が無理をしないとやっていけないなんておかしいからね。俺は、誰もが平等に医療を受けられて、かつ職員の労働環境もよくしていきたい。人が産まれてから死ぬまで、うちで医療を提供できるように。ってごめん、つい熱くなって。みのりの前でする話じゃなかったね」

おじいちゃんが入院中の私の気持ちを案じてくれたのか、晃史さんが押し黙った。

経営だけを考えているわけではないのだろう。

医師免許も持っているのなら、患者の容体にだって詳しいはずだ。一患者であるうちのおじいちゃんの名前を知っていたぐらいだから。

「ううん。大事だと思う。だって、私が産まれたのもここの病院だもん。死ぬ時もそうかな、なんて今は考えられないけど。晃史さんは、未来の患者さんたちを守ってるんだよね、きっと」

「そう思ってくれると……まぁ、ありがたいね」

晃史さんは熱くなりすぎたと照れているのか、まいったなと髪をかき上げた。

「じゃあ、そろそろ準備しようか」

壁にかかっているドレスをハンガーから外すと、晃史さんは部屋の鍵を締めた。もしかして私は晃史さんの前で着替えるの？

「ここで着替えるの？　私一人でも大丈夫だから……」

「これ一人じゃ無理だよ。俺が背中のファスナーあげるから、準備ができたら教えて」

晃史さんはそう言ってくるりと背を向けた。

「わ、わかった」

服を脱ぐ間、緊張して手が震えそうになった。

着替えの途中で覗き見ないとわかっているが、自分一人の部屋で着替えるのとはわけが違う。

デニムが足にもつれて脱ぎにくい。着脱の楽なワンピースにすればよかったと後悔した。

「お願いします……」

なんとか胸元までドレスを上げたが、着るだけでかなりの苦労があった。

今も気を抜けば、ドレスがずり落ちそうになるのを必死に手で押さえている。

先日写真を撮った時は女性スタッフがすべて手伝ってくれていたから不便はなかったが、これはとても一人で脱ぎ着できるものではない。

「この間ドレス試着してる時も思ったけど、みのりってスタイルいいよね」

「そんな褒められるスタイルしてないよ」

「いや、ほら……この背中のラインとか綺麗だし、腰も細い」

開いた背中を指でつっと撫でられて、全身が粟立《あわだ》った。

「ひゃぁっ」

「ごめん。くすぐったかった？」

クスクス笑いながら彼は悪びれることなく言う。

（この人、実は私をからかって遊んでない？）

もしこれで私が本当に晃史さんを好きになったら、ほらやっぱりねと言われそうな気がする。好きになんて絶対にならないけど。

「ほんとにっ、ほんとにそういうの、私以外の女の人にやらないほうがいいからねっ！絶対誤解されるからっ！」

振り向き様《ざま》に告げても、彼はヘラヘラと笑ったままだ。

偽物の婚約者にすらこんなことをする人だ。

今まで付きあっていた相手にはどうだったのだろうと考えてしまって、なんだか胸がもやもやした。

「わかったって。女の人に優しくし過ぎるな、でしょ？　面倒だし、今はみのりにしか優しくしないよ」

（今はって……）

晃史さんの家族に紹介されて、すぐに別れるというわけにもいかないし、それでは本末転倒だ。

私といて女除けになると言うのなら、きっとしばらく婚約者のふりは続く。

そして落ち着いた頃を見計らって「実はみのりとは別れたんだ」という展開に持っていくつもりだろう。

けれど、そう上手くいくだろうか。

別れたら待ってましたとばかりに、すぐ見合い写真を持って来られるような気がする。

あのお兄さんだったらやりそうだ。

その頃までに結婚する決意をしていればいいけど、そうじゃなかったらどうするつもりなのだろう。

また誰かに契約を持ちかける？

（それとも……結婚、するのかな……）

他人の結婚などどうでもいいはずなのに、私の胸は歯がゆさやもどかしさでいっぱいになった。

けれど、心が波立つ理由は考えない。考えてしまったら、後戻りできなくなりそうだから。

「ちょっと髪整えるから、こっちに座って」

革張りのソファーに座ると、うしろから髪に触れられる。

羞恥《しゅうち》なのか緊張なのかわからないけれど、私の心臓はうるさいほどに音を立てた。

「髪？　晃史さんできるの？」

なんとか平静を装い、斜めうしろを振り返りながら聞くと、晃史さんは櫛《くし》とピンを手に立っていた。

「俺上手いよ？　いつもやらされてたからね」

誰に？　と聞くのは憚《はばか》られた。

彼は大切な誰かを思い出しているようだった。別人かと思うほど優しげな顔で、それでいて切なげに目が細められる。

それは一瞬の出来事だったけれど、彼にこんな顔をさせる誰かの存在を匂わせるには十分だ。

苛立ちにも似た、覚えのある感情が胸の内側に燻《くすぶ》る。

きっと、昨夜諒ちゃんとミキの夢を見てしまったからだろう。

私は自分の感情を誤魔化すように、晃史さんから目を逸らして前を向いた。

「失敗しないでね」

「とびきり可愛くしてあげるよ」

しばらくは無言の時間が続き、髪に次々とピンが差し込まれていく。

鏡がないからどうなっているのかはわからないが、手つきだけは本当にやり慣れている感じがした。

「どう？」

手鏡を渡されて見てみると、鏡に映った私はどこからどう見ても、幸せの絶頂にいる花嫁だ。

ヴェールやブーケこそないものの、フラワーティアラから前髪だけを出しアップにしたヘアスタイルは、プロの美容師並みだ。

「うわぁ、すごいね。本当に器用なんだ」

「これでも外科医志望だったからね。昔から手先は器用」

「この冠《かんむり》どうしたの？」

写真を撮った時は貸衣裳店でティアラを借りたが、白やピンクの薔薇《ばら》、カスミソウのプリザーブドフラワーで作られた冠《かんむり》は、それよりもずっと可愛い。

「女の人にとってウェディングドレスって特別なものでしょ？　俺とじゃ思い出にもならないかもしれないけど、持ち帰れるようにってうちと取引のある花屋に作ってもらったんだ」

「そうなんだ……ありがとう」

「じゃあ俺も着替えてくる。ここで待ってて」

「うん」

ただの契約なのに。

おじいちゃんに可愛くなった姿を見てもらうために作ってくれたのだろう。晃史さんからすれば、ただの他人の私のために。

「お待たせ」

十分も経たないうちに、別室で着替えを終えた晃史さんが部屋へと入ってくる。

目が惹きつけられる。

思わず見惚れてしまった。この間と同じ格好のはずなのに、少し考え込むような真面目な顔つきをしているだけでまるでオーラが違う。

「この格好で病室に行くの？」

「いや、さっき看護師におじいさんをこっちに連れて来てもらうように頼んだんだよ。おじいさんに負担はないようにするから、安心して」

私を安心させるように晃史さんはいつもの顔で笑った。

けれど神妙な顔つきだったのはどうしてだろう。

「でも……みのり、最初に言っておく。数分喋れるかどうか……ってところだから」

「……っ」

そうか――晃史さんは関係者だから、おじいちゃんの容体にも詳しい。

先ほど着替えた時に、おじいちゃんに喋るだけの力があるかどうか、確認してくれていたのだ。

私もちゃんと覚悟をしないと。

笑顔で幸せだって見せてあげられたら、きっとおじいちゃんは安心する。

「うん、わかった。晃史さん、ありがとう」

しばらく待っていると、扉をノックする音がした。

晃史さんが両開きのドアを左右に開けると、三人の看護師がストレッチャーを動かして中へと入ってきた。

晃史さんが目線で合図すると、看護師たちは部屋から出ていった。

「おじいちゃん……」

恐る恐る言葉をかけると、ゆっくりと首を動かしたおじいちゃんが私を見て顔を綻《ほころ》ばせた。

昨日は眠っているところしか見られなかったが、今日はうっすら目が開いている。

「みのり」

か細くしゃがれた声には、もう昔のような力は残っていない。

息を吸うのが苦しいのか、呼吸は浅く短かった。

「おじいちゃん、苦しかったら喋らなくていいから。今日ね、おじいちゃんが会いたいって言ってた人、連れてきたよ。このドレスもね、晃史さんと一緒に選んだんだよ。私、これからはちゃんとするから……」

だからもっと長生きして――なんて、こんなに苦しそうに耐《た》えているおじいちゃんには言えなかった。

涙をぐっと呑み込むと顔が引き攣《つ》りそうになるけれど、それでも必死に笑っておじいちゃんの手を握る。

おじいちゃんは言葉の代わりに、弱々しいながらも安堵《あんど》したように吐息を漏らした。

うしろに立っていた晃史さんは、膝立ちになっておじいちゃんの手ごと私の手を包み込んだ。大丈夫だと背中を押されているようで安心する。

「みのり……好きな人、できたのか……そうか、きっと、大丈夫だ……」

おじいちゃんの目はもう閉じていた。

もしかしたら、恋人を連れて行くって話も、すでにわからなくなっているのかもしれない。

「ドレス……綺麗だなぁ」

瞑《つむ》ったままのおじいちゃんの目から一雫《ひとしずく》の涙がこぼれ落ちた。深いシワの上を流れて、シーツに吸い込まれていく。

目に涙が浮かんで、悲しみが喉元まで迫《せ》り上がってくる。吐く息と一緒に泣き喚《わめ》いてしまいたかった。

おじいちゃんは私を信じてくれている。

きっとまた、好きな人ができる日がくるから大丈夫だと。

それなのに、私が自分を信じていないなんてだめだ。

(おじいちゃん……私の嘘に付きあってくれて、ありがとう)

ワガママかもしれない。

おじいちゃんにとっては苦しくて辛い時間かもしれないけれど、お願い。

私は祈るように両手を握った。

ほんの少しでもいい。少しでも長く——そばにいてください。

私の手の中でおじいちゃんの指が力なく動いた。同時に顔が苦しそうに歪む。

「おじいちゃん！　苦しいの？　大丈夫？」

晃史さんは強く握ってしまっていた私の指をそっと外すと、廊下に待機していた看護師に話しかける。

「……主治医に連絡を。源蔵さん、今、楽になりますからね」

身体をさすりながら話しかける晃史さんの顔には、いつもの穏やかで優しい眼差しはなかった。ただ、必死に命を繋ごうとしてくれる病院関係者としての顔が垣間見える。

「晃史さん……っ」

「大丈夫。すぐ薬を投与するから。病室に戻ってもらうね」

主治医と連絡が取れたのか、看護師が点滴の投与を開始した。

私はなにもできず、呆然と立ち尽くすしかない。

ストレッチャーが事務長室から慌ただしく運ばれていく。

大丈夫だからと頭を撫でられると、ばくばくとうるさいぐらいに鳴っていた心臓の音が落ち着いてきた。

「みのり、ちょっと座ろうか」

「うん、ごめん」

私の手はかすかに震えていて、緊張からか指先はかじかむほどに冷たかった。

その指先を温めるかのように、上から晃史さんの手のひらに包み込まれる。

「謝らなくていい。当たり前だろ。家族が病気で苦しんでたら誰だって辛い。俺は家族じゃないけど、なにもできないのが歯がゆいよ。どんな病気でも治せる時代になればいいっていつも思う」

マニュアルにあるような言葉ではなかった。

晃史さんの本心だと信じられた。

人はいつ死ぬかなんてわからない。その時を大切に生きて……なんてわかっていても、みんな自分は絶対に大丈夫だと思っている。

私はちゃんと時間を与えられた。

気持ちの整理をして、喋る時間もある。あとどれぐらいの時間が残されているかはわからないけれど、それまで一緒にいられるのだから。

ずっと我慢していた想いが溢れて、堰《せき》を切ったように涙が溢れだした。

「晃史さん……ごめ、ハンカチ貸して」

「そういう時は、胸貸してでいいんだよ。ほら、おいで」

そう言われても動けない私に、晃史さんは手を伸ばしてくる。

広い胸に抱き留められてすんと鼻を啜《すす》ると、彼の香りに包まれて強張《こわば》っていた肩から力が抜けていく。

我慢する必要がないのだと思ったら、涙が止まらなくなった。

とくんとくんと奏《かな》でる心臓の音を聞きながら、晃史さんの真っ白いシャツを涙で濡らしていく。

「ご、めっ……おじいちゃっ……嘘、ついて、ごめんなさい……」

私は晃史さんの背中に手を回し、彼の身体に縋《すが》りついて泣いた。晃史さんは、私が泣き止むまでずっと抱きしめてくれた。

「よく頑張ったね」

こんな時に不謹慎だとは思ったけど、こんな時だからこそ気づいてしまった。

私は、晃史さんが――好き。

気持ちに蓋《ふた》をしようかと思っていた。

気づかないふりをしようとも思っていた。

けれど、もう誤魔化せなかった。

(おじいちゃんも……気づいてたしね……)

おじいちゃんは言っていた。好きな人ができたのか、と。

たぶん、私の嘘にも気がついていた。私に関しては私より詳しいのだから、本当に敵わない。

残念だけどこの恋はきっと上手くいかない。それでも、二度目の恋をしたのが晃史さんでよかったと、今は心からそう思える。

その後、主治医の先生から呼びだされた両親が病院へとやって来た。

自発呼吸が弱くなっているため、今夜か明日が山だろうと一緒に説明を受けた。

私は泣き腫らした顔のままだったけれど、晃史さんのおかげで先生の話を聞く頃には落ち着いていた。

そして、日曜日の深夜。

家族に見守られながら、おじいちゃんは天国へと旅立っていった。

眠っているように穏やかな最期だった。

通夜だ葬式だとバタバタしていて、お母さんは悲しみに暮れる暇もなさそうだ。

かくいう私も同じで、勤め先の銀行に数日の忌引き休暇を申請し、一人暮らしだったおじいちゃんの家の片付けに追われていた。

病気が見つかった時にあらかた片付けてくれていたのか、物は少なかった。けれど、毎週末ごとに家へと通い、家財道具などの処分、家を引き払う手続きを済ませていたら、あっという間に四十九日も過ぎた。


晃史さんと出会った春から、季節は夏へと移り、やっと気持ちの整理がついた頃。

久しぶりに予定のない土曜日。

暇だと思うことすらこのところなかったからか、私は部屋でぼうっとしていた。

ゲームをする気分でもなく部屋で怠惰《たいだ》な時間を過ごしていたら、晃史さんから連絡が入った。

予定が空いていたら、今夜食事でもどうかという誘いのメールだった。

晃史さんは通夜にも葬儀にも参列してくれたのだが、その後はお互い忙しく何度か電話をしただけだった。

「『ご心配、おかけしました』っと。『どこで待ち合わせしますか』、でいいかな……」

少し間が空き過ぎて、どうしてかメールが敬語になってしまう。

思い返せば、わんわんと恥ずかしげもなく晃史さんの胸で泣いた記憶まで蘇《よみがえ》ってきて、私は一人部屋で顔を覆った。

晃史さんからの返事は一分と待たずにあり、指定されたのは初めて私たちが出会った行きつけの居酒屋だった。


「こっち」

以前と同じカウンター席に座った晃史さんが、入り口付近で店内を見回している私に手を振った。

顔馴染みの店員は、私と晃史さんの顔を交互に見ながら「知りあいだっけ？」という顔をして口をぽかんと開けていた。ああ、ほらやっぱり挨拶《あいさつ》すら忘れているじゃないか。

私はいつものように「生一つ」と頼むと、ようやく「いらっしゃいませ～喜んで～！」と聞こえてきた。

「お久しぶり、です」

「ははっ、だからどうして敬語になるの？」

晃史さんはメニューを手渡しながら聞いてきた。

いつも通りの晃史さんの笑顔にほっとする。そして、顔を合わせただけで高鳴る自分の胸は正直だ。

やっぱり私はこの人が好きなんだと実感した。

「あ～色々お世話になったからかな。本当に、ありがとう」

私が頭を下げたタイミングで頼んだビールが運ばれてきた。私たちは顔を見合わせて苦笑しながら乾杯をした。

お待たせしました、とカウンターに焼き鳥の盛り合わせが置かれる。それは、私が勧めたタレ味だった。

「あ、これ」

「今度ここに来たら頼もうと思ってたからさ」

串を手にする晃史さんに、やっぱり私は笑ってしまう。

(だから、庶民的な料理、似合わないんだってば……っ)

「なに笑ってるの？」

「ん～、楽しいなって」

晃史さんには感謝してもしきれない。

約束通り、おじいちゃんにウェディングドレス姿を見せてあげられた。後悔が一つもないかと言えば嘘になるけれど、たぶんあれが私のできる精一杯だった。

それに、晃史さんがいてくれたから、私はもう一度恋ができた。この恋は楽しくて幸せで、少しだけ胸が痛む。

「そういえばさ、あの時源蔵さん気づいてなかった？　俺が本物の恋人じゃないって」

「うん、バレてたと思う。でも、晃史さんを紹介できてよかったな」

しかも、痛みに耐《た》えているあの状態で、私の好きな人だとも言い当てたおじいちゃんは凄い。

「おじいちゃんね、昔からものすごーく心配性だから、恋人ができたって聞くとどうしても会いたいみたいで、すぐ連れてこいって言うの」

昔も、電話で諒ちゃんを連れておいでと言っていた。結局、叶わなかったけれど。懐かしいとあの頃を思い返せるのだから、私のトラウマも過去になりつつあるのだろう。

「みのりを溺愛してるのはわかったよ。でも、昔の恋人……源蔵さんに紹介してたんだね」

私を見る晃史さんの目がすっと細まったような気がして、思わずたじろぐ。

（なんか、機嫌悪い……？）

「え、あ……や、そういうんじゃないんだけど……ほら、もともと、おじいちゃんにはなんでも話してきたからさ、バレちゃうのしょうがないって言いたかったの。まぁ、最初お母さんにもバレバレだったしね」

「そうなんだ？」

話をもとに戻すと、晃史さんの顔にも笑みが戻って、私はほっと息を漏らした。

「うん。ほら、晃史さんと違って、私仕事以外では夜ちょっと飲みにいくくらいで、あんまり外に出ないの。恋人がいるのに土日引きこもってる時点でおかしいでしょ？　だから最近は私に恋人ができたんじゃないかって、お母さん喜んでるし」

「ああ、そっか。こんなに可愛い格好で出かけてたらそう思うかもね」

「……っ」

晃史さんに指摘されると、やはり恥ずかしくなる。

（だよね……気づくよね）

家からも近いこの店に来るのはいつもジャージ姿だった。

今日もそうしようと思った。けれど、晃史さんにまたあのジャージ姿を見られるのはどうしても嫌だった。

近所なのに紺のフレアスリーブとタイトスカートのセットアップは、正直やり過ぎたかもしれない。

（合コン行くんじゃないんだから……っ、今更だけど！）

諒ちゃんの好みに合わせて洋服を選んでいた頃と変わらない。

それでもやはり晃史さんに可愛いと思ってほしかった。私の恋愛時間は二十歳で止まったままなのだから、仕方がないじゃないか。

「似合うね。ウェディングドレス以外では、ラフな格好しか見たことなかったから、こういうのなんて言うんだっけ？　ああ、そうだ、ギャップ萌え？」

「ギャップ萌え？」

晃史さんからまさかギャップ萌えなんて言葉を聞くとは思わなかった。彼の顔と言葉のギャップに、こちらが萌えてしまう。

「そうそう。店に入って来た時びっくりした。みのりってこんなに綺麗だったんだって」

晃史さんは素でこういう台詞《せりふ》を言うから反則だ。そんな彼に呆気なく落ちてしまったのだから、本気で勘弁してほしい。

（綺麗とか可愛いとか、ほんともう、この人……）

隣に座っているからバレないと思うけれど、目を見て話せなくなるし、汗ばむほど頬が熱くなる。

思えば、好きだと気づく前から、私の反応は同じだった。

晃史さんの一言一言に敏感に反応しては胸を高鳴らせていた。無理に感情を呑み込み、自分で答えを出さないようにしていただけだ。

好きになっても無駄な相手だからと、自分に言い聞かせていた。

「あははっ……もう、そういうのいいから！　ほら、飲もう！」

私は乾杯と言ってグラスをもう一度鳴らすと、赤らんだ頬を誤魔化すようにビールを飲み干した。

「元気でたみたいだね」

「晃史さんのおかげでね、電話ありがとう」

「いや、一人で泣いてないといいなって思っただけだよ」

「寂しくて泣きそうなタイミングでばっかり電話がくるからびっくりした」

「そうなんだ？」

忙しくしている時間はいい。でも、ふと寝る前に思い出して悲しくなると、必ずと言っていいほど狙ったように彼からの電話が鳴った。私が疲れて眠ってしまうまで、晃史さんはずっとおじいちゃんの話を聞いていてくれた。

「あ、そうだ……こっちに付きあってもらったんだから、遅くなっちゃったけど晃史さんのほうも予定通り決行する？　私はいつでも大丈夫だから」

きっとお兄さんには疑われたままだろう。

婚約者だと信じてもらうためには、なるべく早めに会ったほうがいい。

「それもあって連絡したんだ。実は来週末、母の誕生日パーティーでね。自宅でやる簡素なものなんだけど、兄さんがぜひみのりも連れてきたらどうかって母に言っちゃって」

お兄さんからプレッシャーをかけられていただろうに、おじいちゃんのことがあるからと、晃史さんは急かさずに待ってくれていたのかもしれない。

「うん、わかった。パーティーに出ればいいのね。あ、でも私ドレスとか持ってないんだけど……」

上流階級の家のパーティーなんて、想像力が欠如した私にはどんな服で出席したらいいのか考えも及ばない。

友達もいないから披露宴《ひろうえん》に呼ばれもしないし、ドレスや靴、鞄を持っていない。最高級のおしゃれが今日の服装だ。

「ああ、普段着でいいよ。本当にパーティーって言っても家族で食事をするだけだからさ。みんな忙しいからね、こういう機会じゃないとなかなか集まれないんだよ」

「普段のご飯もみんな一緒じゃないの？　土日は、私と食事する機会が多かったよね？」

「まぁ、そうだね」

休日は時間を取れなくもないのではと聞き返した。すると晃史さんは珍しく、薄暗い不快感を表情に貼りつけていて、淡々と感情のこもらない声で返事をした。

一瞬、怒っているのかもと思ったが、すぐにいつもの柔和《にゅうわ》な表情へと戻ったことにほっとする。

三十代ともなれば、兄夫婦と両親と一緒に食事を摂るほうが珍しいかと思い直して、私はさして気にも留めなかった。

「そういえば、お兄さんの奥さんってどういう人なの？」

「どういうって？」

「こないだお兄さんと話した時、やっぱり私たちのこと疑ってたよね？　家にお邪魔するなら色々聞かれるかなって思って」

奥さんとご両親にも疑われたら針のむしろだ。

もしそうなら、事前に知っておきたかった。

「由乃《よしの》はああいう感じじゃないから大丈夫だよ」

晃史さんの言葉の中に踏み込めない領域を感じて、納得したわけではなかったが私は神妙に頷くことしかできなかった。

お兄さんの奥さんのことを〝義姉《ねえ》さん〟ではなく名前で呼ぶんだね、と茶化して聞くこともできなかった。

「そっか……」

「疑ってるのは兄さんだけだね。両親も義姉も堅苦しくない人だし、そんなに緊張しなくても平気だから」

見合いを勧めておきながら、お兄さんはどうして晃史さんを疑うのだろう。

これだけかっこよければ、恋人の一人や二人いるのは当たり前で、むしろいないほうが不自然だ。

けれど、お兄さんに初めて会った際に感じたのは、婚約者としてふさわしい相手かどうかを見定めているというより、私が本物の恋人かどうかを探っている——そんな視線だった。

「身から出た錆《さび》だよ」

困惑した私の表情で察してくれたのか、晃史さんがため息をつきながら言った。

「え？」

「正直、今まで女性と真面目に付きあってなかったからね。そんな俺が、急に結婚を考えるって言ったって信じられないのが普通でしょ？　家でも仕事でも一緒にいる兄さんからしたら疑わない理由はないよね。お母さんは騙《だま》せなかったって言ってたみのりと一緒だよ」

たしかに、付きあっている相手がいるとほかの女性からのアプローチを断るのに便利だからだと言っていた。

今まで真面目に付きあってこなかったことは、詳細は聞いていなくとも気づいていた。下衆《げす》いと思ったものの、それほどモテるのだろうと感心したほどだ。

けれど、彼の話は強弁に聞こえた。取ってつけたような理由というか、どうしてか正体不明の違和感だけが残る。

しかし、私はそれ以上踏み込めなかった。彼の表情が、私からの問いを拒絶していたから。

「そっか、でも、お兄さんを嫌いってわけじゃないんだね。なんか安心した」

病院で顔を合わせた時、晃史さんの態度がどこか刺々《とげとげ》しかったように思えて心配だった。男兄弟だとそんなものかと無理やり自分を納得させたのだが。

「苦手であることは確かだけどね。子どもの頃はムカついたけど、大人になれば変に突っかかってこられるより飄々《ひょうひょう》としてケンカになっても取りつく島もないって人だし。いいよ」

ムカつく、と言った晃史さんの顔が子どもっぽく見えて、私は思わず笑ってしまった。

「あはは、見てみたい。お兄さんとケンカしてるちっちゃい晃史さん。私は一人っ子だから、ちょっと羨《うらや》ましいなぁ」

「普通の子どもだったよ。小さい頃の三歳差は大きいし、なにやっても敵わなかったね。まぁ、今もあまり変わってないか……」

「晃史さんは私の四つ上だから、今三十二歳だよね。生活するためだけに仕事してる私からしたら、晃史さんもお兄さんもどっちも凄いと思うよ。理想が高いと自分に甘くなれないんだね」

父親の跡を継ごうと小さい頃から努力してきただろうし、医師免許を取って、さらには経営学まで学ぶのは並大抵ではない。

夢や信念を持って仕事をしている二人は尊敬に値する存在だ。四年後に自分がそうなれているかと言われると自信はない。

「そうかな。俺の場合は、最初から決められた道だったから迷わなかっただけだよ。なにやってもいいって言われてたら、それこそ困る」

「頑張ってるんだね」

「え……？」

晃史さんは困惑した表情で目を瞬かせた。

「このあいだ私に言ってくれたじゃない。頑張ったねって、凄く嬉しかったからその言葉。決められた道だって努力なしには進めなかったでしょ？」

「みのりは優しいね」

「好きになっちゃった？」

「ふっ、そうかもね」

私の言葉を冗談だと思っているのだろう。晃史さんは笑みを浮かべながら頷いた。

「だったら……」

「うん？」

だったら、私と本当に付きあって——そう口から出かかった。

好きだと伝えたら彼はなんと言うだろう。

私もきちんと前に進むために、偽物の婚約者役が終わったら気持ちを伝えよう。

今度こそ、おじいちゃんに笑顔で報告できるように。

七　彼もまた、愛されたいと願う一人の男だった

正午過ぎに訪れた晃史さんの実家は、私が想像していたよりもずっと大きい二階建てのお屋敷だった。部屋数がいくつあるのか想像もできない。

住宅街の一区画がすべて長谷川家の敷地らしく、お屋敷の周囲はぐるりと道路に囲まれていた。周りの民家がこぢんまりとして見える。

家族五人で住んでいるとは誰も思わないだろう。

壁伝いに歩くとレンガ造りの門柱が立てられていて、鉄製の門の先に見えるお屋敷は、華美な装飾などはなくシンプルな白い壁で造られていた。

そして、目の前には公園かと思うほどの広い庭があり、一人乗り用ブランコが置いてある。

(晃史さんたちが小さい頃に使ってたやつかな……？)

チャイムを押して緊張の面持ちで門の前で待っていると、玄関から晃史さんが出てき

てくれた。

「普段着でいいって言ったのに」

ワンピース姿の私を見て、開口一番に告げられる。

「いや、さすがにデニムにティーシャツじゃ来られないでしょ。私の精一杯のオシャレだから、これ」

そう言って見せたのは、本当に久しぶりに引っ張りだしたピンクのワンピースだった。

先日会った時と同じ服は避けたかったし、これしかなかったのだ。

嫌な思い出しかないワンピースを着ようと思ったのは、記憶を塗り替えたかったからだ。

失恋記念ではなく、婚約記念として大事に取っておきたかった。ピンクのワンピースなんて年齢的に厳しいかとも思ったが、大人っぽい作りのおかげで違和感なく着られた。

「似合ってるよ。可愛い」

「ありがとう」

晃史さんの言葉は、簡単に私を喜ばせる。

彼の一挙手一投足《いっきょしゅいっとうそく》を意識してしまうと、もう言葉一つに躍《おど》らされている気がしてくる。

「こっちだよ、入って」

「あ、待って。これ晃史さんのお母さんにプレゼント持って来たんだけど、大丈夫かな。

ちょっと安っぽ過ぎる？」

私は手に持っていたダリアと薔薇《ばら》で作ってもらった花束を晃史さんに見せた。

初めてお会いする人に後に残るプレゼントは控えたかったし、考えても結局花束しか思いつかなかった。

「いや、喜ぶよ。ありがとう」

話しながら庭を抜け、両開きの玄関ドアを開けた向こう側は、それこそ息を呑むほどの光景が広がっていた。

本当にこういう家ってあるんだ、私の感想は語彙力《ごいりょく》がなさ過ぎてそんなものだったが。

玄関の床は大理石なのか、自分の顔が映りそうなほど磨き上げられている。天井は吹き抜けになっていて、二階の窓からの日射しで眩しいほどに明るい。

晃史さんのうしろをついて歩いていると、年配の女性とすれ違った。

お手伝いさんだろうか。晃史さんがなにか一言二言話すと、恭《うやうや》しく頭を下げ奥へと歩いていった。

「みのりを連れて来たよ」

ドアの向こうは、吹き抜けのリビングダイニングだ。

部屋の中には二階への階段があり、そのすぐ横にはグランドピアノが置かれている。

一面がはめ込みガラスになっていて、それらで囲むようにして中央には中庭があった。

そしてリビングの真向かいには室内プールまである。

私が口を開けたままぽかんと固まっていると、十人掛けのダイニングテーブルを囲んでいた数人が立ち上がった。

私は目的を思い出して、慌てて気を引き締める。

「こ、こんにちは。お招きいただきましてありがとうございます。山下みのりと申します」

私は緊張して舌を噛みそうになりながらも、たどたどしく挨拶《あいさつ》を済ませた。

今日は婚約者として紹介されるのだから、失敗するわけにはいかない。最初の印象は大事だろう。

「あなたがみのりさん？　初めまして、啓一と晃史の母です」

気品があって優しそうな雰囲気の女性が、私の前でにっこりと微笑んだ。

兄弟はお母さん似なのだろう。笑った顔がそっくりだ。

「お誕生日おめでとうございます。これ、お母さまがダリアが好きと伺ったので……」

「ありがとう。いい香りね、飾らせてもらうわ。あ、由乃ちゃんを紹介するわね」

「初めまして。長谷川由乃です」

お母さんの隣に立つ女性が頭を下げた。

家族構成は聞いていたし、考えればお兄さんの奥さんしかいないのだが、まさかこれほど――

「か、可愛い……っ」

小動物みたいな可愛さ。

たしか私より年上だと聞いていたような気がするが、まだ高校生だと言われても頷ける。

目が大きくてまつ毛が驚くほどに長い。猫っ毛なのか茶色くて柔らかい髪がふわふわと左右に揺れて、本当にお人形さんみたいだ。

「え？」

「あっ、すみませんっ！　失礼なことを……あまりに綺麗でびっくりして。それに妊婦さんなんですね」

私は、思っていた言葉をそのまま口に出していた。

しまったと口元を押さえると、由乃さんはクスクスと笑いだした。

頬にえくぼを作って笑った顔はあどけなくて、小さい子どもの笑顔が周りに伝染するように、気づけば私まで笑みを浮かべていた。

「ええ、もう八ヶ月なの。でも、嬉しいわ。みのりちゃんこそ可愛いし、晃史と並んでると本当にお似合い。お義母さんってば浮ついてチャラチャラした子だったらどうしようなんてずっと心配してたのに、みのりちゃんを見て安心したのか、ずいぶんとご機嫌になったのよ」

「もう、由乃ちゃんってばバラしちゃうんだから。だってこんなにしっかりしたお嬢さんだと思わないじゃない？　どうせ晃史が結婚しろってうるさく言われるのが嫌で、どっかで適当に選んだ人だとばかり思ってたから……」

「幻滅されなくてよかったです」

あながち間違っていないお母さんの言葉に、乾いた笑いが漏れる。

ただ居酒屋で隣に座っていたから選ばれた婚約者なんです、と言えるはずもない。

罪悪感に苛《さいな》まれて、心底嬉しそうに笑顔を向けてくれる二人に、私は引き攣った笑みを向けた。

初めからわかっていたのに、結果的にこの優しい人たちを裏切っているのだと思ったら胸が苦しくなった。

嘘だとバレたら嫌われるだろう。憎まれるかもしれない。

「みのりちゃんお腹空いたでしょう？　一緒に食事しながらお話ししましょ」

私は促《うなが》されるがままダイニングテーブルに座った。

私の隣には晃史さん、晃史さんの前には由乃さんが座った。

「あ、今日はお兄さんはいらっしゃらないんですか？　お招きいただいたお礼を言いたかったのですが」

リビングにはお母さんと由乃さん、晃史さんとお手伝いさんの四人しかいない。お父さんとお兄さんは仕事だろうか。

「さっきまでいたんだけどね。病院から電話があったみたいで仕事に行っちゃった」

「忙しいんですね」

「そういう仕事だからね。なにもなかったら夜にはみんな揃うだろうし、身体さえ壊さないでいてくれたらいいの」

由乃さんがふっくらと柔らかそうな頬をピンク色に染めて言った。

その口調からはお兄さんへの愛情が伝わってくる。由乃さんからは愛されている者特有の大らかさや余裕が見えて、私はつい羨望《せんぼう》の眼差しで見つめてしまう。

「由乃。みのりは初めて来たんだから、あんまり絡むなよ?」

「晃史ってば失礼ね。お客様にそんなことしません」

「飲んで酔っ払った挙句に絡まれて、ベロベロの由乃を寝室に運んでたのは俺なんだけど」

普段の晃史さんとは印象の違う話し方に、私は目を瞬かせた。

どうしてか心が落ち着かなくなる。

家族だからほかの人に対しての接し方とは違って当然だと思うけれど、そういうものでもなくて。

諒ちゃんとミキを二人きりにしたくなかった、あの時の気持ちと似ていた。

由乃さんはお兄さんと結婚している。それなのに、頭の中ではとても嫌な想像をしてしまっていた。

「妊娠してからは飲んでないもーん」

「妊娠してなくても飲まないでくれ」

言葉は淡々としているのに、彼は今まで見たことがないほどに感情をそのまま表情に乗せている。

いつも見ている晃史さんが別人かと思うほどに。

「家族仲、いいんですね」

私は一人放っておかれたような気になって、つい口を挟んでしまった。

嫌味で言ったつもりはなかったのに、晃史さんの纏《まと》う空気が張り詰めた。やきもちを焼いたと思われたのかもしれない。

「みのりちゃん、ごめんね！　晃史とは高校の同級生だから、いつもこんな感じなの。でも、普通兄嫁とこんなに絡んでたら驚くよね」

「高校の同級生なんですかっ？」

「そうそう、聞いてなかった？　元々私は、晃史の友達としてここに遊びに来たんだよね」

「そうしたら、兄さんに一目惚れして、兄さん目当てでたびたび来るようになって、今に至るってやつだね」

呆れ顔で言う晃史さんだけど、本心はきっと違う。

そんな風に切ない顔をして、由乃さんを見ないで。

（こんなの、気づかないわけないよ……）

「ひっどい、お義母さ～ん、晃史がいじめる」

「晃史、あなた啓一より仕事の都合つきやすいんだから、由乃ちゃんに付きあってあげなさいよ。家族でしょ」

「そーだ、そーだ！」

「おいっ」

頬を赤らめて焦った顔を見せる晃史さんは、もう私の知っている人ではなかった。

こんなに人間味溢れる人だったのだと、今初めて知った。普段、私に見せてくれる笑顔は作られたものだと気づかないはずがなかった。

（由乃さんは、気づいてないの……？）

「会ったばっかの私ですらわかるのに」

ぼそりと低い声が出た。

どうしてこんなにも悔しいのだろう。

自分が彼に愛されない理由を由乃さんのせいにしようとしているのか、どろどろとした感情が溢れてきて止められない。

本当は気づいているんじゃないの——と叫びたくなってしまう。すべてをさらけ出したくなってしまう。

晃史さんからしたら余計なお世話だろうし、私に言わなかったのは知られたくなかったということだ。

(そんなの、わかってる……)

「え……？　みのり？」

「あ……ご、ごめん。なんでもないっ！　みなさん仲良くていいなって。お母さんも由乃さんもいい人だし」

「ありがとう〜みのりちゃん可愛いっ。それに比べて晃史は全然可愛げないんだからっ！」

「当たり前だ。同い年に可愛げを求めるなよ」

「みのりちゃん、晃史に泣かされたらすぐ言ってね。私が懲《こ》らしめてやるから！」

由乃さんは、正面から手を伸ばして、晃史さんの腕を軽く叩きながら言った。

(そんなに見せつけないで。由乃さんには……お兄さんがいるじゃない)

由乃さんはいい人なのに、私の醜《みにく》い嫉妬心《しっとしん》が激しく揺さぶられる。

「晃史さん、優しいから大丈夫ですよ」

笑わないとおかしく思われてしまう。

私は必死に取り繕《つくろ》った笑みを浮かべて、言葉を紡いだ。

「へぇ、好きな子の前だと優しいんだぁ。え、ちょっと待って、じゃあ私にだけそういう態度っ？　それはそれで酷くないっ？」

「なんで同級生で付きあいの長いお前にそこまで気を遣わないといけないんだよ。普通だろ。優しくしてほしいなら兄さんに頼みなよ」

「啓一さんは毎日優しいもの」

ぽっと少女のように頬を染めて口を尖《とが》らせる様は、とても三十を超えているとは思えない。きっと高校の時も美少女だったのだろう。

「はいはい……みのり、この調子で惚気《のろけ》られるから疲れたら聞き流していいよ」

「それだけお兄さんを好きだって証拠でしょ？　むしろ聞きたいな」

（私……ほんと、嫌な女だ……）

由乃さんがどれだけお兄さんを好きか、晃史さんに聞かせようとするなんて。それで彼の気持ちが私に向くわけでもないのに。

きっと晃史さんだって、由乃さんの気持ちがお兄さんにしかないと身に沁みてわかっているだろう。

「もの好きだな」

「普通でしょ。女の子は恋バナ大好きだもんね～みのりちゃん？」

けれど、そうですね」

恋愛が楽しいことばかりではないと、私は知っていたのに。

由乃さんと話していると心が折れそうになる。婚約者なんて嘘ですと、すべてをさらけ出したくなってしまう。

「ねぇねぇ、晃史との出会いはなんなの？　なんか意外なんだよね……お義母さんじゃないけど、晃史がみのりちゃんみたいな子を連れて来ると思わなかったから」

「どんなのだと想像してたんですか？」

出会いについて詳しく話せない私は、誤魔化すように話を変えた。

「うーん、なんか今まで付きあってた系でいくと、こうムチムチボディで胸元の開いた服を見せつけるみたいに着てて、化粧の匂いがプンプンする女？」

「由乃、会ったことないだろ」

「外で見かけたもん。派手な女の人。別に派手な女が悪いわけじゃないけどさ、長続きしたことないんだよ、この人」

過去の女性遍歴《へんれき》はちらっと聞いたが、由乃さんが言っているのは、ほかの女性からアプローチをかけられないために付きあっていた人たちだろう。

自分の好みとは真逆な人を選ぶなんて、由乃さんへの当てつけのようだ。

「だから、家に連れてきたのがみのりちゃんで安心した」

私が選ばれたのは本当に偶然で、もしも居酒屋の隣の席に由乃さんのいう派手なお姉さんが座っていたとしたら、今この場にいるのは私じゃなくてその人だったかもしれない。

今まで見せつけるように遊んでいたのは、由乃さんに自分の恋慕《れんぼ》を気づかれたくなかったからではないだろうか。

たとえ好みだったとしても、きっと由乃さんに似たタイプを選べなかった。

私は自分の考えがほとんど間違ってはいないと確信していた。

(晃史さん、無理だよ……)

好きな人が一つ屋根の下で暮らしているのに、ほかの女性を好きになれるはずがない。

ずっと一生、この辛い恋を隠したまま、ほかの誰かと結婚するなんて――

「みのりちゃん？　どうかした？」

「あ、いえ。晃史さんの今までの女性遍歴《へんれき》を想像してちょっとヤキモチ焼いちゃいました。あはは……」

私はすっかり気落ちしてしまった。

たまたま晃史さんの過去の女性関係の話だったたから、肩を落とした私の様子は由乃さんにもお母さんにも不審に思われなかったようだ。

(なんだか疲れたな……もう帰りたい)

「絶対今までのなんて遊びだったんだから気にしない！　みのりちゃんのことは結婚を考えるぐらい本気ってことでしょ」

むしろ遊びのほうが、契約関係よりもまだマシだったかもしれない。

契約違反をして、本気になってしまったのは私だけだ。

「あ〜でもごめん！　そうだよね、たとえ遊びだって好きな人の過去の話なんて聞きたくないよね。私いっつもこんなんだから晃史に怒られちゃうんだよ」

「わかったらちょっとは直すように努力しろよ」

晃史さんは、落ち込んだ私の表情を演技だと思っているのだろう。

「ごめんね」

私の頭をぽんぽんと叩く彼の仕草に、助かるって想いが込められているようだ。

こんな風にちょっとした変化も察してくれるのに、私の想いはまったく伝わらない。

俺を好きにならないでねと、今も変わらずにそんな風に思っているのだろうか。だとしたら私の気持ちは彼にとって迷惑でしかない。

「いや、ほんとに……大丈夫」

ダイニングテーブルに食事が運ばれてきて、もっぱら私は由乃さんとお母さんの話の聞き役に徹した。

二人は仲が良く、場を和ませて明るくしてくれる。今、会話に加わるのは正直辛いし、ボロがでそうだ。私はなんとか笑みを浮かべながら、相槌《あいづち》を打つに留めた。心はカラカラに乾いてしまった。

早くこの時間が終わってくれますようにと、時計ばかり見ていた。

部屋の中がやや薄暗くなると、私の視線に釣られたお母さんは、壁にかかった時計に目を移して慌てたように立ち上がった。

外はまだ明るかったが、もう十七時を過ぎていた。ようやくお開きになりそうだと、胸を撫で下ろす。

「あ、もうこんな時間！　晃史、みのりちゃんを送って行ってあげなさい。あ、もし予定がなければ泊まっていっても大丈夫よ」

「ありがとうございます。でも、十分です。美味しい食事にみなさんの楽しいお話が聞けてお腹いっぱいです。今度また、お邪魔してもよろしいですか？」

社交辞令でしかなかったが、それでもお母さんは喜んでくれた。

私を疑っている様子もない。なんとか役割を果たせただろう。

「ええ、もちろん！　みのりちゃんなら晃史がいない時に来たって構わないわ。またお話ししましょう」

「ありがとうございます」

（ああ、よかった……終わった……）

玄関前でもう一度礼を言って、私はもう二度と来ないであろう門をくぐった。最後までちゃんと婚約者役はできたはずだ。

今後、呼びだしがあっても、仕事が忙しいとか用事があるとかで誤魔化すしかない。

黙ったまま、駅までの道を晃史さんと並んで歩いた。

口を開けば、言ってはいけないことを言ってしまいそうで、押し黙るしかなかった。

「疲れたでしょ？　ずいぶんと長く付きあわせてごめんね」

家を出た途端に口数が少なくなった私を見て、気疲れしたと思ったのだろう。

晃史さんは申し訳なさそうに謝った。たしかに気疲れはしたが、それ以上に由乃さんの存在が私の胸に暗い影を落としている。

「ううん、大丈夫」

「元気ないな。どうかした？」

こんなの言うべきではないとわかっているのに。

もう、黙っていられなかった。

「私、気づいちゃったんだけど……どうすればいい？」

「気づいた？」

「晃史さんの想いが伝わってきて……苦しい。由乃さんが私たちを見て嬉しそうに笑うたびに、辛いって顔に書いてあったし。本当は今日、彼女が少しは妬いてくれるかも、なんて思ってなかった？　私はダシに使われたの？」

晃史さんは足を止めて驚愕に目を見開いた。

まさか、私に気づかれているとは思ってもみなかったのだろう。どう言い訳をしようかと考えている仕草すら、痛々しい。

「違う……みのりが、気づくとは思ってなかった」

「でも、由乃さんのこと、好きなんでしょ？」

「由乃への気持ちは……たしかに友人以上だ。けど、幸せになってほしいと思ってる。もし俺が婚約するなりして兄さんが安心するなら、それが一番いい」

「お兄さんは気づいてるんだ」

だから、あれほどに私と晃史さんの関係を疑っていたのだ。

由乃さんを好きなはずなのに、ほかの女性を好きになれるはずがないと、近くで見ているお兄さんが一番わかっていたはずだ。

「ああ……おそらくね。正直、高校生の頃、由乃を家に連れてきた時は失敗したって思ったよ。あんな……互いに一目惚れしましたって瞬間に立ち会うとは、思ってもみなかった」

晃史さんは遠い過去に想いを馳せるように目を細めた。その表情は辛そうで切なさに溢れていた。

「お兄さんから言われたの？」

「二人が恋人になった時に報告を受けた。『由乃と付きあうから』って。由乃の目は兄さんしか見てなかったし、俺がどうこうって問題じゃなかった。たとえ俺が由乃に気持ちを伝えていたとしても、結果は変わらなかったと思う」

「もしかして……お兄さんは、由乃さんを取られるかもって心配してる？」

それほどに想いあっている二人ならば、たとえ晃史さんの気持ちを知っても揺らいだりはしなそうだが。

「違うよ……やたらと見合いを勧められるから、俺も最初はそう思ってた。でも、兄さんはただ純粋に俺に幸せになってほしいって思ってるんだ。報われない恋なんてしてないで、ほかに目を向けろってね。こっちからしたらお膳立てなんぞ余計なお世話なんだけど」

うんざりしながらも、晃史さんは本気でお兄さんを疎《うと》んでいるわけではないのだろう。お兄さんが女性をあてがうような真似《まね》をしたとしても、そこには家族としての情がある。だから強く反発できずに、こんな馬鹿げた芝居を思いついたのかもしれない。

「みのり、時間あるなら飲みにいかない？　ちょっと付きあってよ」

私が断る前に、決まりねとすたすたと先を歩いて行ってしまう。

今、かなり傷心なんですけど、と恨《うら》み言の一つも言いたくなるものだ。

「え……さっき食べたばっかりだし、デザートまでしっかり」

ランチではあったが、ずるずると何時間も食事をしていたから空腹ではない。

「それ昼の話でしょ？　それに、甘いの食べるとしょっぱいの食べたくならない？」

「それはちょっとわかるけどさ」

「だろ？　行こう」

珍しく強引に手を引かれて、それだけで心が波打つ私は、日に日に彼への想いを募《つの》らせている。

「晃史さん……手」

もう何度も手は繋いだ。

今まで浮かれていた自分が恥ずかしくなる。

この恋は叶わないとわかっていたはずだったけれど、どこかで可能性を信じていたのかもしれない。今は、冷え切った私の心に、こういう優しさは辛い。

「嫌だった？」

「そういうことばっかりして、私が晃史さんを本当に好きになったらどうするの？」

「それはないでしょ。初めて会った時、好きな人ができることは絶対にないって言い切ったみのりの顔……本気だったから」

また裏切られるなんて二度と御免《ごめん》だと、そう思っていたはずだ。

でも、今は違う。

晃史さんが相手ではなかったら私はきっと恋なんてしなかった。私の周りにできていた分厚い壁を、晃史さんは会うたびに壊していってくれた。抱きしめてくれたあの日、私が恋に落ちたのは必然だ。

私を変えた本人が気づかないなんて、なんと滑稽《こっけい》なのだろう。

晃史さんが何度か来たことがあるという駅近くのバーに入った。

空腹ではなかったから、ビールとつまみにチーズの盛りあわせだけを頼んだ。たしかに甘いものの後のしょっぱいものは美味しい。

「晃史さん、聞いていい？」

「うん、なに？」

「おじいちゃんにドレス姿を見せられたし、もう嘘をつく理由は私にはないんだけど、晃史さんはこの婚約話、なにをもって終わりにするの？　しばらくしたら別れるって言っても、結局また同じことの繰り返しにならない？　余計なことかもしれないけど……由乃さんへの気持ちがある以上、誰と結婚しても相手を不幸にするだけだと思う」

「言うね」

「伝えたらいいのに」

彼が想いを伝えられるはずはないのに。

晃史さんの恋愛を終わらせたいと思ってしまうのだから、私はずいぶんと自分勝手だ。

「相手は兄さんの嫁で、もうすぐ子どもが産まれるのに？」

「だって辛くない？　終わりなんてこないよ？」

病院を繁栄させていくために結婚が必要と言っても、お兄さん夫婦の子どもがいる。

晃史さんが無理にでも結婚する必要があるのだろうか。

お兄さんだって、それくらいわかっているはずだ。だから、晃史さんには本当に心から想える人を見つけてほしいと思っているに違いない。

ただ、それが本人には余計なお世話なようだけれど。

「俺のことはいいよ。みのりは？」

「私？」

「絶対恋愛なんてしないって理由、あるんでしょ？　ほら、もうお互い隠し事はなしにしよう。俺の話もバレちゃったし」

（誤魔化した……）

私に話を振って「そういうの聞かれるの嫌でしょ、だから踏み込んでこないでよ」って晃史さんの目が告げていた。

けど、私はトラウマを克服した。しかも晃史さんと違って、その相手はもう二度と会わない人だ。話すことに躊躇《ためら》いはない。

「私は……」

私が口を開きかけたその時――

「う～わぁ、ヒデェ！　マジで下衆《げす》いな！」

店内の落ち着いた雰囲気とは似つかわしくない大声が響き渡った。

客たちが一斉に中央のテーブルに視線を移すと、つい今しがた思いだした顔がそこにあった。

（諒ちゃん……どうして、ここに）

そう広くはない街だ。同じ町内に住んでいる諒ちゃんとはいつ会ってもおかしくはなかったが、この八年、一度だってその偶然は訪れなかったのに。

「あー？　んな昔の話持ちだすなよ。その頃は、処女とやれるだけでいっかって感じだったんだよ。ミキのほうが身体の相性よかったし。あいつ身体ガチガチで全然濡れねえし、つまんねえっつーの」

（ミキのほうがよかったって……まさか、私の話……っ？）

さぁっと顔から血の気が引いていく。冷たい汗が額《ひたい》に浮かんで、寒くもないのに全身が粟立《あわだ》った。

テーブルには諒ちゃんを含めて、男性客が四人いた。

スーツ姿ではあったが、みんな、ワイシャツの柄が派手やかでくどい。諒ちゃんがしているネックレスやピアスといった装飾品も、正直、センスがいいとはとても言えなかった。

（全然、変わってない……）

昔は、そういうところがかっこいいと思っていたのだけれど。

「しかし、彼女の前で別の女抱くとか超焦んだろ」

「いつ部屋に戻ってくるかってキンチョー感で、中が締まってめちゃくちゃよかった
ぜ～」

「騒がしいな、店移動する？　みのり？」

晃史さんの物憂げな声すら、私の耳には入ってこなかった。

どうしてまた、あの男に傷つけられなければならないのだろう。

やっと、忘れられたと思っていたのに。

リビングのドアを隔《へだ》てて聞いた二人の声が蘇《よみがえ》る。

私を〝可哀想〟だと言ったミキ。

私を〝バカな女〟だと嘲笑《あざわら》っていた諒ちゃん。

恥ずかしくて、やるせなくて、心が押し潰されそうになる。

「処女の子はそれ知ってんのかよ？」

「あいつさ～ドアの外で俺らがやってるの盗み聞きしてたみてえ。変態かよっつーの！」

（知ってたんだ……私がいるのを知ってて、ミキを抱いた……）

心が壊れそうになる。

誰とも関わりを持たずに、踏ん張って生きてきたのに。

やっと好きな人ができて、立ち直れると思っていたのに。

「ミキちゃんとその子、なんだっけ……みのりちゃんか、友達だったんだろ？　女の友情壊滅〜」

「もっと修羅場になると思ったんだけど、肩透《かたす》かし食ったな。みのりのやつ、いつのまにか帰ってて、そのあと音沙汰なくなった」

「実は惜しいことしたって思ってんじゃねぇの〜？」

「ま、ちょっとバレるには早かったよな。ほら、ガチガチの処女を俺が開発とか楽しそうじゃん。やってみたかったんだよな」

「で、結局最後には捨てるんだろ。お前の処女喰い伝説はそっから始まってんだな。うわぁ、みのりちゃんカワイソウ」

ギャハハと侮蔑《ぶべつ》を込めて笑う男からは、微塵《みじん》も言葉通りの意味を感じなかった。

テーブルの上で強く握りしめた拳が震える。怒りによるものなのか、悲しみによるものなのかはわからない。

「俺と付きあえて感謝してほしいぐらいだぜ。女の理想ばっかり押しつけてきやがって。飯食ったあとは家まで送るとか、一日一回は電話するとか、面倒くせえこと三ヶ月も続けて、やっといただいた処女なんだからな」

「あ〜たしかにそれは面倒。家まで送るのが当たり前って思ってる女いるよな、鏡見てから言えよ」

「それは言えるっ！　綺麗なお姉様だったらいくらでも送る」

「まぁな、俺ちょっとトイレ行ってくる」

諒ちゃんが席を立って、なぜかトイレとは真逆のほうへと向かう。

（どうしよう……っ）

隠れる場所などはない。どうか気づかれませんようにと祈りながら下を向くが、諒ちゃんは真っ直ぐに私のところへ歩いてきた。

「おい、お前、もしかしてみのり？」

「りょ……ちゃん」

「そうそう、みのりが大好きだった諒ちゃん。さっきから、こっち見てる女がいるなって思ってたんだよ。うっわ、懐かし！　ちょうど今お前の話してたんだぜ〜これって運命じゃね？　ほら、お前そういうの好きだったろ？　運命的な恋？　こんなところで偶然ばったり会うとかさ。なぁ、久しぶりに飲みに行こうぜ？」

諒ちゃんが私の肩を抱いた。触らないでと言いたいのに、度を超えてしまった感情に声が出ない。

さっきまでの話を私に聞かれていたとしても、彼にとっては些細《ささい》なこと。そこまで私はバカだと思われていたらしい。

「お～い、諒介？　なにやってんだよ」

「さっき言ってたみのりって、こいつ！　俺みのりと飲むから、お前ら先帰れよ」

「みのりちゃんって処女の子か～！　って、もう処女じゃねえよな！　こんな場所で会うとかウケるんだけど！」

「な、みのり……いいだろ？」

どうして私は、こんな男のために八年間も無駄にしなければならなかったのだろう。

泣きたくなどないのに、ボロボロと涙がこぼれた。

「彼女は今、俺と食事をしてるんだけど……ずいぶんと馴れ馴れしいね」

よく通る耳心地のいい声が聞こえて、私の肩に置かれた手が振り払われた。

動揺していて、晃史さんと一緒に来ていることすら頭から失《う》せていた。

過去に囚《とら》われている場合ではないのに、どうしても諒ちゃんを前にすると萎縮《いしゅく》してしまう。

「はっ？　なに、あんたみのりの彼氏とか？　超イケメンじゃん。こんな地味女と付きあってて楽しい？　なんならいい女紹介するけど」

ぽんと諒ちゃんに頭を叩かれるが、晃史さんと違って、その手には優しさなど微塵《みじん》も感じなかった。

「たしかに彼氏ではないな」

そう告げた晃史さんは、目を細めて諒ちゃんを嘲笑《ちょうしょう》するように口元を緩ませた。

彼は私を安心させるように、膝の上で強く握った手を包み込んでくる。

諒ちゃんの手とはまったく違う。優しくて、懐《ふところ》が深い彼の手だ。晃史さんが一緒にいてくれるのが心強い。

「ほら、彼氏じゃないってよ！　みのり残念だったな～こんなイケメンがお前の相手するわけねえだろ？　ブンフソーオウってもんだよ」

「だから、彼氏じゃなくて婚約者なんだ。みのりに触らないでくれないか？」

「え……？」

ふたたび私に触れようとした諒ちゃんの手が払われた。今度は先ほどよりも強く。店内の雑音が一瞬消えるほどに。

なにが起こったかわからないというように、諒ちゃんは私と晃史さんの顔を交互に見つめる。

「ああ、そういえば君の話はみのりから聞いていたよ。大沢諒介くん、だったかな」

晃史さんが諒ちゃんの名前を知っているはずはない。知り合いかと驚いて二人の顔を見るが、諒ちゃんは晃史さんの顔を知らないようだった。

「彼女と付きあい始めた時、話していた。セックスが下手過ぎて全然気持ちよくなかったから別れたとね。君の話だったんだな。だから処女しか相手にできないのかな？」

「はぁっ？　あんた……っ」

「あ、そうそう、うちに新薬の売り込みに来ていた営業マンの名前も、たしか大沢と言ったか。たしか……父上が製薬会社の重役であったはずだが、同一人物でないことを祈るよ。公共の場で痴態《ちたい》を晒《さら》すような社員がいる会社と取引したくはないし、俺の顔を見て気づかない能力のない営業は御免《ごめん》だ」

セックスが下手過ぎてのところで、思わず噴きだしそうになってしまったが、あいにく諒ちゃんとしか経験のない私には比べるすべもない。

晃史さんの言葉一つで、先ほどまでの鬱積《うっせき》が消えてしまった。

たしか諒ちゃんのお父さんは製薬会社の社長だ。おそらく長谷川総合病院と取引があるのだろう。

「まさか……っ、あんた長谷川総合病院のっ」

「あれ、もしかして本人だったのかな？　じゃあ、父上に今日のことを報告しておこう。もう少し大人の嗜《たしな》みを身につけさせたほうがいいと。君が担当者ならうちは今後の取引の中止を考えざるを得ない」

「いやっ、うちはあんたのところとの取引を切られたらっ」

諒ちゃんの顔からはみるみる血の気が引いていく。

「そんなの俺の知ったことじゃない。ああ、みのりがどうしても大沢君を助けたいというなら話は別だが……どうする？」

チラッと視線を私に向けるものの、晃史さんの瞳は完全にこの状況を楽しんでいる悪戯《いたずら》じみたものだ。

彼は私情で仕事相手を選ぶような人じゃない。ただ、私に仕返しをする機会を与えてくれたのだろう。

「頼むよっ！　みのりっ！　俺とお前の仲だろ……大口の取引先なんだ……」

「あなた誰？」

俺とお前の仲って、諒ちゃんこそなにを言っているのだろう。

たった一日だけの身体の関係で、散々人をバカにしておいてそれはない。

「あなた、誰って……さっきは名前呼んでただろっ？」

「知らないっ。もう、晃史さん帰ろ！　この人たちうるさいし！　あ、思いだした……私も処女喰われたけど、たしかにあなた下手だったわ」

「はっ？　お前っ」

私の態度に衝撃を受けている様子の諒ちゃんを置いて、晃史さんの腕を引いた。

会計を済ませている間も、うしろからの視線に気が気じゃなかったけれど、気持ちはすっきりしていた。

八年経った今でも諒ちゃんを許すことはできない。でも、やっと過去になったのだと実感できた。

それより、ますます晃史さんを好きになってしまいそうで、そのほうが問題だ。

「家まで送る、行こうか」

店を出たあとも、晃史さんはなにも聞かなかった。

聞かなくとも、あらかた諒ちゃんが話していたから察したのかもしれない。

「いいよ、なんかこの流れで送られると、女の理想ばっかり押しつける夢見がちな女だって肯定してるみたいだし」

「そういうんじゃなくて。さっきの彼、万が一ついてきたら嫌だろ。土日はご両親ほとんど家にいないって言ってたし、心配なんだよ。みのりになにかあったら俺も寝覚めが悪い。俺のために送らせて」

ついてきたら――なんて、もういい年した大人なんだからと想像もしなかったけれど、そう考えるとたしかに怖い。

私たちは、人通りの少ない路地裏を通り、駅までの道を歩いた。

居酒屋や商店が建ち並ぶ表通りはがやがやと騒がしいのに、一本裏道に入るだけで辺りはシンと静まり返っていて、自然と話す声も小さくなる。

「ありがとう。それにさっきのも……なんかスッキリした。どうして諒ちゃ……大沢のこと知ってたの？」

「ちょうど先週会ったんだよ。あれ大沢製薬の次男坊だろ。甘やかされて育った坊ちゃんだ。うちの都合も聞かずに無理やり押しかけて、各科からクレームが来てる。担当者があいつに代わって不利益を被《こうむ》るなら、今後の取引中止も考えようと思ってたんだ。ちょうどよかった」

じゃあ、切ると言っていたのも冗談ではなかったのだろうか。

冗談だと思って乗っかってしまった。晃史さんの仕事の迷惑にならないといいのだが。

「あいつが心配？」

「いや、心配っていうか……」

気持ちの整理がついた今となっては、諒ちゃんをどうこうしたいとか、昔のことを謝らせたいという気持ちはない。

仕事にしたって私が口を挟むべきではないし、晃史さんは一時の感情で取引を切るような真似《まね》はしないだろう。

ただ、私は別に彼に不幸になってほしいわけではない。

同じだけの苦しみを味わわせたいと思っていたわけでもなかったから、複雑なだけだ。

「あいつを、まだ好きだったりする？　そう簡単に人の気持ちは変えられないって身をもって知ってるからさ、そうだったら余計だったね」

「違うっ、もう諒ちゃんに気持ちはないよ。私は、ずっとあの人に騙《だま》されたことを引きずって、誰も信用しない、誰も愛さないって思ってたけど、ちゃんと好きになれたんだからっ」

「好きにって……」

「晃史さんにとっては迷惑なだけだと思うけどね。好きになれたよ」

「俺？」

そう言いながら自分を指差した晃史さんに驚いている様子はない。

もしかしたら、私の気持ちなどとうに気づいていたのかもしれない。

「うん。私は晃史さんが好き」

私は感情のままに言葉を発していた。

まだ諒ちゃんを好きだなんて、晃史さんにだけは思ってほしくなかったから。

告白するならすべてが終わってから、そう思っていた予定が全部パーだ。

（あーあ、言っちゃったよ……）

多少の後悔はあれど覚悟はすぐに決まった。

一応、偽物の婚約者としての義理は果たせたから、時期としてはむしろよかったのかもしれない。

「そっか」

「驚かないんだね。慣れてるから？」

ごめん。彼からのその言葉を待った。

けれど晃史さんは、ただ私の言葉を受け止めただけだった。

「いや、十分驚いてる。だから、なんて返していいかわからなかった」

「晃史さんを好きだって気づいた時、自分が一番驚いたよ。一度交わした契約はちゃんと全《まっと》うしようと思ってるけど、一応ご家族への挨拶《あいさつ》もしたし、これで終わりって言うならそれでいい」

「俺が断るとしか思ってないんだね」

残念そうに言われると決意は揺らぐ。

私が本気になってしまった時点でルール違反だ。もう偽りの婚約者は終わりだろう。

まだ傷は浅い。きっとすぐに忘れられる。

それなのに、どんな関係であっても一緒にいられるのなら、と期待してしまう。

「だって……晃史さんがどれだけ由乃さんを好きか、見せつけられたもの。不毛な恋愛かもしれないけど、私、晃史さんを好きになれて嬉しいんだ。一緒にいられたら嬉しいし、あなたが嬉しそうにしてたら私も嬉しい。そういう気持ち、もうずっと忘れてたから」

彼にとっては私の感情など煩《わずら》わしいだけだろう。けれど、私はもう一度人を好きになる喜びを知れた。

デートもできたし、ウェディングドレスも着た。家族にまで紹介された。片想いなのに、晃中さんに本気で愛されているような幸せを感じられた。

「みのりが辛くないなら、もう少し俺に付きあってくれると助かる。それしか言えない俺は、狡《ずる》い男だね」

「人と比べられるほど恋愛経験ないからわからないけど、晃史さんはいい男でしょ？　誰もが羨《うらや》むほどの美形なのに、一途に報われない恋をしてるところとか、優し過ぎて私を手酷く振れないところとか、いい男過ぎると思うけど」

「買いかぶり過ぎだろ。ただ……俺にとってみのりはもう大切な友人だから、傷つけたくなくて逃げてるだけだ」

〝大切な友人〟。そう言ってくれるだけで、私がどれほど舞い上がってしまうか彼はわからないのだろう。

（まだ……そばにいてもいいの……？）

辛いとわかっていても、彼のそばにいたい。

「私、友達できたの久しぶり。仕事以外ではずっと引きこもってたから」

「同僚とは、仕事以外ではあまり喋らないの？」

空気が重苦しくならないように、さりげなく話題を変えてくれたのだろう。

「うん。業務中以外は話しかけないでオーラ出してるからね。諒ちゃんに振られてから、テキトーにあしらうような態度ばかり取ってたら、誰も近づいてこなくなっちゃった。自業自得」

「また裏切られるのが怖かったから?」

「それもあるけど……女の人って話す内容がほとんど恋愛のことで、彼氏がどうしたとかさ。そういう、耳に入ってくる話に同調できなかったから。周りの人たちの悩みさえも妬《ねた》みそうな自分が嫌だったの」

会社でもプライベートでも、家族以外に話をする相手がいなかった。寂しいと気づかないふりをしていた。

今は、好きな人の話を誰かに聞いてほしい。言える相手がいないのは寂しいとも感じる。おじいちゃんがいたら、私は飛んでいって報告しただろう。自分から気持ちを伝えたよ。友達だと言ってくれたよ、と。

今は墓前に手を合わせるしかない。

「女の人は恋愛話好きだよな」

「そうそう。だって思い返せば、私もミキにずっと諒ちゃんの話ばかりしてたよ。諒ちゃんの一挙手一投足《いっきょしゅいっとうそく》に振り回されて、でもそれがドキドキして楽しくて。初めてキスした時なんて朝まで語りあったし、デートの前に諒ちゃんがどんな服が好きかリサーチしてあげるとか言って、ミキはよく服を買いに行くのに付きあってくれたんだ。この服もそうだしね」

「じゃあ、みのりに新しい女友達ができるまで、俺が聞いてあげるよ。俺と一緒にいてどんな時にドキドキする？」

手を握られて、恋人繋ぎで指が絡まる。

（今まさしく心臓が止まりそうなほどドキドキしてるんですけど！）

そっと身体を寄せてきた晃史さんの声が耳元で聞こえて、頬にかかる吐息に呼吸が止まりそうだ。

（私の気持ち知ってて、そういうことする……？）

すべてをさらけ出してしまったからだろうか。

恥ずかしいのを通り越して開き直れる自分がいる。

「これだからモテる男はっ！　もうっ、からかうの禁止」

乾いた笑い声を上げながら手を振り払おうとしたけれど、思いの外強く掴まれていて叶わなかった。

少しは好かれているのかもと勘違いしてしまいそうになるから、私の心を揺さぶるのはやめてほしい。

「からかってないよ。純粋に知りたくなっただけ。彼とキスした時は、朝まで語れるぐらい嬉しかったってことだろ？　俺をどれだけ好きか語ってよ」

「本人を前にして？」

馬鹿じゃないのと冷たく視線を投げかけても、晃史さんはまったく悪びれることなくそうだと頷いた。

「そう。聞きたい。教えて？」

「私、どれだけマゾだと思われてるの？　そんな自虐プレイできるわけないじゃない」

「ふうん。じゃあその〝諒ちゃん〟と俺、どっちが好き？」

彼の言葉の中に冗談とは違う本気の熱を感じて、私は思わず歩みを止める。

じっと探るように見つめてくる彼の瞳も真剣そのものだった。

「晃史さん？」

つい訝《いぶか》しげに聞き返してしまうと、我に返ったように目を見開いた晃史さんは、私から目を逸らし繋いでいた手を離した。

「ごめん。ちょっと酔っ払ったかな。帰ろう」

「あ、うん」

もしかしたらと期待に胸が躍る。

もしかしたら、少しは妬いてくれたのかもしれないなんて――

（私が、好きって言ったら……少しは喜んでくれるの？　私の気持ちを知ろうとしてくれるの？）

この気持ちは迷惑になるだけだと思っていたけれど。

私は意を決して、先を歩く晃史さんの腕を掴んだ。

「待って」

「ん？」

立ち止まって振り返る晃史さんの顔は、もういつもの優しげな仮面を被っていた。

どこまでも余裕でいる彼に、悔しさが滲《にじ》む。

私の本気の想いを知って、心を乱されればいいのに。

晃史さんの手を取り、自分の手のひらと重ねあわせた。関節一つ分以上は大きくて、綺麗に整えられた爪に長い指。

「晃史さんの……私よりずっと大きい手のひらが好き。笑うと細くなる目元が好き。包み込むみたいに優しい話し方が好き。自分の仕事にプライドを持っててかっこいいところが好き。抱きしめられたら、泣いちゃうぐらい……大好き」

こんな時に泣くなんて卑怯《ひきょう》だ。

わかっているのに、彼への気持ちが溢れてきて止まらなかった。

触れていた手が離れて、晃史さんの両腕が私の身体を包み込んだ。

こうして抱きしめられたのは二度目だ。

たとえ想いが通じあわなくとも、振られる未来しかなくとも、私は幸せだと思う。

「こんなことされたら、もっともっと好きになっちゃうんだけど、迷惑じゃない？」

「迷惑だったら抱きしめたりしない」

嘘じゃないから信じてと伝わってきて、抱きしめる腕に力が込められた。

「人に、見られるよ」

人通りはそう多くなくとも、いつ誰が通るかはわからない。

それでも、このままずっと抱きしめていてほしい。手を離してほしくはなかった。

「みのりがやめてほしいならやめるよ」

「やめてほしいわけない」

ぐりぐりと額《ひたい》を胸に擦りつけると、頭上から宥《なだ》めるような甘い声が降ってきた。

「泣いてる？」

「言ったでしょ……抱きしめられたら泣いちゃうぐらい好きって」

涙をあなたのシャツで拭くぐらい許して。

私を好きになってほしい。

恋をするとこんなにも欲張りになる。

叶わないとわかっているのに、この人がほしくてたまらない。

私の想いを知ってか知らずか、晃史さんはそれきり言葉なく、私を抱きしめ続けた。

もしかしたら、私を断るための言葉を考えているのかと不安ばかりが頭を過《よぎ》る。

もう少し俺に付きあってくれと言ったばかりなのだから、そんなすぐに答えを出さないで。お願いだから。

「今、なに考えてるの？」

焦《じ》れて問いかけたのは私のほう。

口に出すのが怖くて、声は震えていた。

「やっぱり、俺って最低だなって思ってさ」

「どうして？」

「あいつを忘れられないのに、今……キスしたいって思ってる」

好きな人にそんな風に言われたら嬉しいに決まってる。

この人の一番になりたい。けど、なれないなら二番でもいい。

いつか私を好きになってくれれば。浅ましくて醜《みにく》くてもそれでいい。

「そういうの誤魔化しちゃえばいいのに。恋愛なんて好きになったほうが負けなんだから。私を都合のいい女にはできないの？」

「性欲処理なら誰でもいい。どういう形でも大切に思ってる人を傷つけたくないんだよ。なのに……心と身体が別だから自分に腹《はら》が立ってる」

顔を上げて見た晃史さんの目は、驚くほど劣情《れつじょう》を孕んでいた。

本心から私をほしいと思ってくれている。気持ちはどうあれ、身体だけは。

けれど彼はわかっていない。私にとっては、大切に思ってるという言葉だけでも十分だ。

「私のこと、少しは可愛いって思ってくれてる？」

「可愛いって思ってる。だから、困ってるんだ」

「キス、していいよ？」

「傷つけたくない」

「嘘。もうその気になってるくせに」

晃史さんの首に腕を回すと、瞬く間に唇が重なった。

暑い夜、湿り気を帯《お》びた唇は、角度を変えて深く重ねあわせるたびに水音を立てる。

「んっ……はぁ……っ」

舌が絡めとられて吸われた途端《とたん》、背筋に震えが走った。

私が背中に縋《すが》りつくと、ますますキスは深さを増した。頬裏を舐められて初めて味わう快感に、頭が朦朧《もうろう》とする。

キスだけで、いったい私の身体はどうなってしまったのだろう。

頭が蕩けてしまいそうに気持ちよく、あらぬ場所が疼《うず》くような経験は初めてだった。

「ん、ん……」

唇の隙間から漏れでる声は、自分のものと思えないほどの甘さを含んでいた。

（この人、私のものだったらいいのに……）

晃史さんの口から荒く息が吐きだされて唇が離された。私はもっと誘うように、彼の唇を舌で舐める。

一瞬、晃史さんの動きが止まり目が見開かれた。

「みのりのこと知らなかったら、慣れてる女だって勘違いして遠慮しなかったのに」

「どういう……意味？」

「煽《あお》り方が上手過ぎるんだよ」

言うが早いか、先ほどより長い口づけが続いた。

立っていられないほど激しく、口腔《こうこう》を貪《むさぼ》られる。私の腰を支えるように晃史さんの腕が腰に回された。

「知らな……っん、こうし、さっ」

無意識に開いた脚の間に、晃史さんの脚が差し入れられた。敏感な場所が彼の太腿《ふともも》で擦られる。

より密着する身体に痺《しび》れるような喜悦《きえつ》が走る。

触れあった下肢から晃史さんの熱が伝わってきて、私に興奮してくれているのだと知ると喜びしかない。ぐっと腰を押しつけられて、もうなにも考えられなくなった。

ぐりぐりと太腿《ふともも》と膝で脚の間を刺激され、下肢に切ないような疼《うず》きが広がっていく。

堪らずに腰をくねらせれば、中心が濡れたような感覚までしてくる。

「あっ、やっ……あぁん」

あまりの恥ずかしさに身を捩《よじ》るたびに、淫《みだ》らに疼《うず》く秘所が擦れて、より深い恍惚感《こうこつかん》に支配される。

ワンピースを捲《まく》られて、晃史さんの手が入り込んでくる。

私は思ってもみなかった状況にもがこうとするが、力強い手と脚でホールドされていて身動きできなかった。

「ここっ……そ、と……あぁん」

裾《すそ》を捲《まく》り上げた手が、膝上から太腿《ふともも》を撫でた。寒くもないのに身体が震えて、口からでる吐息がすべて艶《なま》めかしい嬌声《きょうせい》へと変わってしまう。

すでに下着のクロッチ部分はしっとりと湿っている。

こんなにも淫《みだ》らな自分がいると初めて知った。

「はぁっ……ん、もっ、だめ」

「わかってる……でも、もうちょっとキスだけさせて」

キスだけじゃないと言う間もなく、ふたたび唇が塞《ふさ》がれた。

太腿《ふともも》の上を這《は》う晃史さんの手が縦横無尽《じゅうおうむじん》に動き回った。

波のように次から次へと訪れる快感を逃《のが》すすべを知らず、私は無意識に晃史さんの膝に下肢を擦りつけた。

「感じてる？　可愛い」

「ふっ、ん……んんっ」

可愛いなんて言われたら、もうなんでも許してしまいそうになる。

本当に狡《ずる》い。けれど、好きで好きで仕方がない。

ついには太腿《ふともも》の内側を撫でられて、身体は悦《よろこ》びに打ち震える。しとどに濡れた場所を暴《あば》いてほしくて、誘うように膝が開いていく。

「あっ、そんなとこ……キスだけって」

そう言いながらも本心ではなかった。

無理やり押さえつけられているわけではない。

本気で嫌なら逃げられる程度の力で抱きしめられている。

晃史さんは私を宥《なだ》めるように、額《ひたい》に口づけた。

「ごめんね。最低な男で。嫌いになってもいいから」

「ひどい。嫌いになんてなれないって……知ってるくせに」

「うん。最低だってわかってるけど、俺をもう少し好きでいて」

（まだ、好きでいていいの……？）

泣きそうなほど、嬉しい。

よかった。振られるのが、今じゃなくて。

「晃史さんにならら、なにされてもいい。それぐらい好きだから」

背中に回した手に力を込めて呟くと、それ以上の力で抱きしめ返される。

きっと今だけは、私だけを見てくれている。

「そろそろ黙らないと、ここで抱くよ」

「ひゃっ……ちょ、どこ触って」

ブラトップの隙間から直《じか》に胸が揉まれると、昂《たかぶ》った身体は快感に震える。

乳房を鷲掴《わしづか》みにして上下に揺らされ、抑えきれない声が漏れた。

「このままホテルに連れ込みたいの必死に我慢してるんだ。今のは可愛過ぎるみのりが悪いでしょ。ああ、ほら……ここ、尖《とが》ってきた」

我慢してると言いながらも、彼は楽しそうに私を追い詰めてくる。指の腹で尖《とが》った乳首を転がされ、声が抑えられない。

（いつも……優しいのにっ、こういう時……意地悪になるって……）

ドSっぽい！――なんて叫べるはずもなく、快感と羞恥《しゅうち》で目には涙が浮かんでくる。

「やぁっ、ん……言わないで……っ」

「涙目で上目遣いって唆《そそ》られるんだよね。あざとい女のは萎《な》えるんだけど、どうしてだろう。みのりは可愛いって思う。だから……俺以外の前でその顔したらだめだよ」

乳輪ごと強く引っ張られて、ここが外だということも忘れ、喘《あえ》ぐことしかできない。

「私のことなんて、好きじゃないくせに……あぁっ」

「少なくとも友情以上ではあるよ。ね、気持ちいい？」

「そ、んなのっ……言えなっ」

「みのりの肌って赤ちゃんみたいだ。白くてしっとりしてて、柔らかい。なのに、ちゃんとここは大人なんだよね」

晃史さんの反対側の手が脚の間に入り込み、すでに蜜を溢れさせているショーツに触れた。谷間に沿って擦られると、身体中に電気が流れたような衝撃が走る。

「キスしただけで濡れちゃった？」

「あぁっ……ん」

キスだけじゃないでしょ、なんてもう言えなかった。

口を開けば嬌声《きょうせい》にしかならない。

「予想外に可愛過ぎて……本当に困る」

晃史さんの口からも、私と同じぐらい熱い吐息が漏れた。

耳元で囁《ささや》かれた言葉は劣情《れつじょう》を含んでいて、私が陥落《かんらく》したのは言うまでもない。

「晃史さ……っ、ここじゃやだ」

「ホテル、連れ込んでいい？」

晃史さんの胸の中で、私は自分の意思で頷いた。

八　愛されていないと信じることが、心の平穏を保つ方法である

予感はずいぶん前からあったように思う。

初めて会った日の夜。

どうして俺は、隣に座るみのりに声をかけたのだろう。

まさか婚約者のふりをしてほしいだなんて、本気で思っていたわけでもないのに。

困っていたのは本当だ。

兄さんが、適当な付きあいばかりの俺を心配しているのはわかる。

だからといって、誰かも知らない女を婚約者だと紹介したところで兄さんが信じるとは思わなかったし、後々面倒なことになるのは火を見るより明らかだった。

けれど、あの日。

なぜか、この人ならいいかもしれない、そう思った。

美人とは言えないまでも愛らしい外見をしているのに、ところどころ髪を撥《は》ねさせて、上も下も揃いのジャージ。

隣に座る俺に一瞥《いちべつ》もくれずに、ビールを飲んでいる女性の口から出た言葉が意外過ぎて、俺は飲んでいた酒を思わず噴きだしそうになってしまった。

『どっかに結婚相手落ちてないかなぁ』

失礼な言い方だが、とても結婚したがっている女性には見えなかった。

むしろ、男から女として見られるのを拒絶するようなイメージを勝手に抱いていた。

だからこそ、そんな彼女の口から出た一言に驚いて、思わず声をかけてしまったのだ。

この女性なら面倒事にならず、俺の都合のいいように動いてくれるんじゃないか。そんな風に考えた。

知りあいに頼むという手もあったが、金銭を要求されるか身体を要求されるか、はたまた俺の心までもを要求されるかのいずれかだと確信していた。

自分の笑顔が女性ウケすると知っていて、みのりに対しても同じように接した。

彼女も悪い気はしなかったのか、徐々に緊張を解《ほど》いていってくれた。

契約で婚約者のふりをしてもらうだけだ。みのりの機嫌を取る必要もないのに、忙しい合間を縫ってウェディングドレス選びに、写真撮影。みのりよりも俺のほうが楽しんでいた気がする。

みのりと結婚するわけではないし、本当に好きな相手とは一生こうして隣には立てない。だからこそ楽だった。

それに、みのりのドレス姿は、思っていたよりもずっと綺麗だった。

俺が見惚れてしまうくらいには。ああ、この人は本当はこんなにも綺麗なんだ、もったいないと思った。

ちょっと触れるだけで反応を示すみのりが可愛く思えて、次第に惹かれているのを自覚した。

ただ、それは恋や愛情ではなかった。

つまりは、女性として抱けるという男の身勝手な欲望を、みのりに対して持っていただけだ。

（俺を、好きにはならないと思っていたのに……）

でも、なぜだろう。みのりからの告白を迷惑だとは思わなかった。むしろ自分の中に、大事ななにかを手にした時のような満足感が芽生えた。

大沢と俺、どちらが好きかなんて、どうしてそんなことを聞いたのか。

みのりはからかうなと言ったが、けっして冗談を言ったわけじゃない。

ただ、俺に愛情を向けながらも、大沢とキスした時の話を懐かしむように語る彼女に苛立った。

俺が指を絡ませると、途端にみのりの頬が赤く染まった。それでいい。俺のことだけ考えていればいいんだと、身勝手な独占欲が湧きおこった。

（最低だな……俺は）

まだ引き返せたはずだ。

拒絶するのが彼女のためだった。けれど、みのりを抱きしめたら、もう欲望のままに彼女を貪《むさぼ》ることしか考えられなかった。

駅近くにあるビジネスホテルに着くまで互いに言葉はなかった。

繋いだ手からみのりの熱が伝わってきて、俺の身体をますます昂《たかぶ》らせていく。

キスだけで勃《た》ち上がった己の欲望は痛いほどに張り詰めていて、解放を望んでいるのは確かだ。

でも、誰でもよかったわけじゃない。みのりだから抱きたくなった。それは間違いなかった。

カードキーを差し込んでドアを開けると、ロックがかかるのを待つことさえできず、みのりを抱きしめる。

「みのり……っ」

貪《むさぼ》るように口づけると、みのりも俺の舌の動きに応《こた》えて舌を差しだしてきた。

焦《じ》らされているのかと思うほどたどたどしく、余計に煽《あお》られる始末だ。

「んっ……はぁっ、はっ、む」

立っていられないのかみのりの膝ががくがくと震えて、縋《すが》りつくように俺の背中に手

いく。

「もう、我慢できない」

ふにゃりと崩れそうになるみのりの身体を支えて、性急な手つきで衣服を剥《は》ぎ取って
を回してきた。

彼女の両胸の膨らみが押し当てられて、俺の身体はますます熱くなっていく。

俺も自分の服を脱ぎ捨て、みのりの身体を横抱きにしてベッドの上へと横たえた。

二人分の体重に、ベッドが軋《きし》んだ音を立てる。

その間もずっと自問自答していた。今からでも遅くはない。みのりに本気になれないなら、やめておいたほうがいいと。

けれど、己の欲求はそれを否定する。

(三十過ぎて、がっつき過ぎだろ……俺)

みのりも俺に抱かれたいと望んでいるのだからと、それを免罪符《めんざいふ》にした。

脚をキツく閉じて胸を両腕で覆うみのりは、恥ずかしそうに腰を捩《よじ》る。

その仕草が普段のみのりからは想像がつかないほど官能的で、彼女の身体を貪《むさぼ》り尽くしたい欲求に駆られた。

「あ、あの……晃史さん……あんまり見ないで」

「恥ずかしい？」

「当たり前でしょ……だから、あの……電気とか」

煌々《こうこう》と明かりがついたままの室内は、桃色に染まったみのりの肌をも照らしている。

俺が彼女の肌を綺麗だと思っていることに考えが及ばないのか、みのりはシーツを引っ張って身体を隠そうとした。

どうしてか、みのりを前にすると穏やかではいられない。無理やりにすべてを暴《あば》きたくなって、泣かせたくなる。

俺はあえてだめだと首を振ると、胸を隠すみのりの両腕を解《ほど》いていった。

「みのりが、俺の手でどういう声で啼《な》いて、どんな風に可愛くなるのか、ちゃんと見たいんだよ」

みのりの唇ごと食《は》むように、深く舌を絡ませて口づける。

隙間からみのりの苦しそうな息遣いが聞こえたが、さらにキスを深くしながら、ふるりと揺れる乳房に手を這《は》わせた。

「んんっ……ふっ、は……っ、ん」

溢れる唾液ごと舌を啜《すす》ると、みのりの細い腰が小刻みに震える。

柔らかな膨らみを上下に揺らし、キスだけで形を変え硬くなりかけた乳首を爪弾《つまび》いた。

みのりの背中が波打ち、先ほどまできつく閉じていた膝が自然に開いていく。身体が疼《うず》いて堪らないのか、腰を揺らす様はひどく扇情的《せんじょうてき》で俺は熱のこもった息を吐きだした。

「あぁあっ……やっ……」

「可愛い。もっと乱れて」

キュッと乳輪ごと指の腹で抓《つま》み上げて、尖《とが》った赤い実を舌先で舐《ねぶ》る。唾液で濡れた乳首はより硬さを増し、赤く腫れ上がっていた。

「ふっ、あっ、あっ、ん～っ」

凝《こご》った乳首を口の中で舐め転がすと、みのりは足先でシーツをかきながら身悶《みもだ》えた。淫《みだ》らに腰をくねらせて、腰を浮き上がらせている。

「もう、触ってほしいの？」

「んんっ、だって……こんなのっ」

みのりは涙で濡れた目で、睨むように見つめてくる。

焦《じ》らしているつもりはなかったがそう感じたらしい。

ただ、目の前で俺の手で乱れるみのりをもっと見ていたかったのだと言ったら、怒るだろうか。驚くだろうか。

彼女に期待させるような言葉はかけるべきではないのに、口を開くと愛おしさが溢れでてしまう。

みのりの膝を開くと、かすかにくちっと濡れた音がする。下着は先ほどまでの愛撫で蜜を垂らし、色を変えていた。

胸から脇、下腹部へと舌を滑らせると、みのりの全身はぴくぴくと震えてますます赤く染まっていく。

恥ずかしいのか、潤んだ瞳から涙がこぼれ落ちた。

太腿《ふともも》の付け根を下着のクロッチに沿って舐めると、みのりは首を仰《の》け反《ぞ》らせて甘い声を上げた。

「やぁっ……もう……おねがっ」

「腰を揺らすたびに、やらしい音がしてる」

俺の言葉に泣きそうな顔を見せるみのりに満たされる。俺の手に感じてくれているのだと思うと嬉しさしかなかった。

彼女は好きでもない男に身体を許すタイプではないだろう。

俺に対してそこまでの感情を持ってくれていると知れば、なぜか胸がいっぱいになる。

今まで誰と関係を持っても、向けられた好意に喜びや幸福感を得たことなど一度もないのに。

(誰も信じない、愛さないと言っていたみのりだからか……)

俺を好きになってきっと彼女は悩んだはずだ。このまま契約を続けていていいのかと。

俺に断られるのを覚悟の上で好きだと告げてきた瞳は、ただただ真っ直ぐに愛情を伝えてくれた。

そんなみのりがいじらしく思えて、どうしても帰せなかった。傷つけたくないと思うのに、抱きたくて堪らなかった。

みのりは顔を真っ赤にさせて潤んだ瞳で睨んでくる。

そんな風に睨んでも可愛いだけなのに。

ふっと笑みをこぼすと、みのりは困ったように視線を逸らした。初々《ういうい》しい反応が堪らなくなって、彼女をもっと追い詰めたくなってしまう。

「こんなに濡れて……すごいね」

ぐっしょりと濡れたショーツを脱がして、顔を近づけていった。

「やぁっ……な、にす……」

「セックス、久しぶりだろ？　ちゃんと慣らさないと」

「でも……っ」

彼女の脚を押さえて、閉じた陰唇を開かせるように舌先を動かすと、みのりの口から甲高い声が上がった。

唾液を滴《したた》らせる必要がないほどに濡れた膣部は、上下に舌を動かすだけで新たな蜜を吐きだした。

「ひぁあっ……んっ……そんなとこ、やっ、だめぇっ」

蜜口をかき混ぜるように浅い場所を舐《ねぶ》ると、みのりは嬌声《きょうせい》を上げながら髪を振り乱した。

びくびくと腰を震わせて感じ入っている表情は、とてつもなく淫《みだ》らだ。

「ここだけでも十分感じてるみたいだけど……もっと気持ちよくなろうか」

みのりの腰を動けないように掴んで、より深い場所に舌先を埋めていく。

ちゅぽちゅぽと濡れた柔襞《やわひだ》を舐めながら抜き差しを繰り返すと、蕩けた顔を見せて俺の髪を掴んできた。

「あぁっ、はっ、あぁ……やっ、だ、それ」

嫌と言いながらも、快感に溺れていくみのりの様は普段から想像もつかないほどに妖《よう》艶《えん》だ。

時々くしゃりと俺の髪をかき回し、そのたびに腰がびくびくと浮き上がる。もっと感じさせたくて、舌先を速く動かすと、甘酸っぱい芳醇《ほうじゅん》な香りが強くしてしとどに愛液が溢れだした。

(まだ、中だけじゃ達《い》けないか……)

快感は得ているものの、もどかしさが強いのか、みのりは苦しそうに喘《あえ》いでいる。

俺は中から舌を抜くと、陰唇に隠れた花芽を突《つつ》いた。その瞬間、みのりの腰が大きく浮き上がり、俺の顔に膣部を押しつけるような格好になる。

構わずに包皮を捲《めく》り上げ、小さな花芽を口に含むと、みのりは声にならない声を上げて、喉を仰《の》け反《ぞ》らせた。

「ひぁ……っ！」

舌の上でくるくると小さな芽を転がしながら舐めているうちに、花弁が男を受け入れる形に開いてくる。

「あぁぁっ、はぁっ……そ、れっ、やっ……変になっちゃ……っ」

ひくつく蜜口からは、粘着性のある愛液がとろとろと溢れだした。

そろそろ達しそうなのか、みのりは身体を震わせながら腰を波打たせていた。

「達《い》ったことはある？」

俺が聞くと、質問の意図がわからないのか陶然《とうぜん》とした表情のまま、みのりはかすかに首を横に振る。

その間も舌先を動かすのはやめない。みのりはとても話せる状況ではないのだろう。

喘《あえ》ぎ声混じりに言葉を紡いだ。

「はぁん、わかっ……なっ……やっ、あぁぁっ」

「じゃあ、こうして舐められたことは？」

どうして大沢と張りあおうとしているのか、自分でも意味がわからない。

ただ、みのりが好きだった男があまりにも最低で、あんな男に身体を許したという事実に憤《いきどお》りを感じていた。

「ない……よ、ないからぁっ」

「そう、それならよかった」

「な、に？　やぁぁっ……」

感じ入った声を上げながら、みのりはびくびくと腰を震わせた。

腰を押さえつけながら、徐々に膨らんできた陰核を口の中に含み、舌先で襞《ひだ》を捲《めく》るように舐《ねぶ》る。

直接的な刺激を与えると、赤く色づいた花芽はぴんと尖《とが》り、硬さを増した。

「ああ、硬くなってきたね」

俺の息がかかるだけで心地よさを感じてしまうのか、みのりが腰を捩《よじ》って身悶《みもだ》えた。

悲鳴じみた声を上げながら、はくはくと息を吐きだす。

「あぁっ、そこ、やなのっ……変になっちゃう……っ」

「いいよ。いっぱい変になって」

もう耐《た》えられないとでも言うように、俺の髪に指が差し入れられ、くしゃくしゃに乱される。

腰が上下に揺れ動き、みのりは本能のままに俺の口元に花芽を擦りつけた。

「ひっ、んん……もう、なんかっ……変、じんじんするっ」

ぬちゅぬちゅとわざと卑猥《ひわい》な音を立てながら、はしたなく濡れる花芯を舐める。

放っておいた蜜口が欲しがるようにひくついていて、指を一本そっと沈ませると、ぬるついた柔襞《やわひだ》が指に絡みついてきた。

愛液を絡ませながら濡れ襞《ひだ》を刮《こそ》げるようにゆっくりと抽送《ちゅうそう》を繰り返していると、蠢《うごめ》く陰道がきゅうっと指を締めつけてきた。

羞恥《しゅうち》に堪えないのか、みのりは頬を染めて目に涙を浮かべる。

しかし、指を包む柔襞《やわひだ》はもっと奥へと欲しがっていて、緩急《かんきゅう》をつけながら抜き差しを繰り返すと、より締めつけが強くなる。

みのりはもう訳もわからずに、ただ身に迫る愉悦《ゆえつ》を受け入れようと腰を揺らめかせていた。

「こんなに、俺をほしがってくれてるんだ。もう一本じゃ足りないでしょ？」

「はぁっ、ふっ……ん、わかんな……あぁっ、中ぁ……動かしちゃっ」

指を二本に増やすと、ぐちゅぐちゅと漏れ聞こえる濡れ音がひどくなり、指の隙間から は愛液が迸《ほとばし》る。

「怖い……っの、変になるの……そ、こ痺《しび》れてっ」

とろとろと流れでる愛蜜が陰唇を伝い、シーツを濡らしていく。

みのりは恍惚《こうこつ》とした表情で息を吐き、肌を戦慄《わなな》かせた。腰をくねらせるたびに、乳房がふるりと揺れる光景はひどく淫猥《いんわい》だ。

「ひぁっ、あぁん、いっ、気持ちい……っ」

もうなにを口走っているのかもわかっていないのだろう。

全身が小刻みに震えて、みのりは限界を訴える。

「もう、達《い》きそうだろ？　中、うねって……すごい」

くいっと指を曲げてより感じる場所を探ると、中心からぴゅっと愛液が飛び散り、みのりの腰が跳ね上がった。

「ひぁぁあっ――っ！」

背中を仰《の》け反《ぞ》らせながら息を詰める。びくんびくんと四肢を震わせて、みのりが絶頂に達した。

全身が気怠《けだる》いのか腕や脚をシーツに沈ませて、絶頂の余韻の中、敏感な肌を小刻みに震わせていた。

どこを見ているのかわからない視線が宙を漂《ただよ》い、蕩けたような表情をしたみのりが俺の姿を捉《とら》える。

「大丈夫？」

俺の声に徐々に意識が現実へと戻ってきたのか、みのりの顔が朱色に染まっていく。

「わ、私っ……あのっ」

「もうちょっと待ってあげたいんだけど、ごめん……そろそろ挿れていい？」

まったく余裕はなかった。

赤黒くそそり勃《た》つ屹立《きつりつ》は痛いほどに張り詰めていて、先端から先走りを溢れさせていた。

俺は手早く避妊具を装着すると、みのりの脚を抱えて濡れた蜜口に怒張《どちょう》を押しあてる。

みのりの手に自《みずか》らの手を重ねあわせながら、ゆっくりと腰を沈めていった。

「んっ……」

緊張しているのか、みのりの喉元が上下に動く。

陰唇の上を擦りながら太い先端を沈ませていくが、俺自身もずいぶんと久しぶりの行為のせいか、キツい陰道が欲望に絡みついて苦しい。みのりはもっとだろう。

「ゆっくり、するから」

本当はそんな余裕、かけらも持ちあわせてはいない。

けれど、みのりに痛い思いをさせたくはなくて、一気に突き挿れたい欲求を抑えて、
俺はことさらゆっくりと腰を小刻みに揺らしながら屹立《きつりつ》を呑み込ませていった。

蠢《うごめ》く濡れ襞《ひだ》を押し拡げるように進んでいくと、隙間なく収まる。

「あっ、あっ、ふぅ……ん、おっき、の……入ってる」

「ちょっと、そういう……エロいこと言わないで。達《い》きそうになるから」

熱に浮かされた表情で気持ちよさげに呟かれると、理性が崩壊しそうになる。今すぐ

に最奥をぐちゃぐちゃに突いて乱れさせたい欲求に駆られてしまう。

言葉を発しているみのりにはその自覚はまるでないのか、潤んだ目で俺を見ながら艶《なま》めかしい声を上げた。

「あぁん、いい……っ、そこ……」

腰を揺すると、抽送《ちゅうそう》に合わせてぬちゅぬちゅと濡れ音が立つ。

きつく締めつけていた陰道はようやく俺の形に慣れてきたのか、ぴたりと吸いついて奥へ引き込もうとしてくる。

緩やかな動きで奥まった場所を突くと、気持ちよくて堪らないらしく、みのりが甲高い声を上げて背中を震わせた。

「あっ、奥、気持ちい……あぁっん、それっ……もっと、擦って」

「はぁ……本当に……っ、どうかしてる、俺。みのりのこと……可愛くてしかたない」

ついに脈動する昂《たかぶ》りが最奥まで到達すると、どうしてか充足感で胸が満たされていく。

むしろ身体は解放を待ちわびて、もどかしいくらいなのに。

女性と身体を重ねることくらい珍しくはない。けれど、誰かを抱いて胸を打たれるなんて初めてだった。

みのりを愛せないのに、この時だけは由乃のことすら頭になかった。ただ目の前にいる存在を大切に愛《いつく》しみたいと、そう思った。

締めつけがきゅっと強くなり、堪らずに動きを止める。挿れただけで達してしまうなんてシャレにならない。

「くっ……っ、みのり……出そうになるから……っ、もうちょっと力抜いて」

「だって……嬉しい。好きじゃなくてもいい……晃史さんが可愛いって言ってくれるだけで、十分だから……あっ、やぁっ……おっきくしないで……」

「もたなくなるって……っ、言っただろ」

もう本当に可愛くて堪らない。

この初々《ういうい》しい身体を抱くなら真綿で包むように大切に抱こうと思っていたのに、手加減などできなくなってしまった。

俺は己の欲求を満たすために、中で膨れ上がった屹立《きつりつ》を容赦《ようしゃ》なく叩きつける。

抜き差しするたびに繋がった場所からは愛液が飛び散り、太腿《ふともも》を濡らしていく。

肌と肌がぶつかる音が響き、みのりの口からは切羽詰まったような声が絶えずに漏れた。

「あぁん、あっ、あぁぁっ……そ、れいっ……」

脚を抱え直し、より深く最奥を抉《えぐ》るように突き動かす。

硬く張った雁首《かりくび》で濡れそぼる媚肉をかき分けて突き進むたびに、柔襞《やわひだ》が蠢《うごめ》き奥へと引き込もうとしてくる。気づくと夢中で腰を振っていた。

腰から重苦しいほどの愉悦《ゆえつ》がせり上がってきて、先走りが避妊具の中に溢れてくる。もう吐きだしたくて堪らない。

「そ、こ……擦っちゃ……また、達《い》っちゃう、からぁ……っ」

「俺も……っ、出そ……」

みのりの両腕が背中に絡まり、汗ばんだ肌と肌が触れる。

抽送《ちゅうそう》の動きに合わせて揺れる乳房が俺の胸で擦られて、それだけでもみのりは感じてしまうらしく、快感を逃《のが》すように背中に回された腕に力が入る。

あまりに反応がいじらしくて、もっと喘《あえ》がせたくなる。

両胸の膨らみを上下に揉みしだき、勃《た》ち上がる乳頭を口に含むと、みのりは艶《なま》めかしい声を上げて中を締めつけてくる。

「ひ、あぁぁっ……吸っちゃ、だめ、吸っちゃ、やぁっ」

乳首を舌の上で転がすように舐めしゃぶり、強く吸いつくと、絡みつく内壁がさらにとろりと愛液を溢れさせた。

打擲音《ちょうちゃくおん》と、蜜口をかき回すたびに漏れる淫音が室内にひっきりなしに響く。

快感を追うのに夢中になっているのか、みのりの脚が俺の腰に回されていて、動きに合わせてもっととねだるように身体が揺れている。

小刻みに腰を穿《うが》ちながら角度を変えて最奥を突き上げていくと、みのりの蜜襞《みつひだ》が痙攣《けいれん》し蠢《うごめ》いた。

「あっ、あっ……もう、もっ……だめっ、あぁっ……！」

搾りとるような動きで柔襞《やわひだ》がうねり、俺のものを締めつけてくる。

みのりが背中を仰《の》け反《ぞ》らせて天井を仰いだ。

背中から脳天に突き抜けるような快感が走り、俺自身の解放のために濡れ襞《ひだ》を刮《こそ》げるように突き動かす。

「今、だめっ……擦らないで……達《い》ってるからぁっ」

達している最中の動きに耐《た》えられないと、みのりが悲鳴じみた声を上げた。

それを聞いてやる余裕もなく、心の中でごめんと謝るに留めて、彼女の身体を貪《むさぼ》り尽くす。絶頂の中、敏感な身体を強引に高みへと昇らせた。

「あぁん、あぁっ、あっ……もうっ、あぁ……またっ」

収縮する媚肉を狂おしいほどの強さで突き上げると、目眩《めまい》にも似た心地いい快感が頭を痺《しび》れさせる。

もう半分ほど意識がなくなっているのか、みのりはただただ快楽に溺れたような声をひっきりなしに上げて、身体を震わせていた。

「も……っ、出る」

「――っ！」

俺が皮膜越しに白濁を迸《ほとばし》らせると、みのりの背中も同時に波打ち、声にならない声を上げて昇りつめた。

涙に濡れたまつ毛を震わせながら、みのりは弛緩《しかん》する身体をシーツに沈ませた。

気怠《けだる》く心地いい疲れが全身を覆い、俺はみのりの上で荒い呼吸を整える。

汗ばんだ肌が触れて気持ちがいい。このままもう一度彼女を抱きたい思いに駆られてしまう。

欲求を必死に抑えて、ビクビクと震える蜜襞《みつひだ》からまだ収まりきらない怒張《どちょう》をそっと抜くと、みのりの口から甘やかな吐息が漏れた。

「ん……っ」

みのりの柔らかい唇を軽く食《は》んだ。まるでそれが合図であるかのように、俺たちの甘美なひと時は終わりを告げた。

これほどに密度の濃い時間はあまりに久しぶりで、誰かを抱いた後、名残惜《なごりお》しいと思うのも初めてだった。

本当はもうみのりを帰してあげたほうがいいのだろう。

けれど、どうしてももう少しだけ一緒にいたくて、俺はみのりの身体を腕の中に捕らえてしまう。

こんな行為はみのりを傷つけるだけだとわかっていながらも、離せなかった。

みのりがどう思っているのかはわからないが、彼女の両腕が背中に回されて、許されている気分になる。

みのりの髪の毛が胸にあたり、くすぐったさに身動《みじろ》ぐと、気をよくしたのか彼女が頬擦りをしてくる。

俺はみのりの汗ばんだ額《ひたい》にかかる髪をかき上げて、額《ひたい》に口づけた。こうして肌を触れあわせている時間が心地いい。

頬や瞼《まぶた》に順番に口づけながら、キスをねだるようなみのりの蕩けた表情に負けて唇を重ねあわせると、下肢にふたたび焼けつくような熱が集まってくる。

互いに会話はなく、時折舌を絡ませながらキスを続けた。

しかし達した余韻もあって眠いのか、キスのたびにみのりの呼吸は深くなっていく。

このまま抱きしめて朝を迎えたかったけれど、自分の行動がどれだけ残酷なものかを理解している以上、彼女の意思を優先したかった。

互いに、もう友達には戻れないと理解していた。

恋人ではない、それも理解している。

なにをどう伝えればいいかもわからないまま口を開きかける。

そっとみのりの髪をかき上げると、眠りに落ちかけている目が瞬き、なにかを言いたげにして口を噤《つぐ》んだ俺に、彼女のほうが首を傾げた。

「どうしたの？」

「いや……ごめんって謝りそうになった」

俺は自分自身の最低さを吐露《とろ》するしかなかった。

みのりは絶頂の余韻をわずかに残しながらも笑っていた。それは自虐的な笑みではなくて、ただ面白いといった風に。そんな彼女の強さが羨《うらや》ましかった。

「エッチした後にごめんはキツいよね」

「だよな。でも、本当にこんなにみのりを好きになるとは思ってなかったんだ」

愛することはできないけれど。

恋人になることもできないけれど。

みのりを好きだという気持ちだけは本物だ。

大切で傷つけたくなくて、でも触れたくて、本当に自分がどうしようもない男だと、罪悪感ばかりが募《つの》っていく。

「友達以上、恋人未満のそれだけどね」

「それでも、大事には変わりない。なんて、狡《ずる》い男の台詞《せりふ》だね。最初は都合のいい女だと思ってたんだけどな。互いにメリットがあるから契約の関係でいられる、面倒なことにならなければよかったんだ」

「私とエッチするなんて、晃史さんにとって一番面倒なパターンなんじゃないの？」

「そうだよ。婚約者のふりしてる相手に惚れられるなんて一番面倒だよ。なのに……由乃のこと知ってて、それでも俺を好きだって言ってくれるみのりを離したくないって思った。そんなの卑怯《ひきょう》でしかない……って、なんでそこで笑う?」

「え、だって……嬉しいから」

酷い言葉を吐いている自覚はあるのにみのりが心底嬉しそうに笑うから、二人の間に漂《ただよ》う緊張感すら霧散《むさん》してしまった。

「今の話のどこが?」

「私を……離したくないの? このまま好きでいてもいいの? 私しつこいからきっと何年も好きだよ。いつ諦《あきら》められるかわかんないよ?」

「みのりはそれでいいの?」

都合のいい女でいろと言っているようなものだ。

みのりが望めば身体の関係も持つと。ほかに大事な女がいる男など諦《あきら》めてしまったほうが楽だろうに。

「だって、それって待っていいってことでしょ? いつか、由乃さんより私を好きになる可能性もあるってことでしょ? 私は都合のいい女でもよかったの。晃史さんに遊ばれてもよかったの。今日が終わったら、もう会えない、連絡も来なくなるって……そう思ってた」

泣き笑いのような顔で遊ばれてもいいと言うみのりは、俺が狡《ずる》いと知っていてもなお、純粋な愛情を伝えてくれる。

そのことに俺がどれだけ救われているか、彼女は知らないだろう。

みのりを好きになれたらどんなにいいか。

頭の奥底にずっとこびりついて離れない女なんかより、目の前で俺を好きだと言ってくれる彼女を好きになれれば――

「そこまで軽く考えられないよ」

これからどうするべきかを俺は考えなければならない。

もしみのりが由乃に会うのが辛いと言ったならば、この関係は終わらせるべきだろう。

契約違反をしたのはどちらだったのか。

好きになるはずのない俺を好きになってしまったみのりか、卑怯《ひきょう》だとわかっていて彼女を抱いた俺か。

「うん。ありがとう。なんか……本当に、晃史さん……大好き」

胸に顔を寄せられて背中に回った腕に力が込められる。

淫蕩《いんとう》な気配を身に纏《まと》うみのりから、ふわりと俺の体臭が混ざったような香りが漂《ただよ》ってきて、欲求を抑え込んでいた身体にふたたび火が灯った。

充足感と、疼《うず》くような焦燥感《しょうそうかん》が混ざり、頭の中がみのりでいっぱいになってしまう。

「……ったく。勘弁して……」

「なに？」

「勃《た》った」

我慢していたのに、と昂《たかぶ》った己の欲望をみのりの下腹部に押し当てれば、彼女の顔は一気に朱に染まる。

男に抱かれるのは何年もなかったらしいが、男を煽《あお》る手技に長《た》けているというか、やたらとみのりの行動一つに煽《あお》られているような気がしてくる。

「さっき散々見ただろ？　今更そんな赤くなんないでよ。こっちが恥ずかしくなる」

「だって……そんなの気持ちよ過ぎて、覚えてない」

「だから、みのりそういうところだからね。絶対言わないでよ。ほかの男に」

「うん？　わかった」

「全然わかってないね」

なんだかもう、とため息をついて、俺はふたたびみのりの身体をシーツに沈ませた。

九　囚《とら》われて抜けだせなかったのはどちらだったのか

会いたいと、私から連絡するのは躊躇《ためら》われた。

煩《わずら》わしく思われるのが嫌で、自分からアクションを起こせなかったのだ。

しかしあの日から三日が経ち、何事もなかったかのように彼から連絡があった。

久しぶりにバーベキューがしたくなったから付きあってほしいと誘われた。

安堵《あんど》の思いと、少しも気にされていないのか、というささくれた思いがないまぜになって、喜んでいいのか悲しんでいいのかわからなかった。

そして約束をした週末の土曜日。

私が家で迎えを待っていると、インターフォンが鳴ったのは、約束よりも十分ほど早い時刻だった。

「道が空いてたのかな」

早めに支度を終えていた私は、急いで自宅の階段を駆け下りた。

誰かも確認せずにドアを開けると、玄関の前には予想もしない人物がいた。

「よぉ」

「どうして……ここにいるの？」

玄関先に立っていたのは、諒ちゃんだ。

細く整えた眉は吊り上がり、話し方も雰囲気もピリピリしている。

どこか投げやりで荒《すさ》んだ様子の彼に恐怖を感じる。先週、上機嫌で私に話しかけてきた男だとは思えなかった。

「別に偶然会ったっておかしくねえだろ？　家、遠くないんだから」

「偶然……うちの前にいたっていうの？」

（インターフォン鳴らしておいて……？）

いくらなんでもあり得ない。

今更なんの話があるというのだろう。

この間、すべて終わったはずだ。

「なぁ、あいつ……本当に付きあってんのかよ」

不機嫌に低い声色で諒ちゃんが言った。

付きあってない、と本当のことは言えない。

諒ちゃんには関係ないにしても、どこからどう伝わるかわからないから。

「だったら、なに？」

私は怯えているのを気取《けど》られないように虚勢を張った。

「ふっ、お前性格変わり過ぎじゃね？　昔は猫なで声で〝諒ちゃん〟って言ってたくせに」

「そりゃ、あんなことされれば嫌いにもなるでしょ？」

もうあなたにはなんの興味もない。

私のトラウマでもない。ただの過去。

そう頭では考えられても、正直顔を合わせるのは辛かった。

まだ、時々あの日の傷みを思いだしてしまうから。

「へぇ、やっぱりお前知ってたんだな。俺とミキが付きあってたの。あの日からだもんなぁ、お前と連絡取れなくなったの」

「あなたと話すことはもうない。帰って。忙しいから」

この人はいったいなにがしたいのだろう。

私と晃史さんが付きあっているかどうかをわざわざ聞きにきたわけではあるまいに。

「あいつと、今日もデートとかするわけ？」

「そう。だから早く帰って」

ちょうど出かける準備はできている。

連絡をして待ちあわせ場所を変えてもらったほうがいいかもしれない。

今の諒ちゃんは本当になにをするかわからない怖さがあった。

「待てよっ」

ドアを閉めようとすると、痛いほどに強く腕を掴まれ、身体ごと外に引き摺りだされた。

久しぶりに感じた彼の体温は、私の心をよりいっそう冷めさせた。

胸がときめくどころか、諒ちゃんのキツい香水の香りに不快感を抱かずにはいられない。

もう二度と触られたくなかった。

しかし、振りほどこうとしても、握りしめられた腕は痛みを感じるほど力が込められていてビクともしない。

ドアに背中を押しつけられて、逃げ場がなくなった。

「あいつ、いい男だよな。大病院のお偉いさんで次期理事長って噂もあるんだってな。ああいう完璧な男ってさ……潔癖そうだよなぁ」

「なにが言いたいの？」

冷然と見つめ返しても、諒ちゃんは歪んだ笑みを浮かべるだけだ。

「もし、今も俺とお前が関係があるって知ったら……どうなると思う？」

諒ちゃんの脚が、私の太腿《ふともも》の間に入れられた。

この間晃史さんにも同じことをされたのに、その時と気持ちはまったく違っていた。

嫌で、嫌で仕方がなかった。

あんなにも好きだった相手なのに、吐き気がするほどに悍《おぞ》ましく、全身に鳥肌が立った。

「ちょっと……やめてよっ！」

「ここ外だぞ。黙れよ。犯されてるとこ、誰かに見てほしいのか？　俺も捕まるだろうが、お前は一生噂されんぞ……元彼にレイプされた哀《あわ》れな女ってな」

諒ちゃんの凄みすら感じる声色に、身体が震えた。

泣きだしてしまいたかった。

「やっ、やだっ……助けっ」

家の中に助けを呼ぼうにも、お母さんたちは朝早くからデートに行ってしまって誰もいない。

誰か人が通ってくれればと期待するが、同時に諒ちゃんの言ったように、人に見られてしまうという羞恥心《しゅうちしん》と、あまりの恐怖で声が上げられなかった。

手のひらで口元を覆われて、目に涙が浮かぶ。

力では敵わないことが悔しくて、どうしてこんな男と出会ってしまったのかと過去の自分を恨めしく思った。

「いいじゃねえか。見られるの好きなんだろ？　こないだも外であいつとやらしいことしてたよな？」

あれを見られていたのかと、かっと頬に朱が走る。

あの後、本当につけられていたらしい。

送ると言ってくれた晃史さんには感謝してもしきれない。

「っむ～ん～っ！」

「暴れるなよ。女を殴りたくない」

諒ちゃんの顔が近づいてくる。嫌なのに、身動きできない。

私は、口元を塞《ふさ》ぐ手のひらに荒い息を吐きだすが、抗《あらが》っても力の差は歴然だ。

悔しさに涙がこぼれ落ちた。

こんな男のために泣きたくなんてないのに。

「とことん下衆《げす》いね。みのりは君のどんなところが好きだったのかな？ 俺も相当性格悪いけど、君ほどじゃないよ」

諒ちゃんの身体に隠れて姿は見えなかったが、聞こえた声に肩から力が抜けた。もう約束の時刻だったようだ。

口元から手が外され、まるで待ってましたとばかりに諒ちゃんが背後を振り返った。

「晃史さん……っ」

「あんたがうちとの取引、切ったりするからだろうが。そのせいで俺がどんな目にあったと思ってんだよっ」

「取引中止になんてしてないさ。公私混同はしない主義でね。聞いてないか？ ああ、もしかして勘当でもされたかな？ 君のお父上は話のわかる男で助かったよ。〝息子さ

ん の件で〟と言っただけだからね、俺は」

諒ちゃんは初めて聞く話だったのか、私に絡んでいた時の余裕が嘘のように、晃史さんに捲《まく》し立てた。

「あんたのせいで、仕事はクビになって、今まで住んでたマンションも出ていく羽目になった！　クレジットカードすら止められてんだよ！」

「だからなんだよ。働いていた分の給料はちゃんと振り込まれてるはずだ。手続きさえすれば失業保険だって出る。生活するだけの金はあるだろう？　しばらくは実家暮らしだったとしても、社会に出てるいい年をした大人だ。一人で家を借りて、仕事を探す。それほど取り乱すことじゃない。君が困るのは、取り巻きの友人たちにでかい顔ができなくなることと、女遊びができなくなることぐらいか」

たしかに晃史さんの言葉に間違いはないだろうが、今まで親の金に頼りきりな生活を送っていた諒ちゃんからすれば大変だろう。

一度だけ行った諒ちゃんの自宅には嫌な思い出しかないが、高層マンションの3LDKはまるでモデルルームのように広々としていた。

とても二十三歳の新入社員が住める場所ではない。

きっと、彼のお父さんが購入したマンションに住み、家族兼用のクレジットカードを使って贅《ぜい》の限りを尽くしていたのだろう。

二十歳の私は、そんなことにも気づかなかった。

「あんただって坊々《ぼんぼん》だろうがっ！」

「そうだね。生まれや育ちって意味では、下駄《げた》を履《は》かせてもらってる。食べるものにも着るものにも困ったことはないし、当たり前のように大学を卒業させてもらえて肩書きまで与えられている」

「ほら、俺とあんたはなにも違わないっ」

諒ちゃんの言葉に私の頭に血が上《のぼ》る。

「違う！　晃史さんは少なくとも肩書きに胡座《あぐら》をかくような人じゃない。私が好きになった人を馬鹿にしないでよっ！」

「悪かったな。肩書きに胡座《あぐら》をかくようなバカで」

諒ちゃんは振り返りながら吐き捨てるように言った。

けれど私は、付きあっていた頃の彼を尊敬していた。

「諒ちゃんだって、昔はよく言ってた。『父親とどうしたって比べられるけど超えられるように頑張らないと』って。私はそういうあなたが好きだった」

思い起こせば、諒ちゃんを好きになったのはなにも高級なマンションに住んでいる社会人だったからではない。

社会人で一人暮らしという、大人のかっこよさに魅力を感じたのも確かだが、お父さんの跡を継がないといけないから、まだ勉強中だと言っていた姿や努力する姿勢が好きだった。

彼は努力家だとミキが言っていたのも理由にあるが、私も諒ちゃんに出会ってそう感じた。女癖が悪かっただけで、あの時の直感は間違いではないと思いたい。

「口だけだ。結局超えられなかったから、こうなってんだろ」

諒ちゃんは、なにもかもを諦《あきら》めている口ぶりでそう言った。

「俺だってまだ父親に追いついてなんていないさ。相手は何十年も先を行ってるんだ。そう簡単に追いつかせてくれないだろ」

晃史さんの言葉が伝わったかはわからない。

表情は見えないが、諒ちゃんの背中からは後悔の念を感じる。

自分の今までの行《おこな》いか、今日ここに来たことか、なにに対して悔やんでいるのかは計り知れない。

「みのり」

聞こえるか聞こえないかという小さな声で、諒ちゃんが私を呼んだ。

「なに?」

「いや……やっぱりいい」

ごめん、と言われなくてよかった。

諒ちゃんを恨んでいるわけではないけれど、それでも過去のことも今日のことも許せはしない。

晃史さんと視線を合わせないまま、諒ちゃんは出ていった。

もう二度と会いたくはないけれど、やはりどこかで元気にしていてくれればいいと、そう思える。

「はぁ……」

ドアを背にもたれかかると、安堵《あんど》で身体から力が抜けた。

せっかくの楽しい気分が台無しだ。もう疲れてしまった。

「ありがとう……また、助けられちゃった」

「今日約束しててよかったよ。俺がいなかったらって思うとゾッとする」

「どうだろう。たぶんだけど、諒ちゃん……なにもしなかったんじゃないかな」

晃史さんがこれから来るとわかっていたから、あんな真似《まね》をしたのではないか。もしかしたら、最初から晃史さんに会いにきたのかもしれない。

ほとんど同じような環境にいるのに、自分とはまるで違う晃史さんが妬《ねた》ましかったのではないだろうか。

「俺を好きなはずの人が元彼を庇《かば》うとか、複雑なんだけど」

「それ晃史さんが言う？　俺を好きでいてとか言うし」

「諦《あきら》めないで。俺に恋しててよ」

冗談めかして告げられた。

忘れたくとも、晃史さんを忘れるなんてできそうにない。

「はいはい。晃史さんはひどい男だもんね」

「それより、大丈夫だった？　ちょっと震えてるね」

自覚はなかった。外は暑いのに指先がやたらと冷たいとは思っていたが、晃史さんに指摘されて手が震えていると気がついた。

身体をまるごと包み込むように抱きしめられて、私はこの人の狡《ずる》い優しさに甘えることにした。

「弱ってる時こういうことする？」

「こういう時、抱きしめられない男になんかなりたくないよ、俺は」

ぎゅっと広い胸の中に頭を抱え込まれて、悲しくもないのに涙がこぼれそうになる。

「うち、上がる？」

これからバーベキューに行く予定だが、少し休んでいきたい気分だった。

時間がないかもしれないし、断られる前提だったのに、晃史さんは一瞬迷う素振りを見せた。

「突然来たら、お母さんたち迷惑でしょ？」

「先週言ったでしょ？　うち土日はほとんどデートだから、二人とも出かけてるって」

晃史さんは、私を抱きしめていた手を離して口元を覆った。

どうしたのだろう。

「それはもっとマズイだろ」

「え……？」

「いや、ちょっとみのり……俺を信じてくれるのは嬉しいけど。誰でも彼でも家に上げないようにね。女性なんだからさ、もう少し危機感を持って」

彼がなにを言いたいのかやっとわかった。

しかし、そんなの晃史さん相手に必要がないと、どうして気がつかないのか。

「持ってるよ！　誰でも彼でも家に誘うわけないでしょ！　でも、晃史さんに危機感なんか持つはずない……隙あらば触ってほしいって思ってるんだから」

私と二人きりでいて、そういう気分になってくれるなら願ったり叶ったりだ。たとえ身体だけだっていい。

晃史さんは由乃さんの代わりに私を抱いたりしない。きっとその時だけは、私だけを見てくれる。

「少しでも……女として見てほしいって思ってるだけ。晃史さんが家に二人きりでいるのはマズイって思ってくれてるなら、むしろ嬉しい。少しは意識してるってことでしょ？」

「少しどころか、みのりのこと考えない日なんてない。毎日悩んでるよ、自分の最低っぷりに」

「もっと、いっぱい悩んで考えて。情が移って、私を振れなくなるぐらいまで」

私が強がるでもなく笑って見せると、晃史さんは目を見張った。

どちらからともなく唇が重なると同時にドアが開けられて、身体が押し込まれる。

「んんっ……ふ、あっん」

「俺を誘わないでよ。こっちだって我慢してるんだ。これ以上みのりを傷つけたくない」

熱のこもった瞳で見つめられて、私はうっとりと晃史さんの両頬を手で包んだ。自分から唇を寄せて、耳へと滑らせる。

いつの間に私はこんなにも淫《みだ》らになってしまったのだろう。

この人に抱かれたくて、堪らない。

「傷つかない……晃史さんが抱いてくれるなら、嬉しい」

耳元で囁《ささや》くと、小さく息を詰めた声が聞こえた。

噛みつくように激しく唇が奪われる。

「はぁっ、ふっ、ん、くるしっ……」

尖《とが》らせた舌が歯列をなぞり口腔《こうこう》を縦横無尽《じゅうおうむじん》に動き回る。

舌ごと口の中に含まれて、じんと甘い痺《しび》れが駆け抜けた。

「……ほんと、どうかしてる。みのりも……俺も」

「それでもいい。今だけ……私を見て」

背中へと縋《すが》りつくように手を回すと、うしろ手に鍵をかけられた。

慌ただしく靴を脱ぎ捨て、リビングへと続く廊下で一枚、二枚と服を脱がされる。

「こっち……リビングだから」

手を引いて誘導すると、晃史さんが部屋の中を見回してソファーに座った。

晃史さんに腕を引かれて、背後から抱きしめられた。晃史さんは一枚も脱いでおらず、背中にあたるのはワイシャツの感触だ。

ブラジャーの上から両胸が弄《いじ》られると、堪《こら》えきれずに甘やかな声が漏れてしまう。

「あっ、はぁ……」

布越しに感じる愛撫がもどかしい。

ゆさゆさと上下に胸を揉みしだかれて、背中を晃史さんに預けると、うしろから舌で首筋をなぞられる。

「ん……首、好き」

「首、舐められるの好き？」

囁《ささや》くように問われて、晃史さんの吐息が耳にかかった。

それだけで頭がぼんやりとしてしまうほどに気持ちがいい。耳たぶをやんわりと甘噛みされて、耳裏に舌が這《は》う。

くちゅっと淫靡《いんび》な音を立てながら、時折肌を吸われて、ぞくぞくするほど感じてしまう。

「気持ちい……っ、あっ、ん」

耳から首辺りを舌が何度も行き来する。

熱を持った舌がにゅるにゅると動き回るだけで、じんと身体の中心が熱を帯《お》びた。床に下ろした脚が彷徨《さまよ》うようにフローリングを這《は》う。

濡れた舌に舐められるたびに、腰が浮き上がり誘うように揺らめいた。

「はぁっ、ふ……ん」

「腰揺れてる。濡れちゃったんなら、自分で弄《いじ》ってもいいよ？」

「……っ」

そんなことできない。息を呑みながらも、信じられないと彼を睨むと、返ってきたのは敏感なところへの愛撫だった。私を追い立てるように、ねっとりと唾液で湿った舌が、耳の裏側やうなじを舐める。

「はぁ……はっ、あ」

（も……我慢できない……っ）

口から漏れでる艶《なま》めかしい吐息で気づいているだろうに、彼はいつまで経っても、肝心な場所に触れてはくれない。

じっとりと湿った下着は不快なほどで、晃史さんの舌が動くだけで新たな蜜を溢れさせソファーを濡らしてしまう。

けれど――

「ね……下着の中、手を入れて……擦ってごらん。ほら、気持ちよくなってるとこ、俺に見せて？」

背後から回された手がブラジャーの隙間から差し入れられて、きゅっと柔らかな実を抓《つま》んでくる。

「あぁんっ……」

「俺は手が塞《ふさ》がってるから、みのりの濡れちゃったとこ可愛がってあげられないんだ」

「いや……っ、できな……あっ、ふっ……ん」

首筋をれろれろと舐められて、同時にブラジャーが外される。露《あら》わになった乳首は、晃史さんの愛撫を待ちわびて勃《た》ちあがりかけていた。

「みのりのここ。ピンク色なのに、乳首をこりこりすると赤く腫れてやらしくなるんだよね」

言葉通り両手の指先で先端を弄《いじ》られると、腰がびくびくと跳ね上がる。

ピンク色の柔らかな乳輪は、指が動かされるたびに、赤く色づき先端が尖《とが》っていく。

「だめぇっ……お願い、触って……やっ」

誘うように腰をくねらせて懇願《こんがん》しても、彼の指は胸ばかりを弄《いじ》り続ける。手でも言葉でも責められて、ますます追い詰められていく。陰道の奥が切なく疼《うず》いて堪らない。

奥を埋め尽くすものがほしくて、蜜口がひくひくと口を開けていた。

「このままじゃ胸だけで達《い》っちゃうかもね。あとで俺の挿れて満たしてあげるから、そうしてみる？」

「やなの……やぁっ……指で、して……晃史さっ」

もどかしくて、苦しくて涙が浮かんでくる。

もういっそのこと自分の手で達してしまいたい。

けれど、羞恥《しゅうち》が先立って、とても言う通りになどできなかった。

気を失いそうなほどの快感に、どうにか耐《た》えるだけだ。

いやいやと首を左右に振りながら、胸を揉む晃史さんの手を掴む。

私の懇願《こんがん》に気づかないふりをして、晃史さんは乳首を捏《こ》ねくりまわした。

「あぁっ、あぁん、はっ、ん、もう……だめ」

先端を強く引っ張られると、乳首はより硬くしこる。

こりこりと指の腹で擦られて、下肢に感じる痺《しび》れもひどくなった。

私はもうなにも考えられずに、欲求に従い下着の中に手を忍ばせていた。

ぐっしょりと濡れた秘所は指を軽く滑らせるだけで、ぬるりと愛蜜を垂れ流す。

両手が塞《ふさ》がっているからと言っていたのに、手早く下着が下ろされて、ますます羞恥《しゅうち》と恥辱に苛《さいな》まれる。

それでも、迫り来る快感に抗《あらが》えない。

「見ないで……っ、ふ、あぁん」

深く息を吐きだしながら、遮《さえぎ》るものがなくなった秘所に指を這《は》わせる。

包皮を捲《めく》るように陰核を探り当てると、指にこりっとした粒が触れた。

ああ、ここだ、と本能のままに指を滑らせる。

愛液を指にまとわりつかせて、滑りをよくした指の腹でこりこりと刺激を与えた。

「ひぁっ、はぁ……気持ちい……んん」

くちゅくちゅと花芯を弄《いじ》るたびに、淫猥《いんわい》な音が漏れる。

わざと音を響かせながら、自《みずか》ら高みへと昇っていく。

「エロ過ぎて、見てるだけで達《い》きそ」

耳元で荒く息が吐きだされ、尻に熱く硬いものが押しつけられる。

奥がきゅっと疼《うず》いて、私は思わず喉を鳴らしてしまう。

この硬くて大きいのを挿れてほしい。中を擦って、かき回して。

頭の中で想像するだけで、昇りつめられそうだった。堪らずに、濡れた膣口に指をそっと挿れてみる。

「あぁっ、あ、ふっ、う……」

夢中になって指を抜き差しする。

ぬちゅぬちゅと卑猥《ひわい》な音も気にすることなく、腰を捩《よじ》りながらいい場所を探り当てた。

「ふぅっ、ん、あぁっ、ここ……いっ」

より気持ちよくなる場所を指の角度を変えながら探して見つけると、そこばかりを擦ってしまう。

中が痙攣《けいれん》するように蠢《うごめ》いて、私の指を美味しそうに呑み込んでいた。けれど、もっと深い場所を擦ってほしくて狂おしいほどの疼《うず》きが増すばかりだ。

荒く息を吐きだしながらふと前を向くと、姿見に映る私の姿があった。

脚を開き、濡れた膣口を見せつけるように腰を振る淫猥《いんわい》な光景が目の前に広がっている。

鏡越しに晃史さんと目が合って、私の頬は真っ赤に染まる。

恥ずかしくて堪らないのに、快感に追い打ちをかけられたかのように指の動きは速まった。

「見ないでっ……見な、いでぇっ、あぁん……」

陰道のぬるつきがひどくなり、恥部から溢れる愛液で手のひらまで濡れていく。

「んんっ、もっ、あっ……見ちゃだめ、おねが……いっ」

だめだと言いながらも、快感はより深さを増して陶然《とうぜん》としてくる。

指を増やして蜜襞《みつひだ》を上下に擦りながら、両手を使っていやらしく光る陰核を夢中で撫でつづけた。早く達《い》きたい、それしか考えられなくなる。

秘めやかな粒は手で擦るたびに、ぬらぬらと濡れて勃《た》ちあがり真っ赤に染まった。あっという間に絶頂への坂を駆け上がっていく。

あともう少しで。

腰がぶるっと震え、高みへと昇ろうとしたその時――

「ねぇ、俺を忘れてない？　みのりは誰とセックスしてるの？」

下肢に触れていた手を押さえるように取られる。

「……っ！」

嫉妬《しっと》したような晃史さんの声に我に返るものの、ぎりぎりのところで止められた身体はもどかしさで震え上がる。

「やっ……達《い》きたいの……もうっ……」

あともう少しだったのにと、羞恥心《しゅうちしん》すらも忘れて手を伸ばしても、掴まれた手は思うように動かせない。

「やっぱだめ。俺が気持ちよくしてあげるから。一人で楽しまないで」

「やぁっ、我慢……っ、できな」

「わかってる。あんまりみのりが気持ちよさそうにしてるから、俺も我慢できなくなった。中、じんじんしてる？」

耳元で囁《ささや》かれて、胸の突起をこりこりと弄《いじ》られる。気持ちいいはずの胸への愛撫は、もどかしくて辛いばかりだ。

早く濡れてひくついた場所を弄《いじ》ってほしくて仕方がない。

「も、だめなのっ……奥、触って。中、かき回して……おねが……っ」

「わかってる。一緒に達《い》こう」

背後からベルトを外す音がする。晃史さんはポケットから避妊具を取りだすと、性急な手つきで昂《たかぶ》った己につけた。

背後から身体を抱え直されて、太腿《ふともも》を持ち上げられる。

濡れた蜜口にあてがわれた屹立《きつりつ》が、ひくひくともどかしげに震える秘裂をなぞってくる。

「あぁぁっん、やぁっ……挿れてっ、も……中、ほしっ」

はち切れんばかりに膨れ上がった先端で擦られるたびに、陰唇はぬるつきを増し怒張《どちょう》に愛液をまとわりつかせる。

わざとくちゅんくちゅんと淫靡《いんび》な音を立てながら、晃史さんは猛々《たけだけ》しいまでの屹立《きつりつ》で陰唇の上を焦《じ》らすようになぞった。

「はっ、あっ……、これ、すごくいいね。でも、今は挿れてあげないよ。俺も挿れたくて堪んないけど、一人で楽しんだお仕置き……しないとね、っ」

欲情に濡れた声を発しながらそう言われて愕然《がくぜん》とする。

自分でしろと言ったのは晃史さんのほうなのに。それはあんまりだ。

頭が朦朧《もうろう》としてきて、無意識にいい場所に擦りつけるように腰が揺れてしまう。

「やぁっ、おねが、もっ、挿れて……っ、んんっ」

もう苦しくておかしくなりそうだ。

とろとろと愛蜜を垂れ流す膣口を、亀頭の尖《とが》った部分で擦られる。

そんな鏡に映った自分の姿があまりに淫猥《いんわい》で、目を逸らしたいのに、血管が浮きでるほどに硬くそそり勃《た》つ陰茎が揺れ動く様から目が離せなくなる。

先走りを溢れさせる屹立《きつりつ》が蜜口をつんと突くたびに、ひくついてぱくぱくと口を開ける秘所が見える。

「ああぁっ……恥ずかし、からぁっ」

「でも見ちゃうだろ。ほら、俺の……っ、入りそう」

「やぁっ、ちがっ、違う……っ」

「違くない。エッチで可愛い。ご褒美《ほうび》に、ここ擦ってあげるから」

「あぁあっ……だめっ、だめぇっ！」

尖《とが》った先端で陰核をぬるぬると擦られて、頭の先まで突き抜けるような快感が全身を包んだ。

晃史さんのシャツを必死で掴みながら、天を仰ぐ。つま先がぴんと張って、身体が大きくしなり強張《こわば》った。

息を詰めたまま背中を仰《の》け反《ぞ》らせ、びくびくと腰が震えると、膣口からは大量の蜜が噴きだしフローリングを濡らした。

「達《い》っちゃった？」

わかっているくせにとうしろを睨むが、彼は嬉しそうに笑うばかりだ。

深く息を吐きだしながら、全身から力を抜いて晃史さんにもたれかかる。

意地を張るのも今更で、私が小さく頷くと、晃史さんの息を吐くような笑い声が聞こえてくる。

晃史さんに焦《じ》らされて達《い》かされて、悦《よろこ》んでいるのもバレバレだろう。

好きな人に時間をかけて愛されて、我慢できないと、可愛いと囁《ささや》かれて、私にとってこれほどに幸せなことはない。

達した後の恍惚《こうこつ》とした時間が終わると、陰道の中がきゅうきゅうとふたたび疼《うず》き始める。

私の身体は、今以上に気持ちよくなる方法をもう知ってしまっていた。

「もう、挿れて平気？」

脈動し震える怒張《どちょう》を押しあてられる。

待ちわびてひくついた入り口は今にも彼のものを呑み込んでしまいそうだ。

「ぎゅってしてほしい」

「いいよ。こっち向いて」

私は体勢を変えると、晃史さんに抱きつくように跨《また》がった。

自《みずか》ら腰を落として、雄々しい屹立《きつりつ》を呑み込ませていく。

「んっ、はぁっ、あっ、あっ……気持ちいい」

「まずいな……っ、これ……すぐ達《い》きそ。みのりの中、とろっとろ」

苦しげに息を吐きだす晃史さんに余裕はなさそうだ。

それが嬉しくて、私はわざと焦《じ》らすようにゆっくりと腰を動かした。

滑りがいい膣口の浅い場所ばかりをぬぷぬぷと抜き差しして、晃史さんに口づける。

もっと私をほしがって、私の身体を忘れられなくなればいい。

「みのり……っ、んっ、はっ……」

晃史さんがいつもそうするように、私も彼の真似《まね》をして口腔内《こうこうない》を舐めまわす。

舌先をちゅるっと吸って、歯裏をなぞると、彼が腰を震わせた。

くちゅんくちゅんと音を立てながら角度を変えて腰をくねらせると、中で彼のものが脈動したのを感じる。

軽く達してしまったのか、避妊具越しでも内壁が彼の射液で温かく熱を持ったのがわかる。

「ねぇ、ちょっと……達《い》っちゃった？」

耳元で囁《ささや》くように聞くと、晃史《じ》さんの口からは熱情に濡れた吐息が漏れる。

「こら。仕返ししないでよ。焦らされるのもいいんだけど、我慢できなくなるだろ」

下からずんと勢いよく突き上げられて、よがり声が止まらない。

「あぁぁっ、あっ、激しっ、んんっ」

雁首《かりくび》で内壁をごりごりと擦りながら、最奥を執拗《しつよう》に突かれると、凄絶《せいぜつ》な喜悦《きえつ》が下肢からせり上がってくる。

「ひっ、あっ……それ、いっ、もっと……してっ」

「俺もっ、気持ちよすぎて……こんなの、一回じゃ終わんない」

晃史さんの視線は、鏡に映った結合部に注がれている。

彼は腰を打ちつけながら、抜き差しする様を夢中で見つめていた。本物がここにいるでしょと嫉妬《しっと》に駆られる。

自分で自分に嫉妬《しっと》するなんて馬鹿みたいだ。

「晃史さっ……キス、して」

「ん……っ」

嚙みつくように口づけられて、屹立《きつりつ》がどくどくと中で脈打った。

腰をぐるんと回しながら、角度を変えて最奥を穿《うが》たれる。

「はっ、ん、んむ……っ」

短く途切れがちな嬌声《きょうせい》が、晃史さんの口の中へと呑み込まれていく。

下から叩きつけるように腰が打ちつけられて、肌と肌がぶつかる音がリビングに響いた。

快感に耐《た》えながら荒く息を吐きだす表情が扇情的《せんじょうてき》で、私の目は彼に惹きつけられる。

「ひっ、あっ、も、だめっ……また、達《い》っちゃ……やぁっ、一緒がい」

ぎりぎりまで引き抜かれて、ふたたび最奥を激しく穿《うが》たれると、結合部からは愛液が溢れだした。

ぶるりと身を震わせる。深い愉悦《ゆえつ》の波がもうすぐそこまで来ていた。

「ああ……一緒にね。はっ、くっ……俺も……もう、出る……っ」

「はぁっ、あぁん、や、もっ、出ちゃ、う、なんか出ちゃ……っ！」

すすり泣くような声で甘く喘《あえ》ぐ。

子宮口を突き上げられると、ひときわ大きい絶頂が全身を駆け巡った。

頭の中が真っ白になり、酸素不足のように口をはくはくと動かして、四肢を震わせた。

蜜襞《みつひだ》が痙攣《けいれん》し晃史さんの欲望を締めつけると、ぐっしょりと濡れた感触が下肢に広がり、身体の奥が燃えるように火照《ほて》っていく。

「んっ、は……俺の、全部、呑み込んで」

滾《たぎ》りがゆるゆると動かされて、残滓《ざんし》まで余すことなく皮膜越しに注がれる。

弛緩《しかん》した身体を抱きしめられて、ちゅぽっと淫靡《いんび》な音を立てながら、陰茎が引き抜かれた。

ゴムを始末している彼の様子をなんとなく無意識に見つめていると、まだ猛々《たけだけ》しくそそり勃《た》つ屹立《きつりつ》が視界に入ってしまう。

晃史さんの吐く艶《なま》めかしい吐息が、私の身体にふたたび甘やかな快感をもたらした。

「まだ……おっきいね」

抱きあった身体の狭間で濡れた陰茎が擦られる。

そっと手で触れてみると、晃史さんが息を呑んだ。

「っ、こら、触らないで」

達したばかりで敏感なのか、滾《たぎ》ったままの屹立《きつりつ》は手の中でびくびくと震えた。

「だって……これが中に入ってたんだなって。ね、どうしたら気持ちいい？　こう？」

濡れた手を上下に擦ると、息を詰まらせた晃史さんの手が伸びてきて重なった。

「はっ、あ……っ、ちょっと……本当に、収まらなくなるから……っ」

とろりと先端から新たな蜜が溢れて私の手に垂れる。

感じてくれると嬉しくなって、晃史さんの制止も聞かず、丸みを帯《お》びた先端を指先で撫でながら手をスライドさせる。

「下手、だと思うけど……」

握った手はそのままに私はソファーの下へ膝をついた。

膨れ上がった陰茎を前に喉が鳴る。

晃史さんはなにも言わずに私の一挙手一投足《いっきょしゅいっとうそく》を見つめていたが、そっと欲望に顔を寄せると、額《ひたい》にかかった前髪を撫でられる。

「ん……んっ」

蜜を溢れさせる先端を舐めてみると、青臭い味が口いっぱいに広がった。

正直美味しくはないが、欲情した瞳で熱い吐息を吐きだす様を見ていると、どうでもよくなってしまう。

「みのり……っ」

ぐっと頭を掴まれて腰を押しつけられた。

欲望の先端が喉奥を突いて、思わず吐きだしそうになってしまったが、口を大きく開けて耐《た》えた。

唾液を絡めて丁寧に裏筋を舐めると、口の中で脈打つ屹立《きつりつ》がさらに大きく膨れ上がった。もしかしたら気持ちいいのかなと、必死に舌を這《は》わせる。

「んんっ、ふ……むっ、ん」

手を上下に動かしながら屹立《きつりつ》を舐め回す。

晃史さんが望むならどんなことでもできる。それくらいあなたが好きだと伝えたかった。

先端から溢れる蜜をくちゅくちゅと吸いとりながら、こりっと硬い感触のする睾丸を手のひらで包み込んだ。

「そんな、ことまで……っ、しなくていいよ」

「晃史さんを気持ちよくさせたいの。身体だけでもいい。私に溺れてほしい。そうすれば、私を忘れられなくなるでしょ？」

そう言って睾丸を口に含む。

歯を立てないように、唇と舌を使い口腔《こうこう》で転がした。

「んっ、みのりを……忘れられるわけ、ないだろ」

恥ずかしかったけれど、顔を上げて晃史さんを見つめると、茶色がかった瞳と目が合った。

ますます愛撫を深くしていくと、晃史さんの脈打つ欲望からは絶え間なく先走りが流れ落ちた。

このまま口で――そう思っていると、突然怒張《どちょう》が引き抜かれて、手を引っ張り上げられる。

「なに……っ」

「ごめん。みのりの中で達《い》きたい」

ソファーに押し倒されて、片脚が持ち上げられる。

晃史さんは手早く新しい避妊具をつけると、滾《たぎ》った欲望を勢いよく突き挿れてきた。

「あぁぁっ！」

「ごめん。すぐ、出そう……保《も》たない……っ」

熱い欲望が子宮口を激しく穿《うが》つ。ぬちゅぬちゅと卑猥《ひわい》な音を響かせて、上から叩きつけられた。

攣《つ》りそうなほど開かれた脚の付け根に、晃史さんの陰嚢が当たる。打ちつけられるたびに、濡れた音と肌の合わさる音が響いた。

「あぁんっ、ふっ、う……あっ、あっ、いいっ」

ぐりぐりと柔襞《やわひだ》を擦られて、悦《よろこ》びに震えた声で喘《あえ》いだ。

唇が重なり舌をも絡め取られる。

くちゅくちゅと舌を舐め回されると、蜜口でもキスをしているように水音がひどくなった。

「みのりの口の中もここも、熱くて、こっちが蕩けそうだ……」

はっと短く息を吐いた晃史さんは、ずるりと屹立《きつりつ》を引き抜くと、重力のままに腰を打ちつけた。

ぱんと激しく音がして、今までよりもずっと深い場所に快感が与えられた。

「ひぁっ、もっ、だめ……また、達《い》っちゃう、やっ」

遠慮のない抜き差しが繰り返されて、私はいつのまにか晃史さんの動きに合わせて腰を振っていた。

上からぽたっと汗が流れ落ちてきて、欲望に濡れた男の顔が目の前にあった。

手を伸ばし頬を撫でる。

好きで、大好きで、愛おしくて。

この人が私のものであったらよかったのに、何度そう思っただろう。二人で撮った偽りの結婚写真を見ては、現実ならいいのにと。

「もう、達《い》くよ……っ」

「あぁぁんっ！」

意識が遠のきそうなほど深い絶頂が、頭の中を真っ白にさせる。

どこかに落ちていってしまう。

私はぴんとつま先を伸ばして身体を強張《こわば》らせた。

「あっ、はぁっ……はぁ……」

締めつけた内壁が震えて、欲望がびくんびくんと脈打ち、最奥で飛沫《しぶき》が上がった。

私は口を半開きにしたまま恍惚《こうこつ》と天井を見つめる。

身体中を覆うのは、ひどい倦怠感《けんたいかん》と充足感だ。

けれど心は完全に満たされない。達した後は、次はあるのか、まだ私は好きでいていいのかと不安になる。

「晃史さん……」

「ん……？」

「ううん、なんでもない」

好きなの。

あなたが好きなの。

幾たび声に出して伝えようとも、彼は応《こた》えてはくれない。

抱かれた後にはこうして虚《むな》しさに襲われると気がついた。

「遅くなっちゃったけど、出かけようか。ここにいると離れがたくなる」

晃史さんの言葉で、密やかな時間は終わりを告げた。

離れがたくなるなんて、思ってもいないだろうに。

晃史さんも私と同じように虚《むな》しさに襲われるのだろうか。本当に抱きたいのは由乃だと、今、そう考えているのだろうか。

（私、嫌な女……）

由乃さんが彼のものになることはない。

お兄さんと由乃さんの愛情は本物だ。そのことに心底安堵《あんど》している。

「うん。お腹空いたしね」

私たちは急いで服を着込み、近くに停めてある晃史さんの車へと急いだ。

助手席に座り、晃史さんの腕に顔を寄せる。

離れがたかったのは私のほうだ。

「こら。また襲われたくないだろ？」

やれやれと嘆息《たんそく》しながらも晃史さんは唇を重ねてくる。

艶めいた声でまた今度なんて囁《ささや》かれたら、私のほうが悶々《もんもん》としてしまう。

「狡《ずる》いなぁ……もう」

私は赤くなった頬を見られないように、車に乗った後も窓の外に視線を向け続けた。

晃史さんも黙ったままハンドルを握っている。

スピーカーから流れてくるラジオの音が左耳から右耳に抜けていく。

また襲われたくないだろ――なんて、それでもいいと言ったらあなたはなんて返した？

どこでも私をほしがって。

たとえ性欲を満たすためだけでもいいから。

ぐるぐる、ぐるぐる、晃史さんと交わした言葉が、ラジオパーソナリティの言葉に重なって頭の中を駆け巡った。

こんなに忘れられなくしておいて、本当に狡《ずる》い。

流れる景色が虚《うつ》ろにぼやけていく。


「みのり、着いたよ。起きて」

「ん……」

晃史さんの声に、私はうっすらと目を開けた。

いつのまにか眠ってしまったらしい。

どれくらい寝ていたのか、辺りはすっかり長閑《のどか》な風景となっていた。

高い建物が周りにはなく、木々の揺れる音や鳥の声が響いている。

「ごめん……寝ちゃった」

「疲れたんだろ。俺は可愛いみのりの寝顔が見れて満足だけど。寝言で晃史さん大好きって言ってくれたし」

「うそ……っ」

寝言なんて言ってたのかとショックを隠せない。

しかし寝言の内容よりも、寝顔を見られていたほうがずっと恥ずかしかった。自分がどんな顔をして眠っているかなんて見たこともないから。

「ふっ、嘘だよ」

「だと思ったっ！　そういうとこ嫌！」

「でも、俺のこと好きだろ？」

「もうっ、好きに決まってるでしょ！」

「ははっ、なんで怒るの」

見かけによらず意地悪なところがあるし、彼はこういう冗談を言う人だ。

晃史さんに好きだと告げてから、前以上にからかわれることが多くなった。

それにちょっとしたスキンシップも。

晃史さんの中で罪悪感が薄れてきたのかもしれない。

私を傷つけていると後悔しながら触れられるよりずっといい。

（俺のこと好きだろ……って、確認するみたいに言うの、どうして？）

車を降りて自然に繋がれる手や、目が合って会話がなくなると重なる唇。

そんな晃史さんの行動に、こっちがどれだけドキドキしているか知りもしない。いや、知っていてやっているのかもしれないが。

「ここでバーベキューするの？」

バーベキューと言われて公園のような場所を想像していたが、連れて来られたのは、山林に囲まれた三角屋根のお屋敷だった。

「バーベキューは近くの川辺でね。ここはうちの別荘。食材とか切っておいてもらったから、取りに寄ったんだ」

そういえば、大通りから道が分かれて進んだ先は綺麗に整備されていたから、この辺りの土地はすべて長谷川家所有のものなのかもしれない。

だから荷物が少なかったのかと納得だ。

「長谷川邸はシンプルな日本家屋って感じだけど、こっちはお城みたいで可愛いんだね。出窓もあるし。屋根が全部三角だ」

「母の趣味だよ。今度は長期の休みに泊まりで来ようか。内装も花柄の壁紙を使ったり、フランスから家具を取り寄せたりしてたから、女性は好きだと思うよ」

「うん」

そうやって当たり前のように、次の約束をしてくれる。

私に希望を持たせてくれる。

晃史さんがどういうつもりかはわからない。

友人としての私を誘っているのか、友達以上恋人未満の私を誘っているのか。

私がもう無理だと言ったら、きっとこの関係はすぐにでも終わるだろう。

けれど、少しでも可能性があるなら、好きでいていいと言ってくれるなら、私はこの関係に甘んじよう。

「来られたらいいな」

ずっと一緒にいられたらいいのに。

叶わなくとも、もう少しだけ好きでいさせて。

別荘に寄って、待っていた管理人さんから食材を受け取ると、晃史さんと車で近くの川辺へと向かった。

「持ってくのクーラーボックスだけでいいの？」

「ああ、もう火も起こして準備しておいてくれてる」

炭やステンレスグリルなどの用意は、すべて別荘の管理人さんがしてくれていたようだ。

「そうなんだ？」

晃史さんは意地悪っぽく頬を緩ませてハンドルを握る反対側の手で、私の手を握った。

「連絡しておいたんだよ。ちょっと遅くなっちゃったからね」

意味深な彼の言葉に頬が熱くなる。

家での行為を思い出すと、羞恥《しゅうち》で消えたくなる。

なにかが乗り移っていたとしか思えない自分の行動に、頭の中が沸騰《ふっとう》しそうだ。

「も……言わないで」

忘れたくとも、忘れられないし、忘れられたくもない。

ただ、熱に浮かされている間はいいが、理性を取り戻すと、のたうち回りたくなるほどの羞恥心《しゅうちしん》に泣きたくなる。

「言わないよ。可愛い反応をされると、また抱きたくなるからね」

正直、この後何事もなかったかのようにバーベキューができるとは到底思えなかった。

しかし私の食欲は正直で、霜降《しもふ》り牛肉を前にすると、きゅるると腹が音を立てた。

胸がいっぱいでなにも食べられそうにないと思っていたのに、次から次へと網《あみ》に載った肉はなくなっていく。

「美味しい～」

日差しが強く直射日光は暑いくらいだったが、ロッキングチェアにタープまで用意されていて、川からそよぐ風は心地よかった。

「運動したから、お腹空いてただろ？」

「言わないって言ったでしょ？　もう、さっきから私をからかって楽しんでる？」

含みをもたせた言い方に眉根を寄せると、晃史さんはとんでもないと首を横に振った。

「真っ赤になるみのりが可愛くて、つい」

「やっぱりからかってるじゃん！」

もうと腕を振り上げて叩くふりをすると、その腕を掴まれて引き寄せられる。

掠めとるようにちゅっと口づけられて、なにも言えなくなってしまった。

はたから見たら、私たちはなんて微笑ましいカップルなのだろう。

「焼肉のタレ味」

「キスするからでしょ！」

彼に翻弄《ほんろう》されて、それすらも楽しくて、ずっとこのままでいたいと、私の願いはそればかりだ。今日が終わらなければいいのに。

「疲れた？」

隣りあって置かれているロッキングチェアから身を乗りだして、晃史さんが聞いた。

疲れたわけではないのだが、食事を終えて川の流れる音を聞きながら椅子に寝転んでいると、物思いに耽《ふけ》ってしまう。

頭に思い浮かぶのは晃史さんのことだ。

隣にいてもいなくても、寝ても覚めても、私の頭の中には彼しかいない。

「ううん」

私が首を横に振ると、晃史さんはそっかとだけ言って、自《みず》らも椅子に寝転んだ。

初めてのバーベキューは忘れがたい思い出になった。

晃史さんと一緒なら、なにをしていても楽しい。

私たちは後片付けもしないまま、流れる川を二人で見つめていた。

流れは穏やかで、岩にあたった水の音や、風で木々が揺らめく音が聞こえてくる。

「っていうか、お腹いっぱい過ぎてどうしよう」

「そう？」

「晃史さんは、見た目けっこう細いのにやっぱ男の人だよね。食べる量全然違うもん」

「そりゃあね。体力勝負な仕事してるし、働いてる医師に医者の不養生《ふようじょう》だけはするなって口うるさく言っておいて、自分が倒れるとかないでしょ？」

「胸とか二の腕とか意外に筋肉質だしね」

無意識にでた言葉の中に、私たちの関係を表しているような意味が含まれていて、はっと互いに顔を見合わせる。

散々同じようなことで私をからかっていた晃史さんは、こんな時ばかり真剣みを帯《お》びた瞳で真っ直ぐ私を見つめてきた。

「なに？　私を好きになった？」

結局、冗談めかして言ったのは私のほうだ。

「俺は、ジャージ姿のみのりも、俺のためにおしゃれをしてくれるみのりも、大口開けて焼き鳥食べてるみのりも好きだよ」

「そうじゃなくて……毎日私のこと考えて、ドキドキしちゃうぐらい好きになってほしいんだってば」

「毎日考えてるよ」

「もっと考えて。晃史さんが私を忘れないように、呪いでもかけられればいいのに」

ほらと、両手を差しだして左右に振る真似《まね》をする。「好きになれ〜」と声を張ると、晃史さんがおもしろそうにくつくつと笑った。

よかった。

ぴりっと張り詰めた空気が緩和した。

もう一度本気で告白すれば、晃史さんは今度こそ「ごめん」と言うに違いない。

いつか終わるのなんてわかってる。だから少しでも先延ばしにしたかった。

(答えなんて、出さなくていいから……)

「それは怖いなぁ。でも、そんなことしなくても、みのりを忘れるはずない……まさかこんなにも」

それまで笑っていた晃史さんが急に思案顔になり押し黙った。

「うん？」

（こんなにも、なに……？）

好きになるとは思わなかった、なんて続きを期待するが、それは私の願望。つい、いいほうにばかり考えてしまう。

「あ、そういえば、母さんと由乃が、みのりにまた会いたいって言ってるんだ……でも」

無理しなくていいと、晃史さんは私の顔を見ずに告げた。

その横顔は心苦しさでいっぱいで、その後に続く言葉は聞けなかったけれど、こんなにも私のせいで悩ませていると思ったら、やっぱりどこか嬉しくて。

「来てほしいって言えばいいのに」

「みのりを傷つける趣味はないよ」

家にいる時、晃史さんは由乃さんしか見ていない。

視線の先には、いつも彼女がいた。わかっていても、恋敵《こいがたき》が目の前にいるのは正直辛い。

由乃さんがいい人なだけに、自分が心底嫌な女になった気さえする。

けれど辛いと、行けないと言ったら、本当にもう二度とこうして会えないのではないかと不安になる。

「私は傷ついたりしないよ。ねぇ、由乃さんのどういうところを好きになったの？」

私は努めて明るく聞いた。

聞きたいわけがない。精一杯の虚勢だ。

「それ、普通聞く？」

「だって、好きな人って自慢したくならない？　晃史さんは自慢できる相手いないでしょ？　前に俺のどこが好きなのって晃史さんだって聞いたじゃない。だから私も聞いてあげる。ま、普通に好きな人のタイプは知っておきたいってのもあるんだけどね」

由乃さんが好きだと自慢げに話されるのは、もちろん嫌だ。

こんなの自虐でしかない。私って心広いでしょ、なんてそんなことで晃史さんが私を好きになるはずもないのに。

「自慢か……どういうところ、とか考えたことなかったな。気づいたら一番近くにいて、当たり前みたいに由乃と付きあうんだって思ってたから、意地で好きでい続けてた気がする」

「同級生で一番近くにいるのが晃史さんなら、私だったら絶対好きになるのに」

「俺は、どうして好きになってもらえなかったんだろうね」

晃史さんが遠くを見つめて言った。

そんな風に彼女を想わないで――そう叫びだしたい衝動に駆られる。

（じゃあ、私はどうしてあなたに好きになってもらえないの……？）

「私と出会うためじゃない？　なんちゃって……って晃史さん？」

あははと笑っていると、伸びてきた手に髪を撫でられた。

「いや、本当にそうだったらいいなって思っただけ。みのりに好きだって言われて救われる。自分勝手かもしれないけど」

ありがとうと言うように、私の髪を撫でる大きな手のひらが動いた。

「そんなの、言われ慣れてるくせに」

「二度と誰も好きにならないって言ってたみのりだから、俺の胸に響いたんだよ」

「そっか。なら、晃史さんに好きって言ってよかったな。私……行くよ、晃史さんの家。お母さん楽しい人だし、由乃さんもいい人だしね」

「うん、じゃあ伝えとく。喜ぶよ、二人とも」

「そろそろ片付けよっか」

目にうっすらと膜が張る。

唇を噛み締めながら立ち上がって、晃史さんに背を向けた。

泣き顔なんて見せたくなかった。

彼に、これ以上後悔させたくはなかった。

十　変化は簡単に愛を破滅させる

鉄製の門を潜《くぐ》りながら強く自分の手を握ると、少しだけ伸びた爪が手のひらに刺さって痛んだ。

でも、この胸の痛みよりかはマシだ。

もう二度と来ない、そう思っていたのに。

私はこの家族に嘘をついているのだから。

「みのりちゃんっ！　来てくれてありがとう～晃史とは仲良くしてる？　あの子あれでいて気が利かないところもあるから、なにかあったらすぐ言ってね」

玄関先で出迎えてくれた晃史さんのお母さんに、千切れるんじゃないかというほど熱烈に手を握られる。

もちろん嬉しくはあるがやはり罪悪感が先立って、私の笑みは引き攣《つ》った。

「いえ、晃史さん優しいですし……むしろ私の方が気が利かなくて申し訳ないぐらいです。あ、先日別荘にお邪魔しまして、すごく素敵なお宅ですね」

別荘の玄関から中を覗いただけだが、晃史さんが言うように女性が好みそうな内装だった。

いつか晃史さんと行く機会があればいい。そんな未来を望んでしまう。

「晃史が連れて行ったの？　ふふっ、あの子が女の子を別荘に連れて行くなんてねぇ。よっぽどみのりちゃんが好きなのね～」

「いえ、そんな……」

「使わないと傷むだけだからね。ぜひまた晃史と一緒に行ってらっしゃいな」

「ありがとうございます。あ、そういえば晃史さんは……？」

リビングダイニングへと通されると、晃史さんと由乃さんの姿がない。

お兄さんとお父さんはまた仕事なのかもしれないが、二人はどこへ行ったのだろう。

「あ、そういえばキッチンで由乃ちゃんと話してたわ。お手伝いが必要かもしれないから、みのりちゃんお願いできる？」

由乃さんと一緒にいると告げられて、私の胸はつきっと傷んだ。こんなことで傷ついていたら、この先好きでなどいられない。

気持ちを切り替えるようにかぶりを振って、私はお母さんに言った。

「もう、由乃さん臨月ですもんね。じゃあ、ちょっと行ってきます」

「ありがとう。お願いね」

二人でいるところを見るのは辛い。

足取りは重かったけれど、楽しそうな話し声が聞こえてくるにつれ、その内容が気になってくる。

「なにかあったら連絡しろよ？　兄さん手術中で連絡が取れない時もあるだろ？　病院でもいい。事務長室直通の番号わかるよな？　いつでも電話出られるようにしておくから」

二人はキッチンで紅茶を淹《い》れていた。

今日はお手伝いさんが休みなのかもしれない。

晃史さんの思案げな様子からは、やっぱり由乃さんへの想いが滲《にじ》みでている。柱の陰からそっと二人を見ていると、入り込めない雰囲気があり、私は出るに出られなくなってしまった。

「大丈夫だって！　お義母さんだっていてくれるし、今のところ順調だからさ」

「兄さんあんまり家にいないんだから、ちゃんと聞いてくれ」

同級生ならではなのか、少しぶっきらぼうで冷たい言い方。

由乃さんはそれでも安心しきった表情で笑っている。

羨《うらや》ましくて、羨《うらや》ましくて。晃史さんに愛されている由乃さんを、疎《うと》ましく思ってしまう。

私の気持ちは晃史さんに届いているはずなのに、晃史さんの気持ちはひたむきに由乃さんただ一人へ向かっている。

覚悟していたけれど、気持ちが遠過ぎる。嫌だ、やめて、その人と喋らないでと叫びたくなる。嫉妬《しっと》する醜《みにく》い自分が嫌だった。

由乃さんが容姿を鼻にかけているような女性だったらよかった。

嫌うことに罪悪感など覚えずに済んだのに。

二人の姿を視界に入れたくなくて目を瞑《つむ》ると、足が柱にぶつかった。

ごつんと思っていたよりも鈍い音が響いて、驚いた由乃さんがキッチンから振り返った。

「あ、みのりちゃん」

「すみません。お話し中に……お母さんが手伝いが必要かもしれないからって。紅茶、運びますね」

自分の感情を知られたくなくて晃史さんの顔が見られない。うっすらと浮かんだ涙は誤魔化せるだろうか。

これぐらい我慢できると思っていたのに、自分が情けない。

「いや、重いからワゴンに載せるよ。みのりはお客様なんだから、休んでていいのに」

(お客様なんて言わないで。一応、私は婚約者なんでしょう?)

関係ないんだから入ってくるなと言われているみたいだ。

もちろん彼にそんなつもりはないだろう。

由乃さんにしたのと同じように優しくかけられた言葉すら、真っ直ぐに受け止められないだけだ。

もしかしたら、由乃さんと話している時間を邪魔されたくなかったのかと勘繰《かんぐ》ってしまうのだから最低だ。

「由乃さんを働かせて、私だけ休んでるわけにいかないよ」

二ヶ月ぶりに会った由乃さんのお腹は、以前よりも格段に大きくなっていた。歩くのも立っているのも大変そうだ。

晃史さんが、妊娠中の由乃さんを心配するのは当たり前なのに。

「晃史のその言い方！　私にいじられてるとこ恥ずかしいから見られたくないんだよ〜」

由乃さんの手が晃史さんの腕に絡む。

お願いだから、その人に触らないで。

あなたには大事な人がいるでしょう。

これ以上、彼の心を奪わないで。

そんな風に泣き喚《わめ》くことができたら、どんなにいいだろう。

「たしかに、あんな風にぶっきらぼうに話す晃史さん初めて見ました。同級生っていいですね」

こぼれ落ちそうなほどに涙が浮かんでくるが、私はなんとか感情を抑え込んだ。

乾いた笑いまで漏れてきて、自分の演技力に拍手を送りたいほどだ。けれど、この言葉だけは本心だった。

私も彼の同級生に生まれていたら。そう思わないはずがなかった。

「大好きなみのりちゃんの前で格好つけたいだけでしょ？　アイタタ……さすがに腰が痛くなってきちゃった」

「ほら、だから言っただろ、無理するなって。いつ陣痛がきてもおかしくないんだ。みのり、悪い。ワゴン運んできてくれる？」

晃史さんは、由乃さんの腰を支えながら言った。

どうしてここにお兄さんはいないのだろう。由乃さんを奪われてしまってもいいのと、つい怒りの矛先《ほこさき》を向けてしまう。

さっきから私の心はさめざめと涙を流し続けていた。嫉妬《しっと》で心がグチャグチャになりそうだった。

「うん……」

思い上がっていたのかもしれない。

私を女として抱いてくれるぐらいには好かれていると。

それはまったく違っていた。

晃史さんの目には、私なんか映ってない。

(好きでい続けたって、晃史さんが私を好きになることはないんだ)

切れない家族の縁は、晃史さんの愛情を縛りつける。

婚約者のふりをすることでしかそばにいられない私が入り込む隙は、どこにもなかった。

「紅茶配りますね。由乃さん、大丈夫ですか？」

ソファー前のローテーブルにティーカップを置き、ぐったりして座る由乃さんに聞いた。由乃さんはソファーの背にもたれて、大きく息を吐いている。

この分ではソファーから立ち上がるのも一苦労だろう。

晃史さんも心配なのか、自分のティーカップをソーサーごと持って、由乃さんの近くに立った。

お母さんも由乃さんの隣に座って、今日はローテーブルを囲んでのティータイムになりそうだ。

「ありがとう。お腹が大きくなってから、ちょっと歩くだけですぐ息切れするし、大変」

「お腹の中で新しい命を育ててるんですもんね……なんか、自分に縁がないからか、すごく不思議に感じます」

「なに言ってるの～みのりちゃんだって、そのうち晃史の子どもができるかもしれないじゃない」

そうだったらいいのに。

大好きな人の子どもを身籠《みご》もるのはどういう気分だろう。

私は涙を堪《こら》えながらカップの中を見つめた。

「そうですかね〜。でも、お母さんかぁ……自信ないや」

「私もよ。お腹の中に〝生きてるぞ〜〟って動くこの子がいても、ちゃんと母親になれるのかって自信なんか全然ない」

由乃さんがあははと取り繕《つくろ》った笑みを浮かべた。

ぎこちない笑顔は不安や寂しさで押し潰されそうで、まるで自分の顔を見ているようだった。

(由乃さんが……一人で平気なはずない)

お兄さんは仕事で忙しく、今日だって家にいない。おじいちゃんに会いに行った日、お兄さんに偶然会ったが、たしかあれも日曜ではなかったか。

だから無理をするなと晃史さんは心配しているのだろう。

「自信なくて当然でしょう? まだ母親歴ゼロなんだから。赤ちゃんと一緒に過ごしていく中でお母さんになるのよ。大丈夫、由乃ちゃんも、みのりちゃんもきっといいお母さんになるから」

あっけらかんとしたお母さんに告げられた。

嫁姑みたいな関係じゃなく、友達に近い信頼しあえるいい家族だ。

私も晃史さんの本当の家族になりたかった。本当の婚約者になれればよかったのに。

偶然、居酒屋で隣に座っていただけで選ばれた私が、こんなに欲張ってしまったらバチが当たりそうだけれど。

晃史さんと肩がとんと触れあって、私はそっと彼の指を掴んだ。

なんだか悔しかったからだ。

偽物だけど今、この時だけは婚約者でいられる。

由乃さんばかりじゃなくて私を見てと、その想いはきっと通じるはずだと思っていた。

優しい彼ならばきっと、と確信があった。

いつもの彼ならば、そうしてくれていただろう。

しかし、今日は違っていた。

「……っ」

掴んだ手を軽く振り払われて、ひどくショックを受けた私は愕然《がくぜん》と立ち竦《すく》んだ。

視線だけでどうして、と訴えかけるように見つめると、彼も自分の行動が信じられないとばかりに手のひらを凝視《ぎょうし》していた。

「あ、ごめん」

気まずい空気がその場に漂《ただよ》う。

お母さんも動揺しているのか不安げに私たちを見ていた。

（由乃さんの前だから……嫌だったんだよね……）

試すような行《おこな》いをした私が悪い。

彼の気持ちをわかっていたはずなのに。

けっして手に入らないと知っていたのに――

「ううん……私こそ、ごめんなさい。ちょっと……お手洗い借りますね」

私はテーブルにティーカップを置いて荷物を手にした。

一刻も早く、この場を立ち去りたかった。

恥ずかしくてどうしようもなかった。

だって、由乃さんが私たちを見ていた。

手を繋ごうとして晃史さんに振り払われたところを。

私が勝手に由乃さんを悪役にしようとしているだけだ。

被害妄想だとわかっている。勘違いだ。

けれど、愛されている者特有の彼女の目が「あなたって愛されてないのね」と言っているように感じられた。

「みのりっ」

うしろから晃史さんの声がする。

私は声を振り払うように駆けだした。

洗面所を通り過ぎ家の外へ出ると、庭に置かれた一人乗りブランコが、風にキーキーと揺れていた。

(もうすぐ……赤ちゃんが産まれるんだよ……)

晃史さんは、お兄さんと由乃さんが仲睦まじく過ごすのを、これから先もずっと見続けていくのだろうか。

夫婦から家族になっていくのを、ずっと。

こんなにも辛い想いを抱えたまま――?

私はもう自信がなかった。

(何年も好きでいるって言ったけど、好きでいたいけど……辛いよ)

晃史さんを好きでい続ける自信も、晃史さんの家族に嘘をつき続ける自信も。もうなくなってしまった。

ブランコを見ながら、涙がはらはらと頬を伝う。

ざっと足で芝生を蹴る音がする。

優し過ぎるのは時に残酷だ。

私を好きになれないなら追いかけてこなくてよかったのに。

「みのり……ごめん」

「どうして追いかけて来たの？　あ、婚約者だからか。いいの、わかってる。由乃さんに手繋いでるところを見られるのが嫌だったんでしょう？　私がごめんだよ。ほんと……ごめん」

私は早口で言うと流れる涙を袖《そで》で拭いた。

痛ましげに見つめられて、かすかに残っていたプライドさえ崩壊しそうだった。

私を可哀想な子にしないで。

私たちが二人で過ごした時間を間違いだと思わないで。

肌が擦り切れそうになるまでごしごしと頬を拭って、早く涙よ止まれと願う。

晃史さんは否定も肯定もしなかった。

最近はスキンシップの多い彼が、今日に限っては一度も触れてこない。

泣いていても抱きしめてもくれない。

ただ黙って、晃史さんは私のそばに歩み寄った。

「ずっとここで一緒に暮らすなら、そんなことじゃ気持ちバレちゃうよ？　会ったばかりの私が気づいたぐらいなんだから。由乃さんだってそのうち晃史さんの気持ちに気づ……」

足音が聞こえて晃史さんの向こうに見える人影に、しまったと口を閉ざしてももう遅かった。

おそらく外に出て行った私を心配して追いかけてきてくれたのだろう。

晃史さんが私の視線の先を追うようにゆっくりと振り返る。

「みのりちゃん、お手洗いって言ってたのに玄関から出ていくのが窓から見えて……どうかしたのかって思って」

大きなお腹を両手で抱えながら、由乃さんが思案顔で口を開いた。

風が強いわけでもないし、数メートルの距離で聞こえていないはずがない。

「大丈夫だから。由乃は部屋に戻ってて。立ってるの辛いだろ?」

「あ、うん」

晃史さんがはぐらかすでもなくそう告げると、由乃さんは頷いて私たちに背を向けた。

私は、晃史さんの気持ち、そう言っただけだ。けれど。

(どうしよう……勝手に晃史さんの気持ちを暴《あば》くようなこと と……っ)

「晃史さん、ごめん……ごめんなさい……っ。そんなつもりじゃ」

晃史さんは屋敷へと歩く由乃さんの姿を見送ると、口元を押さえたまま震える私の肩にそっと手を置いて口を開いた。

「いいよ。そろそろ潮時だったたんだ。みのり、俺この家を出ようと思ってるんだ。婚約者のふりは、もう終わりにしよう」

「う、ん……そうだね」

それは、私たち二人の関係が終わることを意味する。

初めから〝関係〟なんてなかった。

ただ契約で繋がっていただけの赤の他人だ。

晃史さんから終わりにすると言われるとは思っていなかったけれど、もう私も限界だった。

「ごめん、私、今日は帰るね。お母さんと由乃さんに謝っておいてくれる？」

「わかった」

「じゃあね」

私は、彼に背を向けて門を出た。

もう会わない。

なるべく早く忘れるから。

あなたの声も、姿も、優しさも。

苦しくて、胸が締めつけられても、もう振り返らない。

私は屋敷からの道を早足で歩きながら、休みに別荘に行こうという約束を思い出していた。

「行きたかったなぁ」

真っ赤に染まった夕暮れの太陽が、涙に濡れた私の頬を暖かく照らしてくれた。

十一　愛が深まるのは、会えない時間が長いから

「すみません。お話し中に……お母さんが手伝いが必要かもしれないからって。紅茶、運びますね」

俺は、突然かけられた声に飛び上がらんばかりに驚いた。

そろそろみのりが来る時間だと思っていたから準備をしていたのだが、つい由乃と話し込んでしまい、玄関のチャイムの音に気がつかなかった。

出迎えられなくてごめん、と口を開こうとすると、みのりの目に涙が滲《にじ》んでいるのが見えて、俺はひどい罪悪感に襲われる。

「いや、重いからワゴンに載せるよ。みのりはお客様なんだから、休んでていいのに」

みのりが涙を堪《こら》えて顔を歪ませているのはなぜか。兄さんと由乃の仲を見せつけられている俺には、彼女の気持ちが痛いほどにわかった。

「由乃さんを働かせて、私だけ休んでるわけにいかないよ」

気遣って言ったはずの俺の言葉は、おそらく彼女をより傷つけたようだ。

今にもこぼれ落ちそうなほど目に涙が溜まり、赤らんだ目元が痛々しかった。必死に

強がる姿があまりに健気《けなげ》で愛おしく、抱きしめたい衝動に駆られる。

「晃史のその言い方！　私にいじられてるとこ恥ずかしいから見られたくないんだよ〜」

具合が悪くなったとでも言って、みのりを帰したほうがいいだろうか。考えあぐねているると、俺たち二人の空気が重いのを察したのか、由乃がわざと明るい声で俺の腕を取ってくる。

（由乃には悪意がないから、余計にタチが悪い……みのりを傷つけたいわけじゃなかったのに）

無理をして精一杯微笑む彼女を抱きしめたとして、なにをどう言えば慰《なぐさ》めになるだろう。

リビングでローテーブルを囲み一見和やかな会話が進む。

上の空で女性陣の会話を聞きつつも、俺の頭の中はみのりを案じる思いばかりだ。

「お腹の中で新しい命を育ててるんですもんね……なんか、自分に縁がないからか、すごく不思議に感じます」

「なに言ってるの〜みのりちゃんだって、そのうち晃史の子どもができるかもしれないじゃない」

みのりは由乃の言葉をどう捉《とら》えたのだろう。俯《うつむ》きがちにカップに落とされた視線からはなにも読み取れなかった。

「そうですかね〜。でも、お母さんかぁ……自信ないや」

彼女の言葉の端々から〝そうできたらいいのに〟と、俺からの愛情を求めているのがわかる。同時に叶わないと諦《あきら》めているのも伝わってくる。

それなのに、俺は——

由乃を忘れられないのにみのりに惹かれている。もう手放せないほどに。

（答えも出せないくせに……狡《ずる》いな）

彼女の家で睦《むつ》まやかな時間を過ごした日。

身体だけでいいと淫《みだ》らに抱かれながらも、憂《うれ》いの色を浮かべているみのりに気づいてしまったら、自分の最低さが許せなくなった。

（みのりが……本当に身体だけの関係でいいと思っているわけがないのに……）

知っていた。それなのに彼女の身体に溺れ、何度も肌に触れた。みのりを辱《はずかし》めて好きだと言わせて、充足感に満たされた。

『そうじゃなくて……毎日私のこと考えて、ドキドキしちゃうぐらい好きになってほしいんだってば』

『毎日考えてるよ』

『もっと考えて。晃史さんが私を忘れないように、呪いでもかけられればいいのに』

『そんなことしなくても、みのりを忘れるはずない……まさかこんなにも』

続きは言えなかった。

こんなにも、君が大事になるとは思ってなかったと。

期待させて、その場しのぎに抱きしめて好きだと言えば、彼女はもっと苦しむだろう。

みのりは言っていた。

――由乃さんへの気持ちがある以上、誰と結婚しても相手を不幸にするだけだと思う。

（その通りだ……）

由乃への恋慕《れんぼ》に区切りをつけなければ、みのりとの関係は始められない。そもそも自分たちは契約で繋がっているだけだ。

偽りの婚約なんて、もう終わりにするべきだろう。

（この家を出ればいい……そうすれば、由乃への気持ちも終わりに向かうだろう）

ティーカップを傾けながらも考え事をしていると、ふわっと手に温もりが触れた。隣に立っていたみのりが俺の手を掴んでいたのだ。

「……っ」

突然現実に戻されて驚いたのもあったが、それ以上にみのりに触れることへの罪悪感が大き過ぎた。ほとんど反射的に俺は手を振り払っていた。

「あ、ごめん」

慌てて謝罪の言葉を紡いだものの、顔面蒼白の状態で唇を震わせたみのりを見て、すぐさま後悔に襲われる。

「ううん……私こそ、ごめんなさい。ちょっと……お手洗い借りますね」

「みのりっ」

荷物を持って駆けだしたみのりを追いかけた。帰るつもりだと察したからだ。

玄関を出たところで追いついたが、振り返ったみのりの頬は涙でびっしょりと濡れていた。

うしろめたさや心苦しさ。俺が謝ったところで、どれだけみのりの傷ついた心を救えるだろう。

「みのり……ごめん」

「どうして追いかけて来たの？ あ、婚約者だからか。いいの、わかってる。由乃さんに手繋いでるところを見られるのが嫌だったんでしょう？ 私がごめんだよ。ほんと……ごめん」

（そうじゃない……違うんだ……）

傷つけた。己の最低さに言い訳すら出てこなかった。違うと言ったところで、みのりが信じるとも思えなかった。

俺はみのりのそばに歩み寄って手を伸ばすが、結局上げた手は宙をかき、下ろすしかなかった。

彼女は堰《せき》を切って溢れた涙を手の甲で拭っていた。肌が擦れて、擦過傷《さっかしょう》のように真っ赤になってしまっている。

「ずっとここで一緒に暮らすなら、そんなことじゃ気持ちバレちゃうよ？　会ったばかりの私が気づいたぐらいなんだから。由乃さんだってそのうち晃史さんの気持ちに気づ……」

みのりは不自然に言葉を止めて、驚愕に見開いた瞳を俺の背後に向けた。俺も釣られてうしろを見ると、不安そうな表情の由乃が立っていた。

「みのりちゃん、お手洗いって言ってたのに玄関から出ていくのが窓から見えて……どうかしたのかって思って」

「大丈夫だから。由乃は部屋に戻ってて。立ってるの辛いだろ？」

「あ、うん」

由乃が玄関へ入っていくのを見送って、震えるみのりの肩に手を置いた。顔面は蒼白で、今にも倒れてしまいそうなほど弱々しい。

「晃史さん、ごめん……ごめんなさい……っ。そんなつもりじゃ」

「いいよ。そろそろ潮時だったんだ。みのり、俺この家を出ようと思ってるんだ。婚約者のふりは、もう終わりにしよう」

そうすれば、みのりとの関係もまた一から始められるはずだと、俺は疑ってもいなかった。何年も好きでいると言った彼女の気持ちが、簡単に離れるはずはないと自惚《うぬぼ》れていた。

「ごめん、私、今日は帰るね。お母さんと由乃さんに謝っておいてくれる？」

「わかった」

「じゃあね」

しかし、みのりが背を向ける直前、すべてを拒絶するような表情に、俺はなんらかの兆《きざ》しのような胸騒ぎを覚えずにはいられなかった。


リビングに戻ると、母と由乃の案じるような視線が突き刺さる。

由乃はきっとみのりの言葉の意味に気づいていない。

あれくらいで勘付くのなら、高校時代に気持ちはバレていただろうから。

「みのりちゃんは？」

「今日は体調悪いから帰るって。母さんたちに謝っておいてだって」

由乃の中では、俺は友達以外のなんでもない。

俺が由乃を好きだなんて、きっと考えもしないだろう。

由乃の頭の中には、兄さんの姿しかない。ほかの男が入り込める隙なんて、それこそ一ミリだってない。

「みのりちゃんとケンカでもしたの？」

ほら、その原因が自分だなんて微塵《みじん》も思っていないのがいい証拠だ。

たしかに俺が悪いに違いないが、母の視線も含めて責め立ててくるのだから居《い》た堪《たま》れなかった。

「あんなにいい子を怒らせるなんて、あなたまさか浮気とかしたんじゃないでしょうね？」

「母さんまで……」

俺がため息をつくと母は呆れ顔で「新しい紅茶を淹《い》れてくる」と言ってキッチンへと立った。

二人きりのリビングに沈黙が訪れる。由乃と二人でいるのがこれほど気詰まりだと感じたことは今までない。

しかし由乃は空気が重いとも感じてはいないのか、いつもと同じ軽さで口を開く。

「今まで適当に何人かと付きあってたのは知ってるけど、結婚急《せ》かされてたって、家族に紹介したことなんて一度もなかったじゃない。みのりちゃんに会った時、私、晃史に本当に好きな人ができたって安心したんだから。デートの日は朝から浮かれてたし」

お前がそれを言うのか、と唇を噛みしめる。なにも知らずにいつだってヘラヘラして俺を翻弄《ほんろう》する。もういっそのこと好きを通り越して憎らしいほどに。

上から目線の由乃に、気が立っている俺は苛立ちを隠せない。

「謝っちゃいなよ」

「偉そうだな。結婚してるからって」

「偉そうですみませんね～だ。どうせ晃史が悪いんだから、ケンカしてるならさっさと謝って済むならとっくにそうしてる」

肩を落として言うと、いつもへらへら笑っている由乃が真剣な顔をして俺を見つめてきた。

目の前にまだ二十代でも通じる肌理《きめ》の細かい肌が近づいてきて、ぱちんと頬を叩かれたことにぎょっとした。

「じゃあ……愛してる」

「はっ？」

「って言って、許してもらうしかないね」

「あぁ、そういうこと……」

俺は思わず息を呑んで、胸を撫で下ろした。

「なに、私に告白でもされたかと思った？」

由乃はあっけらかんと笑ってそう言った。

まんまとそう思ったよ、とは返さない。

胸に広がる安堵《あんど》感は、兄さんを裏切らずに済んだからか。

自分の気持ちがよく理解できなかった。ただ、由乃の愛情が自分に向けられていなくてよかった、そう考えが及んだのはたしかだ。

「思うわけないだろ」

不可解な自分の感情に苛立って仕方がない。

それ以上由乃の話を聞いていられずに、俺はリビングから逃げだした。

部屋に戻ると、デスクに置いてある写真をふと手に取った。

みのりと二人で式場に行った際に撮ってもらったものだ。

彼女は俺を愛おしげに見つめながら幸せそうにはにかんでいて、俺の顔も穏やかだ。

写真で見るかぎりでは、仲睦まじい新婚夫婦のように見える。

この時にはもう彼女の気持ちは俺にあったのか。

考えても仕方がないとわかっていても頭を過《よぎ》る。

重苦しいため息をついたタイミングで、机に置いたスマートフォンが震える。

病院からの電話に思わず二度目のため息が漏れた。

「はい……」

『俺だ。今、病院の周り一帯が停電してる』

（停電……？）

電話は兄さんからだったが、スマートフォン越しに聞こえる落ち着いた声のトーンで、すぐに非常用電源に切り替わりパニックなどは起こっていないと察した。

「原因は？」

『まだわからない。でも近くでトラックの横転事故があったと救急に連絡があった。もしかしたら電柱に衝突でもしたのかもしれないな』

「わかった。すぐに行く」

俺は慌ててジャケットを手に持ち部屋を出た。

病院の蓄電池は三日ほどは保つ。救急での手術や人工呼吸器を使用している患者に影響はでないはずだが、原因解明と復旧を待つ間、どうにか医療を維持しなければならない。長谷川総合病院は屋上に太陽光パネルを設置し、万が一の事態にも備えているが、停電が長引くようだと困る。

命にかかわる患者は転院できるよう周辺の病院に打診してみよう。兄さんは今頃、患者や医師の対応に追われているだろう。

俺は部屋を出ると足早にリビングを通り過ぎる。まだリビングで紅茶を飲んでいる由乃に声をかけて、玄関へと向かった。

「ちょっと仕事に行ってくる。なにかあったら連絡して」

「わかった。いってらっしゃい」

電力会社に連絡を取ると、やはり原因は近くで起こったトラックの事故だった。

トラックの運転手は救急車でうちの病院に運ばれたものの、軽傷で済んだのは不幸中の幸いだ。

しかし、事故で電柱が民家に倒れてしまい、その日の深夜になっても電気は復旧しなかった。

そして忙しい時というのは、次から次へと頼んでもいないのに緊急の仕事がやってくるものだ。

やっぱりみのりに電話しよう、きちんと話そう、そう思う時ほど忙しく、帰りも深夜だった。とても電話できるような時間帯ではなく、みのりと別れたまま二週間が過ぎてしまった。

（ああ……疲れたな……）

みのりはどうしているだろうか。

仕事に集中しなければ、そう思うのに、あの日帰り際にみのりが見せた表情ばかりが気になって仕方がなかった。

そして土曜日、事務長室であらかた仕事を終えた後、ようやく日が出ているうちに帰れる目処《めど》が立ち、みのりに電話をかけた。

しかし、いつものようにコール音は鳴らず、聞こえてきたのは。

『おかけになった番号は、現在使われておりません。番号をお確かめになって……』

そんな、機械的な音声。

自分の行動を省《かえり》みれば、みのりの考えはわかりやす過ぎるほどだ。

(もう……やめるってことか……)

愛想《あいそ》が尽きたのだろう。

どうしてもっと早く電話しなかったと後悔しても遅かった。自分の不甲斐なさは自覚している。だからみのりを責められない。

(俺のほかに、好きな男でもできた……?)

電話番号を変えてあっさり切れるほど、俺の存在はみのりの中で大きくはなかったのか。

みのりに愛されないことが、これほどに自分にダメージを与えるとは思ってもみなかった。

彼女は俺の気持ちが由乃にあると知っていて、見返りも求めず愛を告げてくれていたのに。俺は、みのりからの愛情がずっと変わらずにあると疑ってもいなかった。

(でも、みのりがやめたいって言っても……俺は)

気づけば、事務長室を飛びだしていた。

彼女に会ってどうする気だ、とわずかに残る理性的な己が問いかける。

もう一度俺を好きになってくれとでも言うつもりか。あり得ないだろう。

それなのに、自分を止められなかった。俺の行動がみのりをどれだけ傷つけるかを知っていても、どうしても、どうしても彼女を離したくなかった。

廊下ですれ違った兄さんが驚いたように名前を呼んでくる。

「晃史……？」

「兄さん、ごめん！　ちょっと俺、用事があるからもう帰る」

急ぎの仕事は終わらせているが、時刻はまだ十六時だ。普段よりも三時間以上は早い。

「それはいいが……みのりちゃんのところか？」

「あぁ、まぁ……そう」

「ふぅん。振られないといいな」

だからこういうところが苦手なんだ。

「どういう意味？」

いつもなら聞き流しているのに、思わず足を止めて兄さんの言葉に反応してしまう。

早く行かなければと焦燥感《しょうそうかん》ばかりが募《つの》り、眼差しに険が帯《お》びた。

「お前、まだ気づいてないのか？」

「なんの話だよ」

「愛情と友情の区別もつかないのかって言ってるんだ。そりゃ、みのりちゃんに愛想尽《あいそ》かされるはずだ」

「愛情と友情って……」

兄さんはなにを言っている？

みのりに対しての気持ちは友情だと、そう言いたいのか。

「由乃が心配してた。晃史とみのりちゃんがケンカしてるみたいだって」

「みのりとは別にケンカしてるわけじゃない」

「この前来た時、彼女が泣きそうな顔して帰ったって聞いたが。いつものごとく、私に興味ないんでしょ、とでも言われたか？」

「みのりは、そんなこと言わないよ」

今までの俺の付きあい方は、褒められたものではない。

優しいとは言われるものの、相手が本気になったタイミングで終わる。

みのりが以前に言ったように、俺の優しさは上辺だけだと気づくらしい。顔に貼りつかせた笑顔の中に、少しも愛情がないのだと、いずれの相手も言い当てた。

それも面倒になると、身体だけの相手を選んだ。

必死になって誰かを繋ぎ止めておきたいとは思わなかった。だから、怒るか呆れるかして離れていく。いつもだいたい同じパターンだ。

「じゃあ、由乃さんと私どっちが大事なの……とか？」

「……っ」

そう言葉にして言われたわけではないが、似たようなものだ。

俺はみのりに惹かれている。けれど、由乃への想いは俺が長きにわたり拗《こじ》らせた感情で、そう簡単に消えてはくれない。みのりの行動は、はっきりしない俺に見切りを付けたと言えるだろう。

兄さんはまるで可哀想なものでも見るような目つきで、深いため息をついた。自分はなにもかもをわかっているとでも言いたげな顔をした兄さんに、俺の苛《つの》立ちは募るばかりだ。

「だから、なにが言いたいんだよ」

「なんでわからないかね。お前が由乃を見る目は愛情じゃないよ。高校の頃からな」

「なにを……」

いったいなにを言っているんだ。愛情じゃなかったとしたら、俺が何年も抱き続けてきた感情はなんだというんだ。

そもそも兄さんに俺の気持ちがわかるはずがない。勝手なことを言うな、と怒りで震える拳を握りしめた。

（兄さんに向ける目を俺に向けてほしかった。でも手に入らないのがわかっていたから悔しくて。想いあう二人が羨《うらや》ましくて——）

それが全部嘘だったとでも言うのか。

「初めはなんとも思ってなかったのに、俺と会って必死に恋愛をしてる由乃が羨《うらや》ましくなったんだよ、お前は。自分がそうじゃなかったから」

「違う！」

「じゃあどうして高校時代になにもなかった？　お前なら由乃をその気にさせるくらいわけなかっただろう」

「そのうち、俺と付きあうだろうって思ってた。でも、気づいた時にはあんたの恋人になってた」

もっと早く好きだと告げていれば、家になど連れてこなければ、何度そう思ったかわからない。

「俺と由乃が会ったのは……お前が三年の時だな。でもお前は一年から仲良かったんだろ。二年もあって、セックスどころかキスさえしてない。でもお前、外ではほかの女と遊んでたよな」

「それは……っ」

恋愛ってなに、とでも言うようにあどけない顔をしている由乃を、そういう目で見てはいけないような気がしていた。手を出したいなんて、そんなの。

「……由乃が大事だっただけだ」

「誤魔化すなよ。お前は由乃を抱きたいと思ったことすらないだろう。衝動的に触れたくなりもしない。だから俺は、安心してお前と由乃を二人きりにできる。お前たちは家族で友人だからな。まぁ、付きあいが長い分、親友認定してやってもいいが」

たしかに由乃を好きだと思いながらも、俺は由乃とどうこうなりたいと思わなかった。

改めて考えると、当たり前だと思っていたことの違和感に気づく。好きな女に触れたいと思わないなんて、いくらなんでもおかしいだろう。

(兄さんと結婚してるからだと思ってたけど……)

それに、由乃からの〝愛してる〟は、ずっと待ち望んでいたはずの言葉なのに、俺の胸にまったくと言っていいほど響かなかった。驚きしかなかった。それはなぜなのか。

(そんなの、答えは一つしかないのに。バカなのか……俺は)

みのりを前にすると、自分でもおかしいくらいに触れたくなるじゃないか。

ウェディングドレスから覗く白い背中に、衝動的に触れてしまった。驚いたみのりの声はいつもより少し高くて、ベッドの中ではどういう風に啼《な》くんだろう。そんな想像を膨らませた。

「大事だから手を出さないなんて、お前はそんな優しい男じゃないだろう。ほしいものは強引にでも手に入れるよ。ただ、自分が本気じゃない分、面倒になりそうな相手に手は出さない。要領もいいしな。でも、みのりちゃんは違うだろ。何度彼女を抱いた？　お前に本気だとわかっていて、どうして関係を断たなかった？」

なぜそこまで知っているんだ、と睨むように見つめるが、兄さんは嘘は通用しないとでも言うように、挑戦的に俺を見つめ返してくる。

俺は、みのりを抱いたあの日からずっと罪悪感に苛《さいな》まれている。けれど、不思議と後悔はない。

そうだ。由乃を想い続ける俺でもいいと言うみのりに、ひどい言葉を投げられる、俺はそんな男だ。「まだ好きでいて」なんて。どれだけ彼女を苦しめたか。みのりのためを思うなら、拒絶してやるのが優しさであっただろうに。

「最初は都合のいい相手だったのに、手放せなくなったんだろ？　必死に自分を好きでいてくれる彼女に絆《ほだ》されたって言ってもいいかもしれないが」

「ああ……そうだよ。その通りだよ」

本当に腹が立つ。誰にって……兄さんにも、ここまで言われなきゃ気づけない自分にも。

たしかに俺はほしいものを我慢するタイプじゃない。それなのに、由乃を兄さんから奪いたいとは思わなかった。

自分に気持ちを向けてほしいと思っていても、行動一つ起こさなかった。羨望《せんぼう》の思いで見ているだけだった。

（今の俺は……仕事も放りだして、みのりに会いに行こうとしてるのに）

彼女が自分のものでないのが我慢ならない。こんなにも傲慢《ごうまん》だったのかと驚くほどに。

俺はもうずっと、みのりだけを愛していた。

目の前にいる、気持ちが悪いほど俺と瓜二つの顔を凝視《ぎょうし》する。納得できないことが一つだけある。話していてまさかとは思ったが。

「興信所《こうしんじょ》でも使ったわけ？」

「当たり前だろう。お前が俺に言われてすんなり結婚するだなんて思ってないからな。それに、財産目当ての女は腐るほどいる」

やっぱり、と思わず肩から力が抜けた。

兄さんは最初から知っていたわけだ。

みのりと俺が友人の紹介で知り合ったわけじゃないことも。

そもそも恋人でもないことも。

「みのりは違う」

「だろうな。財産目当てで俺らに近づいてくる女は、あのジャージは着ないだろ」

くっくっと兄さんは心底おかしそうに笑った。

「女が恋してるところって可愛いよな。お前と会うたびに綺麗になっていく彼女を写真で見るのは楽しかったよ」

「兄さんがみのりの写真持ってるとか嫌なんだけど」

「まぁ、そう妬くな……と、ちょっと待て。はい……」

白衣の胸ポケットに入れている院内専用のＰＨＳが着信を知らせる。兄さんは俺を手で制して電話に出ると、普段滅多《めった》に変わることのない顔色がみるみるうちに青ざめていく。

「どうかした？」

患者の容体が急変したのだろうかと俺も背筋を正すが、兄さんは呆然とした様子で首を横に振った。

「なにがあった？」

「由乃に……陣痛がきたって」

「ああ、ようやくか。急変の患者がいなくてよかったな。早く行けば？　あんた父親なんだから」

「そうだよな……悪い。俺、帰る」

「え、なに言ってんだよ。ちょっと待って」

「なんだよ」

廊下から院長室に荷物を取りに戻ろうとするのを引き止めた。

兄さんはさっきまでの鷹揚《おうよう》に構えた態度が嘘のように、落ち着かない様子だ。

帰るって、帰ったらだめだろう。由乃は長谷川総合病院の産婦人科に入院するんだから。

「予定日的にも問題はないんだし、破水したわけじゃないんだろ？　病院には母さんがついてくるはずだ。兄さんは産婦人科で待ってればいいよ。あ、でも、あんた今医師の顔してないから、白衣脱いだほうがいい」

兄のような人でさえも、好きな女の前ではただの男なのだ。

どれだけ医学を学んでいたところで、愛する人が命懸けで子どもを産もうとしているのだから、平静ではいられないのかもしれない。

（みのりと俺の子なら……可愛いだろうな）

そんな考えが浮かぶ自分のバカさ加減に苦笑が漏れた。

気がおかしくなりそうだ。みのりに会いたくて会いたくて、苦しくなる。

どれだけ彼女が俺に愛情を注いでくれていたのかを考えると、謝ったところで許してはもらえないのかもしれない。

それでも、もう離してはあげられない。

今度は俺が君を追いかけるから。

愛していると言わせてほしい。

十二　狡《ずる》くて甘いあなたとの結末

晃史さんと連絡を取らなくなって二週間が経った。

長く使い続けた古いスマートフォンを新しくしたのはよかったかもしれない。彼から連絡が来るかもと期待せずに済んだから。

声が聞けなくても、会えなくても、二人で過ごした日々は嘘じゃない。そう思ったら、前を向いていられた。

「はぁ～疲れた……」

私は着替えもせずにベッドの上に横になる。

同僚と仕事以外で話すのはずいぶん久しぶりで、気が張っていたのか心身ともに疲れがひどい。

（でも……楽しかった……）

今日の昼、意を決して同じ本店内で働く同僚を自分からランチに誘ってみたのだが、今までの私の態度を気にもせず彼女たちは受け入れてくれた。話してみるとみんないい人たちで、一緒に帰らないかとも誘ってくれたのだ。

やはり話の内容は恋愛が中心ではあったが、彼女たちも普通に恋に悩んで苦しい思いをしていると、そんな当たり前のことに気づかされた。

『彼氏いないなら、明日の合コン来ない？』

一年先輩の相田さんにそう誘われたのには困惑したが、突然態度を変えた私を怒りもせず、友人のような距離感で接してくれるのが嬉しくて、つい行きますと言ってしまった。

以前の私だったら、彼氏がどうの、合コンがどうのという話題だけで冷めた気持ちになったはずだ。

けれど、失恋したばかりだというのに、今は彼女たちをバカにするような気持ちにはならない。

私にとって、晃史さんとの出会いは辛いだけのものではなかった。誰かを愛する幸せを、彼は教えてくれた。

ベッドの上で横になっていると、ドアがノックされ内側に開いた。

「みのり、もう夕飯できたわよ」

「ああ、うん。今行く」

枕から顔も上げずに返事をした私に、お母さんはやれやれと嘆息《たんそく》しながら部屋の中に入ってきた。

「あなた最近出かけないわね？　あのぼろっぼろのジャージは捨てたみたいだけど。またゲームばっかりするつもりなの？」

「最近はゲームしてないってば。もう疲れてるから放っておいて」

「まぁいいけど。せっかく彼氏でもできたのかと思ってたのに。あ、そうだ。明日も家にいるんでしょ？　夜、宅配便が来るから受け取っておいてくれる？」

「明日は出かけるから無理」

「デート？」

残念ながらデートではない。素直に合コンだと伝えると、お母さんは心配そうな様子で大丈夫なのかと聞いてきた。

「会社の人の知りあいだから大丈夫だって」

「でも初めて会う人でしょう？　危ないからお酒をたくさん飲まないようにね。お店だけ一応教えておきなさい」

「はいはい、わかったから」

適当にあしらっていると、お母さんはまだなにか言い足りなそうな顔をしながらも部屋を出ていった。おそらく食事中に小言を聞く羽目になるだろう。

おじいちゃんといい、お母さんといい、基本心配性だ。

彼氏を作れと言うわりには合コンに否定的だし。それも、お父さんとお母さんがお見合いで互いに一目惚れだったからかもしれないが。

「相手が晃史さんだったら、お母さん小踊りしそう」

私はベッドに寝転がったまま、手帳に挟んだ写真を手に取って眺める。

忘れようと思っているのに、やはり晃史さんと撮った写真だけは捨てられなかった。

この時はまだ恋愛感情を抱いていなかったはずなのに、写真の中の私はこの世で一番幸せだとでも言いたげに満面の笑みを浮かべている。

自覚がなかっただけで、きっと彼の優しさに惹かれはじめていたのだろう。

（合コンか……）

そんなにすぐ別の人と、なんて気持ちを切り替えられない。

逃げだしたあの日から、なにをしていても晃史さんの顔ばかりが浮かんでしまう。本を読んでもゲームをしても、以前のような高揚感は得られず虚《むな》しくなるだけだった。

自分のすべてを曝《さら》けだして、それでも笑わずにいてくれた人。

彼は私に、もう一度恋をしようと決意させてくれた。だから、泣いて辛いと苦しむよりも、もっといい人がいるさと前を向いていたい。

そのほうがおじいちゃんだって喜ぶはずだ。

私は大丈夫。だから、晃史さんも幸せでいてほしい。

いつか、由乃さんよりもっと大好きになれる人を見つけて、一途に愛してほしい。

「私だってそのうち、晃史さんなんかより、ずっとかっこいい旦那様見つけるんだから。

惜しいことをしたって思われるぐらい」

彼を思い出し言葉にすれば、余計に会いたさが募《つの》る。

もう最後にするから、今日だけは彼を想って泣いても許されるだろうか。


会社の近くにある繁華街は、夜にもかかわらずネオンライトが輝き、週末ともなれば大勢の人々で賑わっている。

私には縁遠い場所であったが、ふと、私もその一部になれたような気がしていた。

ほんの少し前までは、笑みを浮かべて歩き去る人々を虚《むな》しい気持ちで眺めていたのに、あの頃とは違う気持ちでいるのが不思議だ。

とくに予定もなかった私は、夕方頃に家を出てぶらぶらと街を歩きながら待ち合わせの駅へと向かった。

約束の十分前に改札に着いて待っていると、ちょうど電車が着いたのか、どっと人が階段から下りてくる。

「山下さんっ、お待たせ～」

大勢の人の中から声の主を探すと、相田さんが改札を通って出てくるところだった。

そのうしろから飯田さんの姿も見える。

こういった付きあいに慣れない私は、二人に軽く会釈《えしゃく》をして、恐る恐る手を振り返した。

聞けば二人ともここ一年ほど恋人募集中らしく、すでに数十回はこういった飲み会を開いているらしい。

「あれ……そういえば今日、江本さんは来ないんですか？」

歳の近い三人は一緒にいることが多い。当然誘われていると思い聞くと、相田さんが心底羨《うらや》ましそうな顔をして首を横に振った。

「えもっちゃんは、束縛彼氏がいるからだめなのよ！　愛されてて羨《うらや》ましいわ～」

ああ、そういえば恋人から指輪をもらったとロッカールームで話していたっけ。

一年も前の話ではないのに、ずいぶん過去のように感じる。

「でも、山下さんを合コンに連れていったなんて知られたら、うちの男性行員たち文句言いそうよね」

「たしかに！　山下さん狙いの男性行員多いから」

私は二人の言葉に驚き、目を瞬かせた。

行内《こうない》でなんてあり得ない。

仕事中にこりともせずに淡々と仕事をこなす女などモテるものか。

「え、いやっ、私モテませんよ。愛想《あいそ》ないし、可愛げもないし」

「そんなことないよ。ただ、行内《こうない》の飲み会に一切でないし、誰ともプライベートな会話しないから、ちょっと近寄りがたいみたいだけどね」

相田さんの言葉に飯田さんも頷いていた。

どうやら突然歩み寄ってきた私に不信感まではいかないにしても、疑問を持っているのは確かなようだ。

それを直接聞いてこないのは、二人の優しさなのだろう。

近寄りがたく思われているのは、自分でも感じていた。

歓送迎会にも一切出てはいないし、同期とも連絡を取りあっていない。

何回か誘ってもらった覚えはあるが、興味が湧かず、行くつもりもなく、思えばかなり失礼な態度だったかもしれない。

「すみません……」

「謝ることじゃないでしょ。飲み会は強制されるものじゃないし。仕事はきちんとしてるんだし、別に誰に迷惑かけてたわけでもないしね。ただ……どういう心境の変化なのかなぁとは思ったかな」

（ですよね……）

八年も関わらずに過ごしてきたのに、突然話しかけられれば、どうしてと聞きたくなるのも当然だ。

人に話すことで、楽しかった思い出はより輝き、辛かった思い出は笑い話になるのかもしれない。自分の話を真剣に聞いてくれる人がいれば、泣いてばかりの日々も悪くなかったと思える。私はもうそれを知っているじゃないか。

「話すとすごーく長くなるので、今度聞いてくれますか?」

「うん、もちろん」

幹事の男性が予約してくれていたのは、アットホームなイタリアンレストランだった。

挨拶《あいさつ》をしてテーブルにつくと、みんな、和気藹々《わきあいあい》とお喋りに花を咲かせた。

私は男性たちの自己紹介を聞いたり、相田さんと飯田さんの掛け合いに笑ったりと聞き役に徹していたが、居心地は悪くなかった。

先にテーブルについていた三人は、いかにも盛り上げ役といった愛嬌のある男性と、物静かで本が好きそうな眼鏡をかけた男性、それにガタイのいいスポーツマンタイプで声の大きい男性だった。

そこまで必死に出会いを求めているわけではないのか、がつがつとしておらず想像よりもずっと楽しく会話は進む。

「山下さん、みのりちゃんって名前なんだね」

急に下の名前を呼ばれてはっと食事の手を止めると、目の前に座った盛り上げ役の男性が、柔和《にゅうわ》な笑みを浮かべて話しかけてきた。たしか名前は大野《おおの》さんだ。

つい身構えてしまったのは、女性と話すのとは違って、プライベートで初対面の男性と話すのが得意ではないからだ。

(晃史さんとは初対面でも話せてたんだから、不思議だよね)

彼の纏《まと》う柔らかい空気がそうさせていたのかと考えて、あぁいけない、また思いだしていると目の前の大野さんへ意識を戻す。

「あ、はい。変わった名前ですよね」

「そう変わってるとも思わなかったけど、俺の周りには一人もいなかったな。可愛い名前だよね」

「そうですかね……おじいちゃんが名付けてくれたので、嬉しいです」

誰かにおじいちゃんの話をしたのは久しぶりだった。

おじいちゃんが亡くなった後も寂しい思いをせずにいられたのは、私を心配して晃史さんが電話をくれたからだ。彼は、おじいちゃんとの思い出話を飽きもせずに聞いてくれた。

「おじいちゃんっ子なんだ。偶然だね、実は俺の名前も祖母がつけてくれたらしいんだよね」

「そうなんですか。ふふ、おばあちゃんっ子ですね」

「だね。みのりちゃんは、土日はなにをしてるの?」

「なんだろう……」

晃史さんと過ごしていた時は、猫カフェに行ったりバーベキューをしたり、家にお邪魔したりと楽しい日々だった。

おじいちゃんが亡くなってからしばらくは忙しかったけれど、今はぽっかりと時間が空いてしまっていて、明日の日曜日も特に予定はない。

返事に窮《きゅう》する私に不快そうな顔を向けることもなく、大野さんは俺はね、と話を変えてくれた。

「休日はキャンプに行ってるんだ。わりと装備も本格的にしてさ。車もキャンピングカーなんだ。みのりちゃんも好きだったら、今度一緒にどう？」

「キャンプ……」

晃史さんも昔は好きだったと言っていた。今は、仕事、仕事でなかなか行けないとも。日帰りだったが、川辺でバーベキューしたのはまだ記憶に新しく楽しい思い出だ。

（私の頭の中、やっぱり晃史さんのことばっかりだ……）

誰と話していても、どんな話をしていても、晃史さんとの思い出に直結してしまう。彼を忘れなければと思えば思うほど、気持ちが引きずられる。

「みのりちゃん？　どうかした？」

アウトドア嫌いだったかなと、申し訳なさそうに大野さんが言った。

「あ、いいえ。嫌いとかじゃ……ちょっと、思い出に浸っちゃいました」

「思い出？」

初めて会った相手に話すことではないのに。

私は、誰かに聞いてほしかったみたいだ。

つい、ぽつりと言葉を漏らしてしまう。

「最近、失恋してしまって」

「失恋。そっか……どんな人だったの？」

大野さんは嫌な顔一つせず、私の話を聞いてくれた。

私は促《うなが》されるままに、浄化されずに胸の中に抱いていた想いをこぼしていく。

「私、それまで人と深く関わらないようにしてきたんです。でも、そういうのを変えてくれた人で。こうやって、楽しい時間にもその人のことばっかり思いだしちゃうのはだめだってわかってるんですけど……」

「だからか。さっきからずっとスマホ握りしめてるのは、なんでだろうって思ってた。もしかして、彼からの電話待ってる？」

言われて初めて気がついた。

私は手のひらが汗で滑るほど、テーブルに置いたスマートフォンを強く握りしめていた。

「あ……」

「気づいてなかったんだ？」

「ですね。電話番号もアドレスも消して、かかってくるはずないってわかってても……待ってるのかな。でも……誰かとまた関わって、少しずつ忘れられたらって思ってるんですけど」

しんみりとしてしまった空気を払拭《ふっしょく》するように明るく微笑めば、大野さんはそっかと笑ってくれた。

「こら大野くん。山下さん、飲み会に慣れてないんだから、あんまりぐいぐいいったらだめよ？」

もうすっかりできあがってるのか、顔を赤くした相田さんがビール片手に私の肩を抱いて言った。

「や、そんな……ぐいぐいなんてされてませんから、大丈夫ですよ？」

話を聞いてくれていただけで、なにもされてはいない。

彼に失礼だと慌てて言い繕《つくろ》うが、相田さんはどこ吹く風だ。

そういう彼女に慣れているのか、大野さんは呆れ顔でやれやれと相田さんを見ながら、あんまり飲み過ぎないようにねとテーブルにあったウーロン茶を手渡していた。きっと面倒見のいい人なのだろう。

「お持ち帰りで手を出すとか、絶対やめてよね～」

陽気な絡み酒だ。

相田さんは、隣であははっと大声で笑いながら言い放った。

「はいはい。俺そんなに軽く見える？　結構一途なほうだけどなぁ。好きな人には結構尽くすんだよ。で、みのりちゃん、俺はどう？　忘れさせてあげられるかはわからないけど、話ぐらいは聞けるよ？」

大野さんは自分を指差して冗談めかして言った。

冗談なのか本気なのか判断がつかなかったが、言葉とは裏腹に彼が私を見つめる瞳は真剣そのものだ。

「それとも、まだその彼を好きでいたい？」

（好きで……？）

私はどうしたいのだろう。

周りの人にも目を向けて、晃史さんを早く忘れられるようにと、そればかり考えていた。

私はあの人と出会ったことを後悔しないように前を向いて歩いていくのだと、そう思っていた。

もしかしたら、忘れなくてもいいのかもしれない。

心の中に、あの人がい続けたとしても、いいのかもしれない。

そう考えたら、なんだかとても楽になった。

「好きでいたい。私……まだあの人を好きでいたいです。ごめんなさい」

「飲み会のノリで言っただけだから。ね、そういうことにしとこ」

スマートフォンを握りしめる私の手を包み込みながら、大野さんは大丈夫だよと言った。

（好きでいよう……晃史さんを）

いつ忘れられるかわからないけれど、好きでいるだけなら誰にも迷惑はかけていない。

私の気持ちは私だけのものだから。

優しい大野さんに縋《すが》りついて泣いてしまいたくなるし、そうできたら楽だろうとも思うのに、私の心はこんなにもあの人だけを求めている。

その時、騒《ざわ》ついていた店内がしんとして、同じテーブルについているみんなが一斉に私の背後に目を向けた。

「え、なに……」

「俺をもう少し好きでいてって言わなかった？」

はぁっと深く息を吐きだして、怒ったような低い声が真上から聞こえる。

足元には見覚えのある茶色の革靴。

（う……そ……）

私は顔を上げられなかった。

だって、声を聞いただけでもう涙が溢れて止まらなかった。

「こう……し、さん……ど……して」

背後から伸びてきた手に、大野さんに握られたままの手をいささか乱暴に解かれる。

「触るなよ。この人、俺のだから」

指を絡められて、強く握られた手のひらから、晃史さんの体温が伝わってきた。

「話があるからちょっと来て。申し訳ないけどこの人借ります。たぶん戻れないからこれで」

晃史さんは財布から一万円札を数枚取りだして、テーブルに置いた。

「え、ちょ……っ、待って」

「待たない」

ちょっと金額が多過ぎると言う間もなく、彼はそのまま私の手を強引に引いて、店の出口へと歩きだした。

私が動揺しながらもうしろを振り返り、口の動きだけで「すみません」と告げると、相田さんたちは不思議とおもしろそうな顔で手を振ってくる。

「乗って」

手を繋いだまま店を出て、店の前に駐車された晃史さんの車に乗り込んだ。彼が運転席に乗り込むと、ふたたび指を絡めるように手を取られる。

外の気温のせいだけではない。手のひらから伝わってくる熱で、身体は汗ばむほど熱くなっていく。どこか怒った様子の晃史さんに、もしかしたら嫉妬《しっと》してくれたのかもなんて夢を見てしまう。

(この人、俺のってどういう意味?)

ドクドクと心臓が跳ね上がるように速い鼓動を奏《かな》でる。

違う、期待するな、どれほど自分に言い聞かせていても、私の心は晃史さんに会えただけで騒《ざわ》めきはじめる。

たとえほかに好きな女性がいても、どうしたって彼が好き。

でも、自分ばかりが好きなのはやっぱり悔しい。

都合のいい女でよかった、それ以上なにも望まないでいられるはずだったのに、晃史さんと近づけば近づくほど苦しくなった。少しはと期待してしまうから。だから、離れたのに。

「どうして……ここにいるの?」

涙に濡れた頬を拭い、ずっ、と鼻をすすりながら顔を上げた。強がって気丈に振る舞わないと、縋《すが》りついてそばにいてと言ってしまいそうだった。

「みのりに振られても、諦《あきら》められなかったから」

「振られてって……」

私を振ったのはあなたじゃない、と口から出かかった。

「めちゃくちゃ探した。いつもの店にいなかったから家に行って、みのりのお母さんにどこに行ったか教えてほしいって聞いたんだ。合コンに行ったたって聞かされて、怒る権利もないのにイライラして、焦ったよ」

「だって、もう婚約者のふりは終わりでしょ？　合コンしたっていいじゃない」

あなたが終わらせたんでしょと、嫌味とも取れる言い方になってしまった。

そんなつもりはなくとも、ずっと拗《す》ねた心持ちでいたのかもしれない。こんな風に晃史さんの前でふてくされたことはなくて、自分が面倒な女になっている自覚はあった。

「セフレが逃げて惜しくなったの？」

思ってもいない言葉ばかりが口を衝《つ》いて出てしまう。

泣いたせいで目も真っ赤だろうし、鼻水まで出てくる。化粧はきっとぐちゃぐちゃで、もう恥ずかしいから帰りたい。

そんな私を見て、あろうことか晃史さんは愛おしそうに頬を撫でてきた。

「違うよ。今度は俺がみのりに片想いしてるから。俺をもう一度好きになってほしいって言いにきた」

「狡《ずる》いよ、そんなの」

晃史さんを好きな気持ちを利用して「好きでいて」と言えば、私が喜ぶとわかっていて。

「兄さんと話して来たんだ。あの人、全部知ってた。俺たちが嘘をついていたこと。それに……俺の気持ちが由乃にないことも」

「由乃さんにないって……そんなわけないでしょ」

晃史さんが由乃さんを見る目は間違いなく恋慕《れんぼ》を含んだものだった。

偽物の婚約者の私と目の前で手を繋ぐのも嫌なくらい、彼は由乃さんだけが大事だったはずだ。

「俺は、もうだいぶ前からみのりしか見てない。好きなのは、みのりだけだ」

本当ならば飛び上がりたいほど嬉しい言葉だ。

それなのに、私は心のどこかで信じられないでいる。

好きならどうしてと、胸が焼けつくような痛みはあの日から変わらない。

「嘘だよ……」

「前、俺に聞いたよね。由乃のどこが好きかって。俺は〝意地で好きでい続けてた〟って言った。あとから考えれば過去形だった。きっと、あの時にはもう、みのりのことしか考えられなくなってたんだと思う」

「だって……それなら、どうして」

（手を振り払ったりしたの……？　由乃さんに見られたくなかったんじゃないの？）

あの惨《みじ》めさを思い出したくなくて、私は言葉に出せなかった。膝の上に乗せた手を血管が浮きでるほどに強く握りしめる。

晃史さんの気持ちが私のほうへ向くことは絶対にないと思い知ったから、諦《あきら》めようと、もう会わないと決めたのに。

「みのりを傷つけてるだけだってわかっていたのに、俺は、終わりにできなかった。みのりに会うと触れたくなって、自分を止められなかった。みのりに惹かれているのを自覚しても、由乃への気持ちが簡単に終わるはずないって思ってた」

由乃さんへの想いは、十年以上にわたって晃史さんが抱え続けてきたものだ。そう簡単に終わらせられるものではない。私だってわかっていた。

「ずっと考えてたんだ。俺が家を出ればいい。そうすれば、みのりを傷つけずに済むって。それなのに……みのりに振られなきゃ、誰が一番大事かって気づけなかった。情けないね、俺は」

(ちゃんと、私のこと、考えてくれてたの……？)

後から後から、涙が頬を伝って流れ落ちる。晃史さんは、私の涙を指で拭った。

「ずっと待たせて……ごめんね」

驚きや喜び、色々な感情がないまぜになった。

晃史さんの手の甲に頬を擦り寄せると、涙は余計に止まらなくなる。

会えない時間も忘れたことなどなかった。

ずっと、この人の手に触れられたかった。

「ちゃんと、いっぱい悩んで考えた？」

「そうだね……情が移って、振れないぐらいまで。もうこんなの愛情だよ。最近じゃ、考え過ぎて夢にまで見る始末だ。みのりに会いたくて堪らなかった」

晃史さんがやれやれと肩を竦《すく》める。

夢で見た私はどんな風だったのだろう。

ジャージ姿だったりしてと考えて、つい泣き笑いの顔になってしまう。

「ねえ、みのり。あの日着たウェディングドレス、本物にしよう」

「本物？」

「うん、本物。俺のお嫁さんになってくれる？」

身体を引き寄せられて、私は晃史さんの胸に顔を埋めた。

「本当は、こんなところでプロポーズする予定じゃなかったんだけどな。そろそろ帰ろうか」

帰ると言われているのに、私は晃史さんの背中に回した手を離せなかった。頷きはしたものの、離れがたくてどうしようもない。

晃史さんも同じ気持ちでいてくれたのか、私を抱きしめる腕はそのままだった。時々、愛おしむように唇が目尻や耳に触れて、たったそれだけで私の身体は快感への期待に打ち震えた。

「そういえば、みのり……友達できたんだ？」

晃史さんの声は熱っぽく艶めいていた。耳に吐息がかかり、くすぐったさよりも背中がぞくぞくするような痺《しび》れがせり上がってきて、胸がドキドキして治まらない。

彼の頬に赤みが差しているのは、街中の灯りのせいかもしれないけれど、私の顔が熱いのは間違いなく彼のせいだ。

互いの指が絡まって、時折つっと手のひらを撫でられた。

「……っ、うん。同僚の人……話してみたら、みんないい人だった」

「そっか。よかった」

「行かないの？」

ずっとこのままでいたい気持ちはあるけれど、長時間駐車はできないし、遅くなれば相田さんたちのグループが店内から出てきてしまう可能性だってある。

「そうだね。でも今、かなり必死で我慢してるんだよ。ほかの男に手を握らせてたことに苛ついてるし。いっそ、ここで襲いたいぐらい」

むき出しの欲求のままに告げられて、私はどうしていいかわからなくなる。

彼からの嫉妬《しっと》がくすぐったく、心の隙間は言葉一つで埋められてしまった。

手に入るはずのない人が、今こうしてそばにいることがどれほど嬉しいか。私だって晃史さんに触れたくて仕方がなかった。

「ここじゃ、いや」

キュッと手を握り返すと、肩を引き寄せられて唇が重なった。

「ん、んっ……」

噛みつくように深く舌を絡めとられる。

熱に浮かされた口腔《こうこう》は熱く、身体中の血が沸騰《ふっとう》しているようだ。歯列をなぞられると、腰から重く痺《しび》れるような感覚が這《は》い上がってきた。

「晃史さっ……ぁ……ん」

もっと口を開いたのに、彼の唇は糸を引いてすぐに離れていってしまう。

「止まらなくなるからお預けだな。ここじゃさすがに人目につくから、俺の家に連れていっていい？　もともとそのつもりだったし」

「晃史さんの家……って……」

私を好きだと言ってくれた言葉を信じてはいるが、由乃さんと会うのは正直まだ複雑だった。

由乃さんがいい人であればあるほど、自分の醜《みにく》い感情ばかりが浮き彫りになってしまう気がして。

「違うよ。実家じゃない。家を出るって言っただろ？　以前に投資目的で買ったマンションがあるんだ。みのりの通勤にも便利だと思う」

「私の通勤って」

「みのりと一緒に暮らしたい。答えも出せなかったくせに狡《ずる》いってわかってる。でも、離してあげられない……頼むから、俺のそばにいて」

晃史さんは私から身体を離し、車を発進させた。

私は真剣な表情で前を見る晃史さんの横顔から、目が離せなかった。

「いいの？」

どれほどの覚悟を持って由乃さんと離れる決断をしてくれたのだろう。

「いいんだよ。そもそもあの家は兄さんが継ぐものだしね。俺が家にいたのはさ、実家暮らしだって言うと、女の人を断る時に便利だったから」

「うわぁ、下衆《げす》い……っぷ、ふふふっ」

いつか聞いた台詞《せりふ》に、私は耐《た》えきれず噴きだしてしまう。私の笑い声に釣られたのか、晃史さんの顔にも笑みが浮かんだ。

「二人で、誰にも気兼ねなく新婚生活を満喫しよう」

「新婚生活って……！」

「みのり、プロポーズの返事をちゃんと聞いてない。俺を、もう一度愛してくれる？」

「晃史さんは……本当に私でいいの？」

信号待ちで車が停まると、晃史さんは、この期《ご》に及んでまだそんなこと聞くのと肩を竦《すく》めた。

「俺の愛してるは、まだ通じてない？」

「通じてる……私も、ずっと、晃史さんと一緒にいたい」

信号が青に変わる直前、ふたたび晃史さんの唇が下りてきた。

掠めるような口づけは一瞬のものだったけれど、それだけで私の身体は簡単に火を灯す。

「よかった。あ、そうだ……由乃、陣痛がきて入院したんだ。兄さんは医者のくせに落ち着かなくて、本当におもしろいよ」

「ほんとにっ？　もう産まれるんだ！　会いたいなぁ～」

つい由乃さんへの嫉妬《しっと》など忘れたようにはしゃいでしまう。

命の誕生って本当にすごい。

お腹の中で十月十日《とつきとおか》子どもを守る。ちゃんと外に出て生きていけるようになるまで胎内で育てることは、母親にしかできない。

私がはしゃいだようにすごいすごいと声を上げると、運転席から晃史さんの楽しげな笑い声が聞こえてきた。

「みのりのそういうとこ好きだよ」

「どういうとこよ……」

「俺たちも……早く赤ちゃん、作ろうか」

晃史さんの口元が弧《こ》を描いて、本気ともつかぬ口調で告げられた。

私は動揺のあまり口ごもるしかない。

いつのまにか車は高層マンションの前に停まっていた。

車を降りて辺りを見回すとなんとなくだが見覚えがある。おそらく、晃史さんの実家からそう遠くない場所だろう。

「はい、忘れる前にこれ渡しておく。みのりのだよ」

エレベーターを待っていると、晃史さんから家の鍵を手渡された。

「ありがとう。大事にする」

まるで夢のようだった。晃史さんと付きあうことも、こうして合鍵をもらうことも。

いつか振り向いてもらえるなどとポジティブに考えるようにしていても、絶対にあり得ない未来だと心のどこかでは諦《あきら》めていたから。

「すぐは無理でも、なるべく早く引っ越しておいで。みのりのご両親への挨拶《あいさつ》にはもちろん行くから」

「うん」

これからは、恋人同士でありながら本物の〝婚約者〟になる。

途端に結婚という二文字が現実味を帯《お》びてくる。私は晃史さんと結婚して、ここに一緒に住むのだ。

ケンカして顔を見たくない時も、仲直りをして笑いあって、どんな時も二人で生活をともにしていく。そういう覚悟をしてね、そう言われているみたいだった。

エレベーターは上層階に停まった。

エントランスホールは床に顔が映るほど磨き上げられていたが、下りたった廊下もまたゴミ一つ落ちておらず清掃が行き届いていた。

「新築みたいに綺麗なマンションだね」

「みたいじゃなくて、新築だよ。どうせ住むなら設備とか最新のほうがいいでしょ？」

今更だけど、晃史さんの財力を痛感させられる。

当たり前のように告げられて、いくらしたんだろうなんて考えてしまう私は、やはり庶民だ。

驚くばかりの私の心情をどう勘違いしたのか、晃史さんは苦笑を顔に滲《にじ》ませながら、ためらいがちに口を開いた。

「強引過ぎるって自分でもわかってるんだ、ごめんね。どうしても、俺から逃げられないようにしたかった。もしみのりが嫌だって言ったら、無理やり攫《さら》ってたかもしれない」

「えぇ～攫《さら》われてどうなるの？」

こういう冗談めかしたやりとりも久しぶりだ。

「俺を好きになるまで朝も昼も夜もなく抱くかな」

「そんなの死んじゃうよ」

彼に抱かれていると羞恥《しゅうち》もためらいもなくなってしまう。

冗談だとわかっていても、先ほどからずっと期待に心躍《おど》らせている私の胸は、彼の言葉に簡単に心拍数を上げていく。

「どろどろに甘やかして、俺がいないと生きていけなくさせるのもいいね」

「もうっ」

頭の中に直接語りかけるように耳元で囁《ささや》かれると、どうしようもないほどに身体が疼《うず》く。そんな淫《みだ》らな自分を知られたくなくて、怒ったふりで目を逸らした。

「はい、ここだよ。入って」

晃史さんは部屋のドアを開けて、私の腰に腕を回した。

「うわぁ……ひろ……」

中に足を踏み入れると、段差のない玄関と、その横には広々としたシューズインクローゼットがあった。

新築の家の匂いがして、慣れない香りにすんすんと鼻を鳴らしていると、晃史さんがくすっと小さく笑った。

「そのうち慣れるよ」

「晃史さんは、もうここで暮らしてるの？」

まだ物が少ないからか、ガランとしていて殺風景だ。

リビングにはテレビもソファーもまだなかった。

「まさか、今日からだよ」

「今日っ？」

「みのりがいない部屋に一人でいるのは嫌だしね。だからまだベッドしかない」

「そうなの？」

「それ以外は、二人で揃えていけばいいかと思って」

彼は本当に私との未来を考えてくれていたのだ。泣きたくなるほど幸せで、晃史さんの背中にうしろからギュッと抱きつくと、回した手を絡め取られた。

「こっちにおいで」

想像はしていたけど連れていかれたのは寝室だった。

大きな音を立ててドアが閉められる。

同時に貪《むさぼ》るように口づけられた。

私も待ちわびていた。これほどまでに彼がほしいと思ったことはない。

早く気が急《せ》いて、舌を絡めるたびに腰に甘い痺《しび》れが走った。

「はっ、あ……」

ドアに体重をかけると、まるで空いた隙間を失くすように強く腰を引き寄せられて身体が密着した。

私も晃史さんの背中に両腕を回す。

抱きしめられているのに、まだ足りないと身体が渇望《かつぼう》している。

もっと強く抱きしめてほしい。

我を忘れるぐらいに、私を求めてほしい。

「んん……っ」

舌先が吸われて、晃史さんの口腔《こうこう》に呑み込まれる。彼の口の中は熱を持っていて、溢れて混ざる唾液はひどく甘かった。

キスだけで頭が朦朧《もうろう》としてしまう。立っていられずに膝を震わせると、ふわりと身体が宙に浮いた。

意識が遠のきそうな心地よさのまま、ベッドの上で向かい合わせに座った。シャツのボタンが一つ一つ丁寧に外される。

初めてではないし、これ以上に恥ずかしいこともたくさんした。それなのに、まるで初めて触れあう時のように鼓動が跳ね上がる。

エアコンから吹きだす空気の冷たさと、これから彼と身体を重ねるのだという期待で身震いしてしまう。

「寒い？」

エアコンのリモコンを探す彼の手を止めて、私は晃史さんのワイシャツのボタンを外していく。

「ううん、大丈夫だから。早く」

腕を伸ばして彼の肌に直接触れると、私と同じぐらいの速さの鼓動が伝わってくる。

啄《ついば》むような口づけがやがて深まっていき、互いの荒い息遣いだけが月明かりに照らされた室内に響いた。

舌を絡ませながら、晃史さんはもどかしげに私の太腿《ふともも》を撫であげスカートのホックを外した。

「はっ……ん、んっ」

尖《とが》った舌に歯の裏さえも舐められて、身体中はじっとりと汗をかき火照《ほて》っていく。

あっという間に服はすべて脱がされていた。

触れあう肌の熱さを感じたくて、私も彼のスラックスに手をかけた。すでに昂《たかぶ》った状態の下肢に、羞恥《しゅうち》よりも悦《よろこ》びが芽生えた。

互いを阻《はば》むものはなにもなくなり、身体がベッドに沈むと、あとはもう本能のままに溺れていくだけだ。

「あっ、はぁ……ん」

晃史さんの手が頬から首筋を通り、上下に弾む乳房を揉みしだいてきた。

先端を指の腹で弄《いじ》られると、柔らかかった乳頭が形を変えていく。引っ張り上げるようにこりこりと抓《つま》まれて、じんと痛みに近い快感が走る。

キスだけで蕩けてしまった身体は、晃史さんの吐息が乳房にかかるだけで敏感に跳ね上がった。

脚の間の濡れた感触に身を捩《よじ》ると、胸元に顔を埋めていた晃史さんが、体勢はそのままに小さく笑った。

「なんで、笑うの……？」

あまりに淫《みだ》らに声を上げすぎて引かれてしまっただろうかと、不安が押し寄せる。

「いや……なんか、好きな人を抱けるのって幸せだって思ってさ。初めから、身体だけは正直だったんだろうね」

「そうなの？」

出会ったばかりの頃から、少しは女性としての魅力を感じてくれていたのだろうか。

（や……でも、あのジャージの時はさすがにないか……）

「まぁ……正直に言うとね。抑えられない衝動、みたいなのを感じたのは初めてだった。ウェディングドレスを着せながら、わりとやらしいこと考えてたし、初めてキスした夜だって……みのりを、抱きたくて我慢できなかった」

「ウェディングドレスって……え、あの時？」

「そう、思わず背中は触っちゃったけど、可愛い声出すから……喘《あえ》がせてみたいって思った」

「あ、喘《あえ》がせたいって……」

「好きな女の前では、男はそんなもんだよ」

好きな人が、自分を好きになってくれる奇跡に、私は涙を堪《こら》えることができなかった。

叶うはずはないと、私ばかりが好きだと思っていた。

「ずっとね、同情でもいいって思ってたの……」

「同情なんかじゃない。今だって……ほしくて我慢できない」

硬く勃《た》ちあがった屹立《きつりつ》をごりっと下腹部に押しつけられて、涙に濡れた目を舌で舐められた。

膨らんだ下肢にそっと触れてみると、手のひらの中で欲望はさらに硬くなった。

「……っ、今は触らないで。すぐ、出そう」

手を取られて、そのまま甲へと口づけられた。

欲情し汗に濡れた顔も、目を細めて笑った顔も、お兄さんの話をする時の拗《す》ねた顔すらも、愛おしい。

「お願い。気持ちよくしたいの。前は、途中でやめちゃったから……」

身体を起こして、座ったままの晃史さんの脚の間へと顔を近づける。

私の意図することがわかったのか、晃史さんはもうなにも言わなかった。ただ、落ちた髪をかき上げて頬に触れてくる。

先走りで濡れた欲望の先端に口づけると、艶《なま》めかしい吐息が頭上から聞こえてくる。感じてくれるのが嬉しくて、私は必死に舌を絡めながら、溢れでる蜜を吸い取った。

「み、のり……っ」

余裕のない声色で名前を呼ばれると、舐めているだけなのに中心が疼《うず》いてしまう。膣部から溢れた愛蜜が太腿《ふともも》を濡らして、腰が淫《みだ》らに揺れた。

その淫猥《いんわい》な光景が男の目にどう映るかなど考えたこともない。ただ、晃史さんに気持ちよくなってほしくて。それだけを考えて口淫に耽《ふけ》る。

晃史さんの手が伸びてきて、尻が撫でられる。

割れ目をなぞるように触れられて、くちっと濡れた音が立った。

「ふっ……う、んっ」

「舐めながら、挿れられてるとこ想像した？　ここ、濡れてひくついてる」

もっと快感に溺れている顔が見たいのに、晃史さんは下唇を舐めると悪戯《いたずら》を思いついた子どものような顔で笑った。

「どっちが先に達《い》くか。勝負しようか」

「えっ、あ……あぁっん」

伸びをした猫のようなポーズを取らされて、背後から指が突き挿れられる。私は思わず陰茎を含んでいた唇を離し、びくびくと腰を震わせた。

「もう口離しちゃったの？　だめだよ、俺を気持ちよくさせたいんだろ？」

濡れた指があっさりと引き抜かれ、焦《じ》らすように陰唇を行き来する。

それだけで鳥肌が立つように全身が戦慄《わなな》いた。

「あっ、だめ……っ、あぁっ」

「脚、こっちに向けて」

ベッドの上に倒れ込んだ晃史さんに足首を掴まれて引き寄せられる。

晃史さんの顔の上を跨《また》ぐように脚が下ろされて、淫《みだ》らな場所に視線が突き刺さった。

「この格好、やっ……恥ずかし、から」

見られていると思うだけで、膣部がきゅうきゅうと蠢《うごめ》くのがわかる。

全身の血が沸騰《ふっとう》するように身体が羞恥《しゅうち》で火照《ほて》っていく。

「俺の舐めてよ。俺も、みのりのこと気持ちよくしたいだけ。ね？」

両手で腰を掴まれて強く引き寄せられる。

下生えをかき分けるようにして愛蜜の溢れた陰唇をしゃぶられる。

蜜口ごと口腔《こうこう》に含まれて愛液を啜《すす》られると、重苦しい痺《しび》れが走り、いてもたってもいられなくなる。

「ひぁぁっ……はぁっ、あっ、んっ」

彼の屹立《きつりつ》を愛撫するどころではなく、頭の中が真っ白になるほどの喜悦《きえつ》に酔いしれる。

気づくと、手の中にある欲望からはトロトロと先走りが流れ落ちていた。

もしかしたら彼も、私を愛撫しながら感じてくれているのかもしれない。そう思うと心は喜びに満たされた。

おずおずと先端を口に含んでいく。

歯を立てないように唇の力だけで上下に擦ると、口の中で欲望がびくびくと脈動した。

「ふっ、んん……っ、はぁ」

けれど、彼の舌が動くたびに感じ入ってしまい、開けっ放しの唇からは唾液が流れ落ちるばかりだ。

晃史さんの舌先が陰唇を捲《めく》るようにして、ぷっくりと勃《た》ちあがった花芯へたどり着く。ちろちろと尖《とが》らせた先端で舐《ねぶ》られると、下肢が蕩けてしまいそうに気持ちいい。

「あぁん、はぁ、あっ、ん……ん」

唾液まみれにした花芯を舌先で転がしながら、くちゅくちゅと舐め回される。滴《したた》る愛蜜はすべて彼の口の中へ飲み込まれていった。

硬く張った裏筋を舐めながら、なんとか力を入れて手を上下に擦り上げると、負けじと花芯を捉《とら》えた舌先の動きが激しくなる。

「やっ……そこばっか、だめっ、挿れちゃ……ああっ、は……っ」

ひくついた入り口をこじ開けるようにして指が挿れられた。

待ちわびた快感に頭の芯が痺《しび》れて、なにも考えられなくなってしまう。悲鳴じみた声ばかりが相次いで出て止められない。

「あぁっ、ふっ、あっ、あっ……もうっ、達《い》っちゃいそ……だからっ」

内壁を抉《えぐ》るように敏感な柔襞《やわひだ》を擦りながら、ぬちゅぬちゅと抜き差しされる。腰から深い愉悦《ゆえつ》がせり上がってきて、そそり勃《た》った屹立《きつりつ》に頬を擦り寄せ手に力を込める。すると、彼のものがますます大きく膨れ上がった。

震える陰道の動きに合わせて、指の抽送《ちゅうそう》が速まっていく。

指が引き抜かれるたびに、泡立った愛液が噴きだす。それを美味しそうに舌ですくい取られる。

敏感にそそり勃《た》つ花芯を親指でくりくりと揉み込まれると、限界はあっという間にやってきた。

全身が強張《こわば》り、狂おしいほどの愉悦《ゆえつ》の波が押し寄せる。

「あっ、達《い》くっ、もっ……い、っちゃう――っ！」

途切れがちの喘《あえ》ぎ声を上げながら、背中を仰《の》け反《ぞ》らせ腰を震わせて達すると、目眩《めまい》がするほどの心地よさに包まれ、意識を失いそうになってしまう。

蕩けた蜜壺からはじゅわっと愛液がこぼれ落ちて、結合部を濡らした。

「はっ、ん……はぁっ」

達した直後とは思えないほど、奥深くが痛いほどに疼《うず》く。

太い彼のものでもっと満たされたかった。これがほしいのと、本能のままに屹立《きつりつ》を掴んだ手を動かしてしまう。

「出るから……っ、みのり……顔、どけて」

「え……？」

聞き返した時にはすでに遅く、私の顔をめがけて白濁が飛び散った。

「ふ、え……？」

「ごめん……っ」

慌ててティッシュを取ろうとする晃史さんを横目に、頬や口周りを濡らした射液を指ですくい取り口に含む。

目の前で動きを止めた晃史さんは、驚愕に満ちた目を向けてくる。

「そんなの、呑まなくていいよ」

とても美味とは言えない青臭さが口の中に広がった。

けれど、彼のものならと愛しいばかりで、私はまるで猫のように手に取った飛沫《しぶき》を舐めとった。

「だって……いつも、してくれるから。晃史さんは嫌？」

与えられてばかりではなく、与えたいのだと訴えれば、彼の目が愛おしげに細まった。

ふわりと笑顔を向けられて、胸が幸福感に包まれる。

「俺も、みのりがしてくれると嬉しい」

晃史さんは避妊具の箱を開けると、ぱらぱらとベッドの上に落としてくる。そのうちの一枚をぴりっと破り、雄々しく上を向いた怒張《どちょう》に被せた。

ベッドのスプリングが軋《きし》み、体勢を変えた晃史さんの身体が覆いかぶさってきた。

唇が重なり、押し当てられた欲望が濡れた襞《ひだ》をかき分けながら、中へと入ってくる。

「んんっ……ん、ん」

「指じゃ足りなかった？　達《い》ったばかりなのに、さっきより締めつけてくる」

奥をノックするように腰をグラインドされると、奥深くに抑えがたいほどの快感が突き抜ける。

「ああっ、そこ……っ……気持ちいい、の」

「これ……？」

「あぁっ、あっ、んっ……そこっ、いいっ」

弱い場所をぐりぐりと擦られて、達したばかりなのに逼迫《ひっぱく》したような甲高い声が上がってしまう。

ゆっくりとした動作で突き動かされて、甘い痺《しび》れが全身に伝わっていく。

愛液がかき混ぜられるたびに、ずぷずぷと泡立った音が耳について羞恥《しゅうち》で燃えるように肌が熱い。

揺れ動く乳房を両手で掴まれて上下に大きく揉みしだかれる。

内壁を擦り上げられながら、熱を持った舌に赤く腫れた乳首をねっとりと舐められた。

「ふぁっ、あっ、あぅ……あぁん」

胸と下半身への刺激に、自分のものとは思えない艶《なま》めかしい声を上げてしまう。中でどくどくと脈打つ屹立《きつりつ》は隙間なくみっちりと埋め込まれ、滾《たぎ》った陰茎がずるりと抜けるたびに、うねる蜜襞《みつひだ》が離すまいと収縮する。

舌先で転がすように乳首を舐められ、思わずきつく陰道を締めつけてしまうと、はち切れんばかりに大きくなった怒張《どちょう》の動きが激しさを増した。

真上から突き刺すように腰を落とされて、ぐちぐちと愛液がかき混ぜられる音がする。溢れた蜜は尻にまで垂れて、シーツをびっしょりと濡らした。

「あぁん……あぁぁっ……激しっ、あっ」

「愛してる……本当に、こんなにも……っ、好きになるとは思ってなかった……」

好きだ、愛してると耳元で繰り返されて、胸がいっぱいになるほどの幸福感に満たされる。

身体中を埋め尽くす快感が、漣《さざなみ》のように次から次へとやってくる。

彼の腕の中にいることが幸せで、切ない。

どんな気持ちで由乃さんへの想いを断ち切ったかと思うと、涙が溢れそうになる。

それでも、私を選んでくれた。

脚を抱え直されて深い場所を穿《うが》たれる。

がくがくと膝が震えて力が入らないほど激しく身体が揺さぶられた。

「ひぁっ、あぁん、あっ、あ……んっ、やぁっ」

子宮口までも突き上げられて、開けたままの口元からは、言葉にならない淫《みだ》らな嬌声《きょうせい》ばかりが出てしまう。

愛されることが嬉しくて、また誰かを愛することができて幸せで。朦朧《もうろう》とする意識の中、もしかしたら夢かもしれないと恐怖にさえ襲われる。

縋《すが》るように晃史さんの背中に手を伸ばすと、ぎゅっと抱きしめ返された。

「よすぎて……っ、もう……出そ」

硬い先端がごりごりと蜜襞《みつひだ》を削りとるように動かされる。

自身の快感を求めるような速度で抜き差しが繰り返されて、私は彼の身体にしがみつくしかない。

「あぁあっ、あ、はっん、あ、も……だめぇっ」

敏感な場所ばかりを荒々しく擦られて、大きな愉悦《ゆえつ》の波に呑まれていく。

脳裏まで溶けてしまいそうなほどの心地よさに、一気に絶頂の坂を駆け上がった。身体が波打つように跳ねて硬直したあと、激しい脱力感に襲われる。

「……っ」

耳元で聞こえていた荒々しい吐息が一瞬詰まり、直後に熱い飛沫《しぶき》が身体の奥で弾《はじ》けた。皮膜越しに最後の一滴まで注がれて、汗ばんだ肌の重みを感じる。

「晃史さん……」

呼びかけたものの、話したいことがあるわけではなかった。

ただ、話していないと眠りに落ちてしまいそうだった。

もう少しだけでいいから、呼吸が落ち着くまででいいから、この余韻に浸っていたい。

脚を絡めて胸元に頬を擦り寄せると、乱れた髪に口づけが贈られた。彼に触れられるだけで、中で形を変えつつある屹立《きつりつ》を締めつけてしまう。

「朝まで、こうしていようか」

ゆるゆると腰を動かされて、ふたたび甘く淫《みだ》らな時間が始まる。

「みのり、俺と結婚しよう」

狂おしいほどにあなたが好き。

あなた以外の誰も好きにはなれない。

互いに口づけを深めながら誓いあった。

彼の「愛してる」という言葉が脳裏に刻み込まれるほどに。

私たちは、これからきっと幸せになれる。

「はい」

エピローグ

さらりと頬をくすぐる感覚に目を覚ますと、俺の腕の中で規則正しい寝息を立てているみのりの姿があった。

どうやら彼女の髪が頬にあたっていたようだ。

窓からは朝日が射し込んでいて、フローリングの床を照らす光が眩しいほどにきらきらと輝いている。

（カーテンも買わなきゃな……）

こうして誰かを抱いたまま朝を迎えるのは実は初めてで、今まで感じたことのない充足感と多幸感に、胸が温かくなった。

みのり以外の女性とこれほど長い時間を過ごしたことはない。

実家暮らしをいいことに、身体を重ねるのはいつもホテル。仕事を理由に、朝まで過ごしたこともなかった。仕事と私どちらが大事なの、そう聞かれるのも当然かと今ならわかる。

みのりを起こさないようにそっと艶のある髪を撫でる。みのりの口からくぐもったような声が漏れて慌てて手を離したものの、彼女は眠りから覚めてしまったのか薄くまぶたを開けた。

「こ……し、さん？」

少し掠《かす》れて甘えるような声が昨夜の名残《なごり》を物語っていて、俺の劣情《れつじょう》を煽《あお》ってくる。

「ごめん。起こしたね」

「今、何時……？」

「朝の九時過ぎだよ。水飲む？」

サイドテーブルに置いたスマートフォンで時刻を確認して告げると、みのりは仕事に遅刻した時のような顔をしてベッドから起き上がった。

「私、外泊するって言ってない……っ」

ちょっと待ってて、と言いおいてリビングに置かれたままのみのりの鞄を持ってくると、彼女は慌てた様子でスマートフォンを確認していた。

彼女は実家暮らしだ。大人とはいえ、一緒に暮らす両親になんの連絡もしなかったら心配するだろう。

しかし昨夜はそこまで頭が回らなかったし余裕もなかった。

「みのりの両親、厳しい人？　そうは見えなかったけど」

「あ～そういうんじゃなくて……合コン行くって言ったら心配してたから、一応」

みのりはそう言いながらメールを送ると、スマートフォンを鞄に戻した。

「昨夜、結婚を前提にお付きあいさせてもらっていますって言っちゃったけど、ちゃんと挨拶《あいさつ》しないとね」

「そんなこと言ったの!?」

お母さんびっくりしただろうな、と独り言のようにみのりは呟いた。

たしかにみのりのお母さんは驚いた顔をしていたが、ここ数ヶ月、土日になるとおしゃれをして出かけているみのりを見て、察してはいたようだ。

「そりゃ、なりふり構っていられなかったから。絶対離すつもりもなかったし。今日……家に行っていいかな？」

「家？」

「お嬢さんを僕にくださいって言いにね」

「あ、そっか」

そうだ、結婚するんだ——とみのりは信じられないような顔をして呟いた。

たしかにプロポーズをしたが、俺たちはまだ付きあいが浅い。もしかしたらみのりにはまだ実感が湧かないのかもしれない。

自分ばかりが結婚を急《せ》いているようで寂しい気もするが、今までの自分の行動を顧《かえり》みれば仕方がない。

けれど俺の想像をよそに、みのりは顔を紅潮《こうちょう》させ、嬉しそうに笑った。

「なんか、夢みたい。晃史さんと結婚する日が来るって思ってなかったから」

よかった、と俺が胸を撫で下ろしていることなど、みのりは考えもしないだろう。一度好きという感情を認めてしまえば、次から次へと彼女への愛しさばかりが溢れてくる。愛していると何度告げても、足りないほどに。

「ずっとそばにいてほしいし、一生離れるつもりもない。けっこう独占欲強いよ、俺。覚悟しておいて」

ベッドの上で細い身体を抱きしめると、みのりも俺の胸に顔を埋めてくる。

もう無理をさせたくはないのに、触れあっているだけで俺の身体は簡単に官能の火を呼び起こし昂《たかぶ》ってしまう。

「なんか食べるもの買ってくる。みのりはもう少し休んで……」

みのりの身体を離してベッドから下りようと背を向けると、彼女の腕が俺の腹部に回り、背中に温もりが触れた。

「どうしたの？」

可愛い仕草に胸がときめいて、ますます離れがたくなる。

「あ、あの……もうちょっと、だけ……こうしてたいな、なんて」

甘えることに慣れていないのか、みのりは俺の機嫌を窺《うかが》うような声で言った。

「もうちょっとなんて言わないでよ」

「え……あの」

「ずっとこうしていたい。朝も昼も夜もなく抱くって言ったの、冗談じゃないよ」

もっとワガママになってもいい。どろどろに甘やかして、俺がいないと生きていけなくさせる、そう言ったのも冗談ではない。

みのりの腕をやんわりと外して、細い身体をベッドへと沈ませると、みのりが慌てたように顔を赤らめた。

「き、昨日あんなにっ……ほら、けっこう腰とか、背中とか痛いし」

「みのりは感じてるだけでいいよ」

耳に息がかかるほど近くで囁《ささや》き、首筋に舌を這《は》わせると、みのりの身体がびくんと震えた。

「ほんとに首弱いね」

「はぁっ……や」

白い肌は熱を帯《お》びて桃色に染まり、とろりと濡れた情欲的な目で俺を見つめてくる。

誘うように肌を震わせる光景はひどく官能めいていて、昨夜散々この細い身体を貪《むさぼ》っておきながら、まだ欲情できるのかと自分でも驚くほどだ。

「みのりの実家に行くの、午後からね」

「いい、けど……っ、あっ、ん」

柔らかい乳房に手を這《は》わせると、すぐさまみのりは反応を示すが、隠すように腕で顔を覆ってしまう。

もう何度も俺に乱れている姿を見せたというのに、明るい場所で恍惚《こうこつ》とした顔を見られるのは恥ずかしいらしい。

「ちゃんと見せてよ」

「だって……朝から、こんなこと」

「誘ったのはみのりだよ。俺の、中に欲しくない？　ぐちゃぐちゃにかき混ぜて、一番気持ちいい奥、突いてあげるよ」

直接的に告げると、みのりは頬を真っ赤にして俺を睨んでくる。

自分から抱いてと言うのは平気なくせに、たまにこうして初心《うぶ》なところを見せてくる。

それがとてつもなく可愛い。

俺はみのりの胸の尖《とが》りをきゅっと抓《つま》みながら、下肢に手を伸ばした。

昨夜の名残で柔らかいままのそこに指をそっと差し挿れる。

ちゅぷっと淫《みだ》らな音が立ち蠕動《ぜんどう》する濡れ襞《ひだ》は、次から次へと新しい蜜を吐きだした。

「んんっ……あ、はぁっ」

半開きに喘《あえ》ぐ唇を貪《むさぼ》るように口づけて、指の腹で硬く勃《た》ち上がる乳頭を転がすと、耐《た》えきれないとでもいうようにみのりの腰が震えた。

涙に滲《にじ》んだ目は息を呑むほどに扇情的《せんじょうてき》で、何度だって煽《あお》られてしまう。

思えば、最初にみのりに好きだと言われた日からずっと、頭の中の大部分を占めていたのは彼女だったではないか。

傷つけたくないのに抱きたくて、狡《ずる》いとわかっていながら自分を止められなかった。

もうとっくに溺れていたんだ。

「こう、し……さっ……早く」

自分から唇を離して、ほしいとねだるみのりの姿にますます煽《あお》られる。

避妊具をつける間すらもどかしくて堪らない。俺は空《から》のパッケージを床に投げ捨て、熱《いき》り勃《た》つ己の欲望をとろりと濡れた蜜口に押し当てた。

「……っ」

息を吐きだしながら柔襞《やわひだ》を突き進むと、さして摩擦もなくぬるりと最奥に辿《たど》りつく。

熱く蕩けるような蜜襞《みつひだ》を味わっていると、中心に狂おしいほどの熱が集まっていく。

欲望を包みこむ内壁は、俺の形にあつらえたかのように隙間なくぴったりとはまっている。

「あぁあっ」

締めつけはきついのに、腰を引くと離すまいと吸いついてきて、奥へ進むとより深く呑み込もうとする。

あまりの心地よさに襲われ、すぐに達してしまいそうだ。

「ひぁっ……奥、だめっ……んっ、あぁんっ」

「みのり……っ」

笠の開いた先端で最奥を穿《うが》つと、ぐちゅぐちゅと愛液が泡立ち結合部から弾《はじ》け飛ぶ。

あまりに淫靡《いんび》な光景に喉を鳴らしながら、俺は本能のままにみのりの身体を貪《むさぼ》った。

硬く張った亀頭で蜜襞《みつひだ》を刮《こそ》ぐように腰を引き抜く。

みのりはびくびくと腰を震わせて、髪を振り乱しながら艶《なま》めかしい声を上げた。

「あぁんっ、はぁ、ん、もっ……ふ、かいのっ」

「これ、好きだろ……？」

最奥近くの一際感じる場所を突いてやれば、俺を包む蜜襞《みつひだ》がうねり、さらに屹立《きつりつ》を奥へ引き込もうとしてくる。

身体が熱くなり、捩《ねじ》り込むように己を突き挿れると、みのりが甲高い声を上げながら呆気《あっけ》なく絶頂に達した。

「だめっ、あっ、あぁぁっ！」

堪《こら》えきれずに俺も達してしまう。

薄い膜越しに射液を弾かせて、肩で息をしながら荒い呼吸を整える。

額《ひたい》から流れる汗が鬱陶《うっとう》しく髪をかき上げると、ふと視線を感じた。

陶然《とうぜん》と宙を漂《ただよ》っていたみのりの視線が俺のところで止まり、彼女はふわりと惚けるような笑みを浮かべた。

「晃史さん……好き」

「……っ」

無意識だろうが、なんだかもうすべてを捧げたいほどに愛おしくてならない。

誰かにこんなにも執着できるのは喜びでもあり、怖くもある。

由乃に対して同じだけの熱量を持ったことは一度だってなかった。

最初は恋心のようなものがあったのかもしれないが、次第に兄さんを一途に愛する由乃に対して憧れを抱くようになったと、みのりを前にすればはっきりとわかる。

今となっては家族愛としかいいようがない。

誰にも渡したくはない、触れさせたくない、そう思ったのはみのりだけだ。

大沢と付きあっていた頃のことを平気で話すみのりに、どちらが好きかなどと子どもじみた嫉妬《しっと》をした。

合コンで会った男に手を握られているだけで、頭に血が上《のぼ》った。

俺はもうずっと、みのりだけを愛していたんだ。

「ねぇ、ここに全部出して、孕《はら》ませて、俺から逃げられなくしてもいい？」

昂《たかぶ》ったままの陰茎を引き抜き、避妊具を処理し、ふたたびひくついた蜜口に硬い先端を擦りつける。

ぬるりと陰唇の上を滑らせると、それだけで感じてしまうのか、みのりが身を捩《よじ》りながら感に堪えない声を出す。

「んっ、あぁっ……」

「だめ？」

くちゅんと先端を呑み込ませると、みのりは喉を仰《の》け反《ぞ》らせながらがくがくと膝を震わせる。

「それで……晃史さんが、私のものになるなら」

「もうとっくにみのりのものだよ、全部」

ぐっと腰を押し進めて、柔らかい肉襞《にくひだ》を擦り上げる。

滾《たぎ》った欲望にぬるついた愛液が絡みつき、軽く腰を揺らすだけで溢れた先走りがみのりの胎内に呑み込まれていく。

媚肉を削りとるように腰を打ちつけながら、溢れでた愛液を指先で花芯へ擦りつけた。

「あぁっ、そ、こ……いいっ、やっ、あぁっ」

「中、擦りながら、尖《とが》ったとこ弄《いじ》られるの好きだろ……っ？」

声を抑えられないのかひっきりなしに甲高い声を上げるみのりは、恍惚《こうこつ》とした顔を晒《さら》して背中を仰《の》け反《ぞ》らせた。

ぐりぐりと強く花芽を弄《いじ》るだけで、怒張《どちょう》を包む柔襞《やわひだ》が収縮し強く締めつけてくる。

角度を変えて弱い場所目がけて腰を揺らすと、さらに感じてしまうのか結合部からぴしゃっと激しく蜜が噴きだした。

みのりが達したのはわかっていたけれど、とても止められる状態ではなく、彼女の腰を抱え直し子宮を押し上げるように強く最奥を穿《うが》った。

「い、まっ、達《い》ってるのっ……あぁっ、動いちゃ……っ」

「ごめん……っ」

びくびくと腰を震わせるみのりは、口を閉じることさえできずに嬌声《きょうせい》を上げ続けていた。

中から噴きだした愛液が、さらに濡れた音をひっきりなしに響かせて欲望を呑み込もうとしてくる。

興奮で吐く息が荒くなり、目の前で揺れる乳房を両手で揉みしだくと、全身が敏感になり過ぎていて辛いのか、みのりは腰を波打たせながら涙をこぼした。

「んんっ、も、うっ……やぁっ」

みのりの甘えたような声に、溜まった熱を吐きだしたくて堪らなくなる。

迫りくる波をぐっと堪《こら》えながら、最奥に叩きつけるように硬い先端をのめり込ませる。

「もう、達《い》くよ……っ」

ぐりっと膣壁を擦り上げて、打擲音《ちょうちゃくおん》を響かせながら速いスピードで抽送《ちゅうそう》を繰り返す。

頭の芯が痺《しび》れるほどの喜悦《きえつ》がせり上がってきて限界が来ると、俺は腰をぶるりと震わせて胎内に飛沫《しぶき》を弾かせた。

余すところなくみのりの中に射液を注ぎ入れると、収まりきれなかった白濁が結合部からこぼれ落ちた。

淫靡《いんび》な光景に喉を鳴らしつつ、みのりの中にあるものがふたたび勢いをつけていくのを感じる。

下肢からぞくぞくと湧き上がってくる感覚に苦笑を禁じ得ない。

俺はいったいどれだけみのりの身体を貪《むさぼ》れば落ち着くのだろうか、と。

なんとか理性を保ち、滾《たぎ》ったままの欲望を引き抜き、汗ばんだみのりの髪を梳《す》いた。

惚けたような目でぼんやりと宙を見るみのりの額《ひたい》に口づけながら、枕元に用意しておいた指輪を手に取る。

みのりの手を取り、彼女の細い指に嵌《は》めた。

「これ……」

「本当は昨夜プロポーズの後に渡す予定だったんだ。受け取ってくれる？」

ようやく現実に戻ってきたかのような顔をして、みのりは目を瞬かせる。

左手を太陽に翳《かざ》すように持ち上げたみのりの目から、涙がこぼれ落ちていく。

「嬉しい」

「一緒に幸せになろう」

泣き笑いの顔でこくこくと頷くみのりを抱きしめながら、俺は彼女の両親への挨拶《あいさつ》を考えていた。

書き下ろし番外編

あなたはやっぱり狡《ずる》い人

十一月三十日――今日は私たちの結婚式だ。

結婚式場は晃史さんと私が偽装婚約用の写真を撮影した場所となった。

挙式のためにウェディングドレスを選びに行った際、以前に顔を合わせたスタッフが出迎えてくれたことには驚いた。

あの頃とはまったく違う気持ちでドレスを選び、そのドレスを着て結婚式を挙げるなど、居酒屋で一人飲んだくれていた時は思いもしなかった。

もう二度と誰かを好きになりはしない。そんな風に思っていた頃が懐かしい。

「あらあら」

過去に思いを馳せていると、後ろから溌剌《はつらつ》とした声が聞こえてきて、現実に引き戻される。私は鏡越しにスタッフに目を向けた。

「はい？」

「こちらは消しておきましょうね」

ヘアメイクを担当してくれるスタッフが、鏡越しに生温かい目を向けてくる。彼女はコンシーラーを手に取り、私の鎖骨や首、背中をとんとんと軽く叩くように押さえた。

「あ……すみません……」

鏡に映る自分の姿を見て、どっと汗が噴きでてきた。首や胸に近いところに、いくつも赤い痕《あと》が残されている。おそらく背中もだろう。

（わ、忘れてた……っ）

私が選んだウェディングドレスは、シンプルなマーメイドラインで、デコルテと背中が大きく開いている。それをわかっていたはずなのに、彼に流され羽目を外してしまったのだ。

「ふふふ」

含みを持った笑みを向けられ、ますます居《い》た堪《たま》れない。

「大丈夫。綺麗に消えますよ」

「は、はい」

スタッフはそれすらも慣れているのか、手際よくキスマークを消していく。

結婚式だというのに今朝ぎりぎりの時間まで寝ていたのも、ベッドに入ったのがかなり遅かったからだ。

彼に抱いてほしい、好きになってほしい、と苦しい思いを抱えていたせいか、晃史さんに求められるとどうしようもなく嬉しくなってしまい抗《あらが》えない。

しかも晃史さんは、私が拒絶できないのを知っている節もあり、わりと強引にベッドに持ち込むことも珍しくない。ひどい、狡《ずる》いと思うのに、好きな気持ちは消えないどころか膨らみ続けているから、私はこの恋に溺れきっているのだろう。

「お綺麗です」

スタッフの声で我に返り、鏡の中の自分を見つめる。

そこに映るのは、いつもとはまったく違う自分の姿。隙なく化粧を施され、髪を整えられた私は美しく、純白のウェディングドレスも相まって、彼の隣に立っても見劣りしないだろう。

「写真撮影がありますから、そろそろ行きましょうか」

「はい」

親族との撮影を終えて、フォトブック用の撮影をすると、慌ただしくチャペルへと移動した。

晃史さんにキスマークの件を言おうかと思ったのに、周囲に式場スタッフの姿があり、ゆっくりと話す暇はなかった。

チャペルのドアの前でお父さんの顔を窺《うかが》う。お父さんは私を見ると泣いてしまうらしく、視線を前に向けながら肩を震わせていた。

（今、お父さんにありがとう、とか言ったら、ますます泣かせちゃいそう）

多少緊張はしているが、目を真っ赤にしたお父さんを見ていると、肩から力が抜けてくる。両開きドアが大きく開けられ、大聖堂にパイプオルガンの重厚な音色が響き渡り、参列者の盛大な拍手が聞こえた。

私はお父さんの腕を取り、足を踏み出した。窓に嵌《は》められたステンドグラスから差し込む温かな光がチャペル内を照らしている。ゆっくりとバージンロードを歩きながら、聖壇前に立つ人へと視線を向けた。

晃史さんは、私を真っ直ぐに見つめ、周囲が思わず吐息を漏らすほどの魅惑的な笑みを浮かべる。いつもと変わらないと思っていたけれど、その顔が多少作られたものだと気づくのに時間はかからなかった。どうやら晃史さんも緊張しているようだ。

私の手が父から晃史さんに渡る。彼はしっかり頷くと、私の手を取った。

『緊張してるの？』

横を向きながら、口の動きだけで問うと『ちょっとね』と苦笑が返される。厳粛《げんしゅく》な雰囲気で挙式が進み、互いに愛を誓い合う。

リングピローの上に置かれた指輪が外され、左手の薬指に嵌《は》められる。結婚指輪を嵌《は》めた瞬間、過去の辛かった記憶が一気に思い起こされ、ぐっと胸に迫るものがあった。

晃史さんと出会い、付きあうまでにいろいろあった。

身体だけでもいいと考えながらも、彼から想いを返される日を夢見ていた。けれど、それが叶わないと知り、逃げだした。

苦しいほどの想いが報われた結果、今、晃史さんの隣に立てている。なにかが少しでも違えば、こうはならなかったかもしれない。そう思うと、嬉しくて、幸せで胸が詰まり、涙が堪《こら》えきれなくなった。

ふと、ベール越しに彼を見る。取り繕《つくろ》った笑みとは違う、感極まった顔をして目元を赤くする彼を心底愛おしく思う。

（泣きそうな顔……私と結婚して、嬉しいって思ってくれてるの？）

私の薬指に指輪を嵌《は》めた瞬間、私の手を取る晃史さんがさらに目を潤ませた。彼の中にも今日を迎えるまでたくさんの葛藤があったことだろう。

ベールを上げられて、泣き笑いのような表情ではにかむ。すると突然、彼の腕が伸びてきて、強く腰を引き寄せられる。タキシードに顔が埋まるが、力強く抱きしめられていて、身動きが取れない。

「ちょ……っ、晃史さんっ」

思わず声を上げると、参列者から冷やかすような声が上がった。私の顔はおそらく羞恥《しゅうち》で真っ赤に染まっているだろう。

「愛してる」

晃史さんは、腕の力を緩め、私の目を見て言った。

深く唇が重ねられて、もう一度強く抱きしめられた。彼の腕の中で「私も」と答えると、いつまでも続く抱擁に牧師から咳払いが聞こえた。

披露宴が始まると、久しぶりに会う男の姿を招待客の中に見つけた。長谷川総合病院の関係者として、大沢製薬の社長とその息子である大沢諒介が列席しているのだ。

仕事をクビになったと言っていたけれど、染めていた髪が黒くなり、軽薄そうな雰囲気がなくなっているから、心を入れ替え真面目に働き、父親の許しを得たのだろう。

元恋人であったとしても、諒ちゃんに対してのわだかまりはすでにない。

晃史さんが私に自信を取り戻させてくれたから。仕事の関係者として招待状を送らなければならないと聞いた時も、なんとも思わなかった。でも晃史さんとしては、結婚披露宴に私の元恋人が列席するのは複雑なようで、それには苦笑が漏れるばかりだ。

高砂《たかさご》席で笑顔を絶やさず笑ってはいるが、諒ちゃんへ向ける視線は鋭い。私は、隣に座る旦那様をハラハラしながら見ている羽目になった。

主賓《しゅひん》からの祝辞を受け、ケーキ入刀からのファーストバイトとお決まりの流れで進んでいく。お色直しの時間になり、披露宴会場のドアの前で晃史さんと腕を組んだ。

「お色直しのドレスもよく似合ってる」

晃史さんは私の顔に耳を寄せて、小さく呟いた。

ドアが開き、私たちはスポットライトを浴びながら招待客の間を歩いた。列席者のテーブルから女性の黄色い声が上がる。

「ありがと。でも何度も見たでしょ？」

私は声を潜《ひそ》めて、同じように晃史さんの耳に顔を近づけて言った。高いヒールのおかげでいつもよりも顔の位置が近い。

引き攣《つ》りそうになりながら笑顔を振りまき、招待客に手を振った。招待客は長谷川総合病院の関係者が多く二百人を超えているため、知らない人ばかりだ。

「何度見ても可愛いよ。あ、あそこにいるの、みのりの会社の同僚でしょ？　手振ってる」

「ほんとだ」

晃史さんが視線を向けた先には相田さんたちの姿があった。私が軽く手を振り返すと、なぜか今日に限ってサービス精神旺盛《おうせい》の晃史さんが腰を引き寄せ、頬に口づけてきた。

「晃史さんっ？」

「いちゃいちゃしてる写真、たくさん撮ってもらわないと」

晃史さんは、そう言いながらほんの少し体を離すと、自分の首元をとんと指で突いた。

近くにいた招待客の視線も晃史さんの手の動きに釣られてそちらに移る。

「え、なんで……嘘、やだ」

私は意味のない言葉を紡ぐことしかできず固まった。彼の指差した部分には、くっきりと鮮やかについたキスマーク。誰が付けたかなんて明白だ。私しかいない。

近くに座るテーブルの招待客はアルコールも入っているため大盛り上がりだ。「子どももすぐにできるな」なんて冷やかしもあり、居《い》た堪《たま》れないったらない。

「なんで消してないの？　私はちゃんと消してもらったのに」

着替えにヘアメイクにと忙しくまったく気がつかなかったが、ドレスシャツでも隠れない目立つ位置にくっきりと赤い痕《あと》が浮かび上がっている。

やたらと周囲から生温かい視線を向けられていると思っていたが、これのせいかとようやく思い至った。

「なんでって、あいつに見せつけるために決まってる」

晃史さんの視線がすぐ近くにあるテーブルへと移った。そこに座っていたのは諒ちゃんだった。諒ちゃんの目は晃史さんの首筋にあり、牽制《けんせい》されたと理解したのか複雑そうな表情で視線を落としていた。

わざわざ諒ちゃんに見せつけるために、私がつけた痕《あと》を残しておいたようだ。この場合、恥ずかしいのは私だけな気がする。

「私が好きなのは晃史さんだけなのに」

「知ってる。それでも、みのりの目にあいつが入るのは気に食わなかっただけ」

嫉妬心《しっとしん》だけではないのかもしれない。私が諒ちゃんとミキにどれだけ苦しめられたかを知っているから、意趣返しの意味もあるのだろう。

(もうとっくに傷は塞《ふさ》がってるのにね)

各テーブルを周りながら、たくさんの人に祝いの言葉をかけられる。

長谷川総合病院と取引のある大沢製薬やほかの関係者の順番が来て、私たちは揃って頭を下げた。

諒ちゃんとも目が合い、私はほかの人に向けるのと同じように笑った。

「おめでとうございます」

すると、拍手と共にそう返された。まさか諒ちゃんの口から祝いの言葉をかけられるとは思ってもおらず驚く。会釈《えしゃく》を返すと、腰に回された腕の力が強まる。私は晃史さんを安心させるように腕に顔を寄せた。

「平気?」

次のテーブルへ歩きながら聞かれ、笑みを浮かべたまま頷いた。

「もちろん。あの過去があったから、なおさら今、幸せだなって思うんだよ。おじいちゃんも……見てくれてるかな」

「あぁ、きっと。今度は嘘じゃないからね。心配性の源蔵さんも安心だ」

晃史さんが、目を細めて微笑んだ。

泣きたくなるほど幸せで、何度もこの人が好きだと気づかされる。

「うん」

私はそっと目尻に浮かんだ涙を拭った。

披露宴のあと、ホテルの部屋に戻ると、どっと疲れが押し寄せてくる。

「脚がぱんぱん」

思えば食事はほとんど口にしておらず、九センチもあるヒールを何時間も履《は》き続けたのだから当然だ。

私服に着替えた私はぐったりとソファーに倒れ込む。とりあえず着替えただけで、髪はアップのままメイクも落としていない。

「疲れた？」

「うん、すごく楽しかった分、反動がすごくて」

「みのり、結構はしゃいでたからね。楽しかったならよかったけど」

晃史さんはくすくすと笑い、私の隣に腰かけた。

「昨日も無理させちゃったし」

含みのある言葉で言われて、頬に熱がこもる。

「そ……それはっ、晃史さんだけのせいじゃないから！」

「そう？」

「そうだよ！　あ、晃史さん、先にシャワー浴びていいよ。私、もうちょっと休んでからにする」

真っ赤に頬を染めながら目を逸らすと、ことさら楽しそうに笑われる。結婚式前日だというのに、かなり濃いセックスに溺れたことを思い出してしまったのだ。彼ももちろんそれに気づいたのだろう。

晃史さんがシャワーを浴びている間、私は迫りくる眠気を我慢するために、スマートフォンにダウンロードした乙女ゲームをずいぶんと久しぶりにプレイしていた。

以前にはまっていたゲームの会社が作成していて、興味本位で入れたのだ。

恋をしたり失恋をしたりで、なんだかんだとゲームをする時間がなく、少しだけプレイしてそのままになっていたのだが、ソファーに寝転んでゲームを始めるとあっという間に没頭してしまう。リアルの恋愛をしても、疑似恋愛を体験できるゲームが好きなのは変わらない。オタクは一生治らないのだなと思わされた。

俺様キャラの好感度を上げることに夢中になっていると、ふと目の前が翳《かげ》った。

「なにしてるの？　ゲーム？」

背後から声が聞こえて、私は驚きのあまりスマートフォンを落としそうになる。

「びっくりしたぁっ」

「ずいぶん集中してたよ。俺が声をかけても気づかなかった」

拗《す》ねた様子でそう言った晃史さんは、寝転んだ私の隣へ腰を下ろし、スマートフォンの画面を覗き込んでくる。

「『俺を好きだって言えよ。そうすれば、お前の望みを叶えてやる』ね。みのり」

「は、はいっ」

私が思わず敬語になってしまったのは、不機嫌な声の晃史さんに驚いたのもあるが、彼の口から出る俺様なセリフの破壊力にやられたからでもある。

「なんで嬉しそうなの」

すると晃史さんは、ますます眉根を寄せて目を細める。

「いや、だってさ……」

「そういえばゲームが好きって言ってたもんね。みのりはこういう俺様な男が好きなんだ？　これ最終的にはどうなるの。この男と付きあうの？」

「そうそう、好感度が上がるとね。で、付きあうようになるとデートしたり、いちゃいちゃするイベントがあったり……って、晃史さん？」

気づくとスマートフォンは奪われていて、晃史さんにのしかかられていた。

「俺とその男、どっちが大事？」

結婚式の夜になにを言っているのだろう。答えなど最初から決まっているのに。

「晃史さんに決まってるでしょ」

「それにしてはずいぶん楽しそうだったけど」

「ふふ、晃史さん、嫉妬《しっと》してるみたい」

彼を見上げると、少しだけ機嫌の悪そうな顔が近づいてくる。額《ひたい》や頬に口づけられて、首筋に唇が触れた。

「……っ、ん」

「ほんと首、弱いね。可愛い」

彼は誰にでも優しく、それでいて誰にも興味がなかった。等しくみんなに優しいなんて特別ではないのと同じ。それが原因で恋人関係は長く続かなかったようだ。

そんな彼が、私に対して執着を持ってくれている。それがどれだけ嬉しいか。

「晃史さん、前に『〝諒ちゃん〟と俺、どっちが好き?』って聞いたよね。あの時と同じ顔。ねぇ、あの時も本当は嫉妬《しっと》してた?」

彼の気持ちが自分にないと知りながらも期待した。でも結局、晃史さんの由乃さんへの想いには叶わないと思い知った。

「してたに決まってる。初めて会った日からみのりに惹かれてたんだから。でも、みのりを弄《もてあそ》んでおきながら、そんなこと言えるわけがなかった」

晃史さんは切なそうに目を細めながら額《ひたい》を押し当ててくる。そして言葉を続けた。

「大沢も俺様っぽかったよね。披露宴で会ったからかな。みのりの好きなタイプって、もしかしたら、こういう男なのかなって思ったんだよ。夢中になってたし」

晃史さんの目がスマートフォンに移った。私は彼の嫉妬《しっと》に思わず笑い声を漏らしてしまう。

「タイプって言うなら、好きになった人がタイプなんじゃないの？」

「俺様な男、好きじゃない？」

「晃史さんが好き」

私は腕を彼の首に巻きつけた。唇が重ねられ、晃史さんの手のひらが私の腰をなぞり、太腿《ふともも》を這《は》う。

「待……って、私、まだ……シャワー……あっ」

自分から誘っておいてなんだが、朝から動き回り、スポットライトを浴びたせいでかなり汗をかいた。目の前の夫が爽《さわ》やかな香りをさせているから、余計に自分の匂いが気になってしまう。

「いいよ、あとで」

「よくない……っ」

退《ど》いて、とのしかかる彼の肩を叩くが、邪魔だとでも言うようにその手を取られてしまう。そしてスカートを捲《まく》り上げられ、強引に太腿《ふともも》を割り開かれた。

「晃史さんって、けっこう俺様だと思う」

「そんな俺は嫌い?」

嫌いなはずがないのをわかっていて、そんなことを聞くのだから、昔も今も、この人は狡《ずる》い男だと思う。

どんなあなたも好きだと、何度言えば伝わるのだろう。

「好き、大好き」

晃史さんが満足そうに笑みを浮かべ、触れるだけのキスが贈られる。

私は身体から力を抜き、彼の思うがままに蕩かされていくのだった。

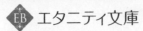

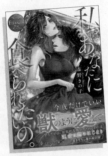

本書は、2020年4月当社より単行本として刊行されたものに、書き下ろしを加えて文庫化したものです。


この作品に対する皆様のご意見・ご感想をお待ちしております。

おハガキ・お手紙は以下の宛先にお送りください。

【宛先】

〒150-6008 東京都渋谷区恵比寿4-20-3 恵比寿ｶﾞｰﾃﾞﾝﾌﾟﾚｲｽﾀﾜｰ 8F
（株）アルファポリス　書籍感想係

メールフォームでのご意見・ご感想は右のＱＲコードから、
あるいは以下のワードで検索をかけてください。

アルファポリス　書籍の感想　検索

ご感想はこちらから

エタニティ文庫

狡《ずる》くて甘《あま》い偽装婚約《ぎそうこんやく》

本郷《ほんごう》アキ

2023年6月15日初版発行

文庫編集－熊澤菜々子
編集長－倉持真理
発行者－梶本雄介
発行所－株式会社アルファポリス
〒150-6008 東京都渋谷区恵比寿4-20-3 恵比寿ｶﾞｰﾃﾞﾝﾌﾟﾚｲｽﾀﾜｰ8F
TEL 03-6277-1601（営業） 03-6277-1602（編集）
URL https://www.alphapolis.co.jp/
発売元－株式会社星雲社（共同出版社・流通責任出版社）
〒112-0005 東京都文京区水道1-3-30
TEL 03-3868-3275
装丁イラスト－芦原モカ
装丁デザイン－ansyyqdesign
印刷－中央精版印刷株式会社

価格はカバーに表示されてあります。

落丁乱丁の場合はアルファポリスまでご連絡ください。

送料は小社負担でお取り替えします。


ISBN978-4-434-32151-1 C0193